KERRY LONSDALE

TUDO O QUE RESTOU

São Paulo
2018

Everything we keep
Série Everything — Vol. 1

Diretor editorial: **Luis Matos**
Editora-chefe: **Marcia Batista**
Assistentes editoriais: **Aline Graça, Letícia Nakamura e Raquel Abranches**
Tradução: **Jacqueline Valpassos**
Preparação: **Mariane Genaro**
Revisão: **Francisco Sória e Juliana Gregolin**
Arte: **Aline Maria e Valdinei Gomes**
Capa: **LEADesign**

Dados Internacionais de Catalogação na Publicação (CIP)
Angélica Ilacqua CRB-8/7057

L847t

Lonsdale, Kerry

Tudo o que restou / Kerry Lonsdale ; tradução de Jacqueline Valpassos. — São Paulo: Universo dos Livros, 2018.

352 p. (Everything, 1)

ISBN: 978-85-503-0316-1

Título original: *Everything we keep*

1. Ficção norte-americana 2. Ficção romântica I. Título II. Valpassos, Jacqueline

18-0418 CDD 813.6

Universo dos Livros Editora Ltda.
Rua do Bosque, 1589 - Bloco 2 - Conj. 603/606
CEP 01136-001 - Barra Funda - São Paulo/SP
Telefone/Fax: (11) 3392-3336
www.universodoslivros.com.br
e-mail: editor@universodoslivros.com.br
Siga-nos no Twitter: @univdoslivros

Para Henry, que viajou oito mil quilômetros
para me encontrar. Eu te amo.

PARTE UM

Los Gatos, "Gem City of the Foothills", Califórnia

Capítulo 1

JULHO

No dia do nosso casamento, meu noivo, James, chegou à igreja em um caixão.

Durante anos, sonhei com ele me aguardando no altar, exibindo aquele sorriso que reservava apenas para mim. Nunca falhou em me provocar aquele friozinho na barriga. Mas, em vez de caminhar pelo corredor, em direção ao meu melhor amigo, meu primeiro e único amor, eu estava em seu funeral.

Sentei-me ao lado dos meus pais no templo repleto de amigos e parentes. Eles deveriam ter sido nossos convidados para o casamento. Em vez disso, vieram prestar seus respeitos a um homem que havia morrido muito jovem e de maneira precoce. Ele tinha acabado de completar vinte e nove anos.

Agora ele se fora. Para sempre.

Uma lágrima escorre pela minha bochecha. Eu a capturo com o lenço de papel amassado na minha mão.

— Tome, Aimee. — Mamãe me oferece um lenço de papel limpo.

Eu o esmago em minha mão cerrada.

— O-obrigada. — Minha voz engasga com o choro.

— É ela? — uma voz murmura atrás de mim, e eu fico tensa.

— Sim, a noiva de James — vem uma resposta sussurrada.

— Coitadinha. Ela parece tão jovem. Há quanto tempo estavam noivos?

— Não tenho certeza, mas eles se conheciam desde crianças.

Uma exclamação de surpresa.

— Namoradinhos de infância! Que coisa trágica...

— Ouvi dizer que demorou semanas para localizarem o corpo. Dá para imaginar isso? Não saber o que aconteceu?

Gemo. Meu lábio inferior não para de tremer.

— Ei, tenham um pouco de respeito — papai repreende as senhoras atrás de nós num sussurro ríspido. Ele se levanta, passando por minha mãe e por mim, esbarrando em nossos joelhos, e então se senta, de modo que fico entre ele e mamãe. Ele me puxa para o seu lado, tornando-se o meu abrigo contra todas as fofocas sussurradas e os olhares curiosos.

O órgão retumba quando a cerimônia do funeral começa. Todos ficam de pé. Levanto-me devagar, meu corpo parecendo dolorido e envelhecido, e agarro o banco à minha frente para evitar desabar de volta no assento. Todas as cabeças se voltam para o fundo da igreja, onde aqueles que carregam o caixão de James o trazem sobre os ombros. Enquanto os observo seguir em procissão atrás do padre, não posso deixar de pensar que eles carregam mais do que os restos de James, seu corpo decomposto demais para um caixão aberto. Nossas esperanças, sonhos e o futuro que tínhamos planejado tão meticulosamente também eram carregados naqueles ombros. O plano de James de abrir uma galeria de arte no centro da cidade depois que ele deixasse o negócio da família. O meu: inaugurar o meu próprio restaurante quando meus pais se aposentassem do deles. O menininho que imaginei caminhando entre mim e James, suas pequenas mãos unidas às nossas.

Tudo seria enterrado hoje.

Outro soluço irrompe dos meus pulmões, reverberando pelas paredes da igreja, ecoando um som mais alto do que as potentes notas do órgão.

— Não consigo fazer isso — lamento com um sussurro áspero.

Perder James. Sentir todos aqueles olhares de pena queimando as minhas costas enquanto estou ali de pé na segunda fileira de bancos. O ar sufocante, uma mistura viciada de suor com incenso envolta no aroma excessivamente doce dos buquês de orquídeas distribuídos artisticamente por toda a igreja estilo missão. As flores tinham sido inicialmente compradas para o nosso casamento, mas Claire Donato, a mãe de James, as fez ser entregues para o funeral. Mesma igreja. Mesmas flores. Cerimônia errada.

Meu estômago se revira. Cubro a boca e tento passar por papai e sair para o corredor. Mamãe agarra a minha mão e a aperta. Ela passa o braço ao redor do meu, e descanso a cabeça no ombro dela.

— Pronto, calma — ela me conforta. As lágrimas escorrem sem parar pelo meu rosto.

Os carregadores depositam o caixão em um suporte de metal e depois se deslocam para os seus assentos. Thomas, o irmão de James, desliza para o banco da frente ao lado de Claire, que está vestida com um tailleur preto e traz os cabelos prateados presos num coque tão firme quanto a sua postura. Phil, o primo de James, vem também para o banco a fim de ficar de seu outro lado. Ele se vira e olha para mim, baixando levemente a cabeça num cumprimento. Eu engulo em seco, recuando até que minhas panturrilhas pressionam contra o banco de madeira.

Claire vira a cabeça para trás.

— Aimee.

Volto a minha atenção para ela.

— Claire — murmuro.

Desde a notícia da morte de James, nós duas mal nos falamos. Ela deixara bem claro que a minha presença a lembrava de que havia perdido seu filho mais novo. Pelo bem de ambas, eu me mantive afastada.

O funeral prosseguiu com a previsível programação de ritos e hinos. Eu escutei parte dos discursos fúnebres e mal ouvi as leituras. Quando a cerimônia terminou, saí de fininho pela porta lateral antes que alguém pudesse me parar. Ouvira condolências suficientes para duas vidas.

Os presentes na cerimônia espalharam-se pelo pátio. Eu podia ver o carro funerário enquanto me deslocava pela pérgula, na esperança de partir despercebida. Olhei por cima do ombro; os olhos de Thomas e os meus se cruzaram. Ele caminhou decidido pela passagem arqueada e envolveu-me nos braços. Deu-me um forte abraço. O material áspero de seu terno arranhou a minha bochecha. Ele se parecia com James: cabelos e olhos escuros, pele trigueira. Uma versão dele mais forte e mais velha, mas a sensação que provocava não era a mesma.

— Estou contente que tenha vindo. — Sua respiração atravessou meus cabelos.

— Quase não vim.

— Eu sei. — Ele me conduziu para longe da multidão que se reunia à nossa volta até pararmos sob as trombetas-americanas na extremidade da pérgula. Flores de lavanda dançavam com a brisa da tarde de julho. A névoa costeira que tinha coberto Los Gatos antes do romper do dia havia se dissipado ao raiar do sol. O dia já estava muito quente.

Thomas inclinou-se para trás, segurando-me pelos braços.

— Como você está?

Sacudi a cabeça, pressionando a língua contra o céu da boca para deter o choro que ameaçava rebentar. Soltei-me dos braços de Thomas.

— Tenho que ir.

— Todos nós temos. Venha, vamos comigo. Eu a levo para o enterro e depois para a recepção.

Sacudi novamente a cabeça. Ele fora para a igreja com Claire e Phil. Thomas suspirou pesadamente.

— Você não vai.

— Somente para o enterro. — Enrolei os dedos no laço do meu vestido. Eu iria para lá de carro com os meus pais. Também tinha planejado ir embora com eles. — A recepção é uma reunião da sua mãe. Dos parentes e amigos dela.

— Eles também eram amigos de James e seus.

— Eu sei, mas...

— Eu entendo. — Ele enfiou a mão dentro do terno e retirou dali um papel dobrado. — Não sei ao certo quando a verei novamente.

— Não vou a lugar nenhum. Só porque James está... — Engoli em seco e encarei detidamente os meus calçados pretos, de salto plataforma. Não eram os sapatos *peep toe* de salto alto e em cetim branco que eu deveria usar naquele dia. — Você pode me ligar. Ou me visitar — ofereci.

— Vou viajar muito...

Levantei a cabeça.

— Ah, é?

— Tome. Isso é para você.

Desdobrei o papel que ele me entregou e engasguei. Era um cheque pessoal de Thomas. Um cheque com valor muito alto.

— O que...? — Meus dedos tremeram enquanto minha mente assimilava o valor. Duzentos e vinte e sete mil dólares.

— James ia atualizar o testamento dele depois que vocês se casassem, mas ele... — Thomas esfregou o queixo e então deixou o braço pender. — Eu ainda sou o beneficiário. Ainda não recebi os fundos das contas bancárias dele, mas isso é tudo o que você teria recebido, exceto a parte dele nas Empresas Donato. Ele não teria conseguido colocar isso no testamento.

— Não posso ficar com o seu dinheiro. — Estendi-lhe o cheque de volta.

Ele meteu as mãos nos bolsos.

— Sim, pode, sim. Você iria se casar hoje, então teria sido seu.

Analisei novamente o cheque. Era muito dinheiro.

— Seus pais vão se aposentar em breve, certo? Você pode comprar o restaurante deles ou, ainda, abrir o seu próprio. James mencionou que é o que você queria fazer.

— Eu não tinha decidido.

— Então, viaje, conheça o mundo. Você está com que idade? Vinte e seis anos? Você tem a vida toda pela frente. Faça o que te deixa feliz. — Direcionou-me um sorriso firme e espiou por cima dos meus ombros, com o olhar fixo no pátio. — Tenho que ir. Se cuida, tá? — Ele beijou a minha face.

Senti o suave roçar de seus lábios, mas suas palavras mal foram registradas. O barulho no pátio havia aumentado, e meus pensamentos estavam distantes dali. *Faça o que te deixa feliz.* Eu não tinha ideia do que era isso. Não mais.

Olhei para cima para me despedir de Thomas, mas ele já tinha ido embora. Eu me virei e o avistei no pátio com sua mãe e seu primo. Como se sentisse que eu os observava, Phil inclinou a cabeça e encontrou o meu olhar. Sua sobrancelha levantou-se intencionalmente. Engoli em seco. Ele se inclinou e sussurrou no ouvido de Claire, e então começou a caminhar na minha direção.

O ar soltava faíscas como óleo em uma panela escaldante. Ouvi a voz de James. Um eco de muito tempo atrás. *Vamos dar o fora daqui.*

Enfiei o cheque na minha bolsinha e me virei, fugindo para o estacionamento. Eu me afastei do meu passado, insegura quanto ao meu futuro, sem fazer ideia de como eu poderia ir embora. Eu não estava de carro.

Parei na calçada, indecisa se devia voltar ao pátio para encontrar os meus pais, quando uma mulher mais velha, com cabelos louros e bem curtinhos, aproximou-se.

— Senhorita Tierney?

Eu a dispensei com um gesto de mão. Não conseguiria suportar ouvir mais condolências.

— Por favor, é importante.

Hesitei em resposta ao estranho tom em sua voz.

— Eu conheço você?

— Sou uma amiga.

— Uma amiga de James?

— Amiga sua. Meu nome é Lacy. — Ela estendeu a mão.

Olhei para o braço que pairava no espaço entre nós, então ergui o meu olhar para o dela.

— Perdão. Nós já nos vimos?

— Estou aqui para falar de James. — Ela baixou o braço e espiou por cima de seu ombro. — Tenho informações sobre o acidente dele.

Uma lágrima acumulou-se no canto do meu olho. Inspirei profundamente, meus pulmões se ressentindo do tanto que eu chorara nas últimas semanas. James havia me dito que seriam apenas quatro dias, uma viagem rápida de negócios. Voar para o México, levar um cliente para pescar, negociar os contratos durante o jantar e voltar para casa. O capitão do barco disse que James lançara sua linha, e depois que o capitão verificou o motor, James havia sumido. Assim, do nada. Sumido.

Isso acontecera dois meses atrás.

Durante semanas, James esteve desaparecido e, eventualmente, foi dado como morto. Então, de acordo com Thomas, o corpo de James apareceu numa praia, levado pelas águas. Lacy provavelmente não ficou sabendo que seu corpo havia sido encontrado. Caso encerrado.

— Você chegou tarde demais. Ele está...

— Vivo. James está vivo.

Eu a encarei, embasbacada. Quem essa mulher achava que era? Apontei para o carro funerário.

— Olhe!

Ela obedeceu. Nós assistimos ao motorista bater a porta traseira e contornar a lateral do veículo para sentar-se em seu banco. Ele fechou a porta e partiu, saindo do estacionamento em direção ao cemitério.

Olhei para ela com um sentimento distorcido de satisfação. Mas ela manteve os olhos no sedã preto e falou em um tom sussurrado carregado de fascínio.

— Eu me pergunto o que há dentro do caixão.

— Espere! — Lacy me seguiu enquanto eu caminhava pelo estacionamento, evitando-a. — Por favor, espere!

— Vá embora!

Lágrimas ameaçavam derramar-se dos meus olhos. Minha boca se enchia de saliva. Eu queria vomitar, mas Lacy não me deixava em paz. Olhei na direção da rua. Minha casa ficava a pouco mais de um quilômetro de distância. Talvez eu pudesse ir para casa a pé.

A bile rapidamente subiu. *Oh, Deus.*

— Deixe-me explicar — implorou Lacy.

— Não agora. — Cerrei a boca e me esgueirei por trás de uma grande van. Meu corpo foi tomado por um súbito calor. A umidade ensopava as minhas axilas e a parte inferior dos meus seios. Minhas entranhas se contorciam. Eu me curvei subitamente para a frente.

Botei para fora tudo o que vinha segurando, vomitando no pavimento castigado pelo sol aos meus pés. A mensagem de voz de James que nunca chegou. As noites solitárias aguardando notícias na esperança de que ele ainda estivesse vivo. O telefonema de Thomas, aquele que eu tanto temia receber. James estava morto.

E, depois, Claire, que insistira para que o funeral acontecesse no dia do casamento. A igreja já havia sido reservada e os parentes tinham feito as reservas de viagem. Por que eles deveriam cancelar ou refazer os seus planos?

Outro estremecimento torturou o meu corpo. Vomitei até que meu coração doesse e o meu estômago esvaziasse. Então, chorei. Soluços violentos sacudiram o meu corpo. Lágrimas pesadas mergulharam no asfalto, salpicando as ácidas golfadas.

Em alguma parte remota do meu cérebro, compreendi que havia chegado ao meu limite. Se ao menos eu tivesse desabado em casa, abraçando o travesseiro de James. Não aqui, no estacionamento, com uma multidão de pessoas a cem metros de distância e uma estranha pairando ao meu lado.

Recostei-me pesadamente contra a van e me sentei no para-choque. Lacy me ofereceu uma garrafa de água.

— É nova.

— Obrigada. — Minhas mãos tremiam, e eu não conseguia envolver a tampa estreita com os dedos. Então, ela pegou de volta a água e a desrosqueou para mim. Bebi um terço da garrafa antes de respirar.

Lacy retirou vários lenços de papel de sua bolsa a tiracolo.

— Tome. — Ela me observou limpar os lábios e assoar o nariz enquanto brincava com a alça da bolsa. — Está melhor?

— Não. — Fiquei de pé, desejando ir para casa.

O antebraço de Lacy desapareceu novamente dentro da bolsa. Ela revirou seu conteúdo e tirou de lá um cartão de visita.

— Preciso conversar com você.

— Não estou interessada no que você está vendendo.

Suas bochechas flamejaram.

— Não estou vendendo nada. Há uma coisa que... — Ela se deteve, espiando o estacionamento atrás de nós antes de olhar para mim.

Pisquei, chocada com a intensidade de seus olhos azuis-lavanda. O instinto berrou. Ela sabia de alguma coisa.

— Não estou vendendo nada e sinto muito pela *forma* como eu disse o que disse, mas é a verdade. Visite-me assim que puder. — Ela agarrou a minha mão livre e bateu o cartão na minha palma. Então, recuou e desapareceu em torno da van.

Passos se aproximaram, o clique-claque de saltos altos ressoando na calçada.

— Aí está você. — Nadia arfou, sem fôlego. — Estávamos procurando por você em toda parte. Seus pais estão atrás de você. — Cachos castanho-avermelhados derramavam-se ao redor de seus ombros. Seu elaborado coque alto feito para a cerimônia de casamento tinha se desfeito, provavelmente devido à pressa em me encontrar.

Kristen parou ao lado dela, resfolegando pesadamente. Uma de suas meias de seda havia desfiado até a altura da panturrilha.

Elas deveriam ter sido as minhas madrinhas.

— O que você está fazendo aqui? — perguntou Kristen, com voz estridente pelo esforço de correr.

— Eu estava... — Eu me detive, não querendo explicar que estava me escondendo, que tinha sido perseguida por uma estranha pelo estacionamento, e depois vomitara nos meus sapatos.

— Fazendo o quê? — ela me estimulou a prosseguir. Nadia cutucou-a com o cotovelo e fez um gesto na direção do chão aos meus pés. Kristen fez uma careta em reação à evidência espalhada pela calçada como uma lata de tinta derrubada. — Oh, Aimee — ela gemeu.

Minhas bochechas enrubesceram e baixei a cabeça. Eu li o cartão na minha mão.

Lacy Saunders

CONSELHEIRA MÉDIUM, CONSULTORA E ESPECIALISTA EM SOLUCIONAR ASSASSINATOS, DESAPARECIMENTO DE PESSOAS E MISTÉRIOS NÃO RESOLVIDOS. AJUDANDO VOCÊ A ENCONTRAR AS RESPOSTAS QUE PROCURA.

Eu gelei. Virei minha cabeça na direção de Lacy. Ela tinha ido embora.

— O que é isso? — Nadia perguntou.

Entreguei-lhe o cartão e ela revirou os olhos.

— Xi, os malucos já estão vindo atrás de você.

— Quem? — Kristen espiou por cima do ombro de Nadia.

Nadia rapidamente dobrou o cartão, enfiando-o em sua bolsa.

— Não seja ingênua, Aimee. As pessoas vão se aproveitar de você.

— Quem vai se aproveitar? — Kristen perguntou novamente. — O que estava escrito no cartão?

— Nada que valha o tempo de Aimee.

Nadia estava certa, concluí. Lacy era doida. A audácia que teve, me abordando daquele jeito hoje... Ela provavelmente fuçou os anúncios de funeral na seção de obituário do jornal.

Kristen entrelaçou o braço com o meu.

— Venha, querida. Vamos levá-la ao cemitério. Diremos aos seus pais que você virá conosco. Nick está esperando perto do carro.

Nick. O marido de Kristen. O melhor amigo de James. James.

Deixei Kristen me puxar.

— Eu ia para casa andando.

Ela olhou para os meus saltos plataforma de dez centímetros e levantou uma sobrancelha depilada.

— Claro que ia.

Após o enterro, Nick nos levou até minha casa. Kristen e Nadia me acompanharam até lá dentro. Parei na passagem entre a entrada e a sala de estar do nosso bangalô de três quartos e olhei em volta. Lá estavam as poltronas estofadas de couro caramelo e o sofá chenille castanho-acinzentado. Uma TV de tela plana embutida no armário de nogueira, as portas entreabertas da última vez que assisti ao que quer que fosse. Três das pinturas emolduradas de James adornavam a parede acima do aparador junto à porta da frente.

Tudo estava em seu lugar, exceto o homem que morava lá.

Larguei as minhas chaves e me agarrei ao aparador.

Nadia atravessou a área de jantar e foi até a cozinha, o ruído de seus saltos altos na madeira de lei ecoando pela casa.

— Quer alguma coisa para beber?

— Chá, por favor. — Descalcei os sapatos, esticando e alongando os dedos dos pés.

Nadia apanhou o liquidificador. Tirou uns cubos de gelo da bandeja do freezer e os jogou no copo do aparelho. Eles estalaram, ajustando-se à superfície mais quente do utensílio.

— Que tal algo mais forte?

Dei de ombros.

— Claro. Tanto faz.

Kristen ergueu a vista de onde havia retirado os sapatos perto da mesa de centro e franziu a testa. Ela afundou na cadeira de couro mais próxima da lareira, enfiando os pés debaixo das pernas. Quando me retirei para o quarto principal, senti seus olhos em mim.

Fui direto para o closet que James e eu tínhamos compartilhado e abri a porta chanfrada. Minhas roupas pendiam ao lado dos ternos dele. Todos eles nas cores carvão, preto e azul-marinho. Alguns listrados, mas a maioria deles lisos. Trajes de poder — era como ele os chamava. Tão diferentes das camisas xadrez casuais e jeans que ele usava em casa.

Olhando para o seu guarda-roupa, alguém poderia pensar que os trajes pertenciam a duas pessoas. Às vezes, sentia que estava vivendo com dois homens diferentes. O homem que trabalhava para as Empresas Donato era formal e cortês comparado com o artista de espírito livre com mangas enroladas e tinta respingada em seus antebraços.

Eu amava os dois.

Pressionei o nariz contra a manga de sua camisa azul favorita e aspirei. Sândalo e âmbar intenso, sua colônia, misturada com uma pitada de terebintina, que usava para limpar seus materiais de pintura. Ele usou essa camisa da última vez que pintou, e, por trás das minhas pálpebras fechadas, eu o vi, os músculos do ombro ondulando sob o algodão azul desbotado enquanto ele empunhava o pincel.

— Você quer conversar? — Kristen perguntou suavemente atrás de mim.

Sacudi a cabeça, desamarrei o nó na cintura e soltei o meu vestido. Ele deslizou pelo meu corpo e se acumulou aos meus pés. Entrando no closet, peguei a camisa de James e as calças de moletom que eu tinha desde o ensino médio e as vesti. O calor me envolveu conforme fui vestindo a camisa. Com o toque do tecido nas minhas costas, a sensação era a de James me dando um abraço.

Jamais a esquecerei, Aimee.

Meu coração se partiu um pouquinho mais. Sufoquei um soluço.

Atrás de mim, o chão de madeira estalou e a cama rangeu. Fechei as portas do closet e encarei Kristen. Ela se apoiou contra a cabeceira apainelada e puxou um travesseiro para o colo. O travesseiro de James.

Desalentei-me.

— Sinto falta dele.

— Eu sei. — Ela deu uns tapinhas no espaço ao lado dela.

Eu me arrastei pela cama e deitei a cabeça em seu ombro. Ela apoiou a bochecha no topo da minha cabeça. Nós nos sentamos assim desde que eu tinha cinco anos, aconchegadas uma na outra enquanto sussurrávamos segredos. Estávamos nos sentando muito desse jeito nos últimos dois meses. Kristen era dois anos mais velha e preenchera a inexistência de irmãos na minha juventude, já que eu era filha única. Ela puxou o braço sobre os meus ombros.

— Vai ficar mais fácil. Prometo.

Novas lágrimas começaram a cair. Kristen tateou a mesa de cabeceira desajeitadamente atrás de lenços de papel. Peguei vários de uma vez e assoei o nariz. Ela afastou com os dedos as mechas úmidas da minha têmpora e pegou ela própria um lenço de papel, enxugando os cantos dos olhos. Uma risada entre lágrimas escapou, e ela sorriu.

— Nós estamos um lixo, não?

Logo nos juntamos a Nadia na cozinha, e, levadas pelas margaritas, compartilhamos histórias sobre crescer com James. Várias horas e muitos coquetéis depois, Nadia desabou no sofá e começou a roncar em questão de segundos. Kristen já estava dormindo na minha cama. Senti-me sozinha na casa escura, cuja única luminosidade provinha das velas que Kristen acendera antes. Levantei os pés de Nadia e me afundei no sofá, deixando os pés dela caírem sobre o meu colo. Eram 22h, e a essa hora era para eu estar nos braços de James enquanto ele nos guiava na pista de dança em nosso casamento, conduzindo-me de forma suave durante nossa música, "Two of Us".

Nadia grunhiu, mudando de posição no sofá. Ela se levantou e se encaminhou para o quarto de hóspedes, arrastando o cobertor atrás dela.

Tomei o lugar que ela desocupou e deixei a mente vagar. Pensei em James e por que ele tinha ido para o México justo naquela ocasião. Por que não esperar ou deixar Thomas lidar com o cliente? Ele era o presidente das Empresas Donato, e supervisionar as operações de importação/exportação de móveis da empresa era sua função. Como executivo financeiro, a responsabilidade de James era lidar com os livros contábeis, não com as negociações contratuais. Mas ele insistiu que era o único que podia tratar com esse cliente em particular. Ele partiu um dia depois de eu enviar os nossos convites de casamento.

Meus olhos foram ficando pesados e adormeci, com os pensamentos a mil. Sonhei com a mulher do estacionamento. Ela estava vestida de preto da cabeça aos pés, e seus olhos irradiavam um brilho iridescente. Ela ergueu os braços sobre um vulto tombado e seus lábios se moveram. O cântico melódico de seu encantamento fazia vibrar o ar à sua volta e o corpo deitado aos seus pés. Um corpo que agora se movia. Foi quando percebi que o corpo não era de um homem qualquer. Era James. E Lacy o estava trazendo de volta dos mortos.

Capítulo 2

— O que você está fazendo aqui?

O timbre barítono de papai retumbou nos meus ouvidos. Eu me sobressaltei e olhei para ele, que me encarou de volta. Seus braços, salpicados de sardas, penderam dos lados de seu barrigão. A porta que separava a cozinha do salão de jantar do The Old Irish Goat balançava atrás dele, as dobradiças rangendo a cada movimento.

Era segunda-feira, dois dias depois do funeral de James, e como todas as manhãs desde que comecei a trabalhar no pub dos meus pais, eu me levantara às 5h. E como todas as manhãs desde que James desaparecera, rolara para fora da cama e me arrastara para o banheiro. Servi-me de café da cafeteira que não me lembrava de ter enchido na noite anterior, fui trocando as pernas para o meu carro, um *new beetle* laranja-queimado, e dirigi até o The Old Irish Goat, um pub de luxo que meus pais compraram antes de eu nascer. Cresci no restaurante, esfregando pisos e abastecendo as prateleiras. Por fim, mudei para a cozinha e trabalhei ao lado de mamãe, a chef executiva, e Dale, seu sous-chef. Dale me treinou para ser a chef da padaria. Pães eram a minha especialidade. Depois de me formar na escola de gastronomia de São Francisco, virei a sous-chef de mamãe quando Dale assumiu o cargo de chef executivo em um dos mais antigos restaurantes de Cambridge, Massachusetts. Uma oportunidade única na vida, ele me disse uma vez.

À medida que, naquele dia, gradualmente me conscientizava do espaço interno do Goat ao meu redor, com seus fornos e fogões comerciais de aço inoxidável, sua câmara fria e seu freezer adjacente, além de panelas e pratos ao alcance, sentia como se estivesse despertando pela segunda vez.

As luzes fluorescentes zuniam sobre a minha cabeça como um enxame de abelhas. Um rádio nas proximidades, com o volume bem baixinho, sussurrava o programa matutino de uma estação local. Mal conseguia distinguir as palavras do locutor, mas a cadência de seu tom de voz era suave e aconchegante. Tudo me era familiar. Apenas uma manhã típica que não tinha nada de comum.

Papai olhava de forma desconfiada para mim, cada vez mais alarmado com o meu silêncio. Eu estava na estação de trabalho cercada por montinhos de massa de pão crescendo, meus punhos presos em uma porção da substância fresca polvilhada com farinha. O pó branco cobria toda a superfície do balcão.

— Que horas são? — perguntei com voz rouca.

Papai entrou de vez na cozinha.

— Nove.

Três horas depois de eu ter saído de casa.

Imagens passavam pela minha cabeça. Estacionando o carro, desarmando o alarme do restaurante, reunindo suprimentos, misturando ingredientes. Essas lembranças poderiam ter sido de qualquer uma entre milhares de manhãs.

Removi as mãos da massa. Elas produziram um alto ruído de sucção. Pedaços grudentos aderiram aos meus dedos acumulando-se no espaço debaixo das minhas unhas. Esfreguei as palmas das mãos em círculos com veemência, mas a sujeira pegajosa recusava-se a sair.

Geralmente, eu valorizava essas manhãs de solidão — ansiava por elas, na verdade — preparando a massa do dia. Era uma distração rítmica que tinha desde a infância, quando mamãe me ensinou a assar pães na nossa cozinha de casa. A tarefa repetitiva permitia que minha mente vagasse, traçasse os eventos do dia, planejasse o futuro, pensasse no passado. Mas não hoje. A massa se agarrava a mim como um pedaço de chiclete preso na sola do meu sapato. Só causava irritação. Era tão indesejável quanto o lembrete de que todas aquelas horas que passei planejando o futuro foram um desperdício. Esse futuro já não existia mais.

Limpei as mãos com mais força, usando as unhas para raspar a massa.

Papai surgiu, então, ao meu lado com um pano de prato úmido. Ele começou a limpar as minhas mãos. O gesto gentil estava carregado de preocupação paterna. Ele tomava o cuidado de não irritar ainda mais a minha pele, esfregando suavemente ao longo dos vergões que eu havia deixado na minha carne. Sua ternura me enfureceu ainda mais. Não queria ser tratada como se estivesse prestes a surtar. Puxei as mãos e agarrei o pano que ele segurava. Esfreguei com violência a minha pele.

— Vá para casa, Aimee.

— E fazer o que lá? — Atirei o pano na bancada.

Papai não disse mais nada. Ele observava enquanto eu enrolava a massa e depositava vários pães em uma grande bandeja de metal. Deslizei a bandeja em uma prateleira com rodízios e empurrei de lado os pães para assar mais tarde.

Mamãe entrou na cozinha carregando dois sacos de papel pardo com compras. Seus cabelos grisalhos cortados curto estavam elegantemente espetados, exibindo os brincos de prata esterlina que serpenteavam abaixo dos lóbulos de suas orelhas. Seu olhar disparou para papai antes de ela sorrir para mim.

— Vi seu carro lá fora. Por que você está aqui?

— Para assar o pão. A mesma coisa que faço todas as manhãs, cinco dias por semana. — Senti-me mal com a rudeza no meu tom de voz.

— Já sugeri que ela vá para casa — disse papai.

— Ele está certo. Você precisa descansar.

— Preciso trabalhar — insisti, apanhando uma colher de pau. — Você precisa da minha ajuda, e precisamos de pão para o almoço e o jantar de hoje.

Eles trocam olhares.

— Que foi? — perguntei.

— Liguei para Margie. — Ela me dá um sorriso amplo que deixa à mostra tanto os dentes superiores quanto os inferiores. Ela usa Margie apenas em situações de emergência, como quando eu não ia trabalhar porque estava doente, ou quando seríamos os anfitriões de uma grande festa particular. Margie era dona da padaria ali na esquina e abastecia muitos restaurantes da região.

Inspirei e absorvi o aroma quente e úmido de pão recém-assado. Pão que não fiz. Meus olhos se estreitam para as sacolas de papel que mamãe trouxera. PADARIA E PÃES ARTESANAIS DA MARGIE.

— Nossos clientes adoram os meus pães — choraminguei. — Você não pode substituí-los. Nem a *mim*!

— Nós não estamos substituindo... *você* — papai gagueja.

Bufei, batendo com a colher de pau contra a minha coxa. Não queria compartilhar o último pensamento em voz alta.

Mamãe correu para o meu lado.

— Não é nada disso. Nós fizemos um acordo com Margie porque achávamos que você iria precisar de uma folga.

— Mas eu não preciso de uma folga. — Mamãe franziu os lábios, e eu gemi. — Por quanto tempo?

Eles trocaram outro de seus olhares, enquanto mamãe afagava o meu braço.

— Pelo tempo que você precisar.

— Haverá algumas mudanças...

— Agora não, Hugh — interrompeu mamãe.

— Que mudanças? — Olhei para papai. Ele coçou a bochecha e olhou para o chão. — O que vocês não estão me contando?

— Nada, querida — assegurou mamãe.

— Conte a ela, Cathy. Ela vai descobrir mais cedo ou mais tarde.

Mamãe encarou papai com firmeza.

— Seu pai e eu estamos nos aposentando.

Apertei a colher de pau.

— Vocês estão se aposentando? Já? — Lancei-lhes um olhar desvairado. — Meu Deus, acabei de enterrar James. Não estou pronta para comprar o Goat. Eu não posso operá-lo sozinha.

— Você não precisa. Nós já vendemos o restaurante — revelou papai.

A colher de pau bateu no balcão.

— Vocês *o quê*?

Mamãe gemeu e me lançou um olhar de desculpas.

— O acordo deve ser fechado em noventa dias — papai acrescentou.

Mamãe bateu na testa.

— Hugh!

— O que foi que eu disse?

— O que foi que você *não* disse! Nós concordamos em dar as notícias a ela com calma.

Meu olhar foi de um para o outro freneticamente enquanto esperava que um deles me dissesse que aquilo era uma piada. Os dois olharam para mim, seus rostos perplexos numa mistura de desculpas e preocupação.

— Por que vocês não discutiram isso comigo? — perguntei.

Mamãe suspirou.

— Você já sabe que estamos lutando há algum tempo para permanecer abertos. Um comprador apareceu e se ofereceu para adquirir o restaurante e nos livrar desse fardo. Ele tem grandes planos para este lugar.

— Eu tinha grandes planos para este lugar. Por que vocês não... *Merda*. — Esfreguei as têmporas. — Por que vocês não me deixaram comprá-lo?

— E sobrecarregá-la com a nossa dívida? — Mamãe balançou a cabeça. — Não poderíamos fazer isso com você.

— Não pode estar tão ruim assim. Eu poderia ter lidado com isso. — Um engavetamento de ideias pairou na minha cabeça. Eu não tinha muito nas minhas economias, e a única conta conjunta que James e eu tínhamos era aquela que costumávamos usar para pagar a hipoteca e as contas do dia a dia. Suas contribuições para essa conta cessaram quando ele foi declarado morto. O dinheiro das contas bancárias pessoais dele foi para

Thomas, que me transferiu tudo em um cheque no funeral de James. Um cheque que eu não teria estômago para sacar. Não sentia que o dinheiro era meu para gastá-lo.

Talvez pudesse refinanciar a casa. Ou vendê-la e me mudar de volta para a casa dos meus pais temporariamente.

— O Goat está muito além da salvação. — Meus pensamentos derraparam com a confissão de papai. Ele baixou a cabeça e respirou fundo. Pensei que estivesse decepcionado até ele levantar o rosto e eu perceber que estava envergonhado. — Você ficaria poupando para pagar a farinha para assar o pão. A última coisa que sua mãe e eu queremos é vê-la declarar falência.

— Falência? — exclamei.

Mamãe assentiu. Seus olhos marejaram.

— Nós hipotecamos este prédio e pela segunda vez a casa, e ainda assim não conseguimos fazer a conta fechar. Nós também devemos a alguns de nossos fornecedores. Eles têm sido generosos o suficiente para não cobrar juros, mas ainda assim temos que pagá-los. O novo proprietário concordou em assumir as nossas dívidas, exceto a hipoteca da casa.

— Não tinha percebido que estava tão ruim assim — eu disse.

Papai colocou o braço em volta de mamãe.

— Depois que o shopping do outro lado da rua foi reformado e aqueles dois restaurantes de franquia abriram, perdemos nossos clientes.

— Tive algumas ideias para trazê-los de volta. Eu ia ampliar o nosso menu de jantar, iluminar mais o salão, incluir música ao vivo nas noites de quinta e sábado...

— Foram essas as ideias que consideramos, mas que não seriam suficientes para pagar os empréstimos e gerar lucro.

Torci o meu avental. Era um bom palpite presumir que o comprador era uma construtora que derrubaria o prédio. Tinha que haver uma maneira de manter o Goat. Já tinha perdido James. Não podia perder o pub também. Havia tantas lembranças no interior dessas paredes, emaranhadas com o aroma de batatas assadas com alecrim e *corned-beef* pincelado com uísque. — Eu gostaria de ter tido consciência sobre a situação antes. Eu poderia ter ajudado.

— Nós planejamos dizer alguma coisa a você, mas... — Papai coçou a cabeça. — Bem, James morreu e parecia não haver um bom momento para explicar. Nenhum pai quer ser um fardo para os seus filhos. Você já estava... hum, bem...

Uma zona emocional.

Soltei o avental que estava amassando e alisei o tecido enrugado com movimentos longos e enérgicos. Bateu um nervosismo, senti-me sem direção e propósito. Fico perdida.

— O que eu deveria fazer agora? O Goat é tudo que conheço. — O medo do desconhecido pesou acentuadamente na minha voz.

Mamãe agarrou as minhas mãos.

— Pense nisso como uma nova e excitante oportunidade. Você pode tentar algo diferente.

— Como o quê? — Puxei as mãos das dela e arranquei o avental. Estava começando a assimilar a notícia.

Mamãe lançou um olhar de soslaio para papai.

— Bem, seu pai e eu sentimos que agora mais do que nunca é um bom momento para você descobrir quem você é e o que quer fazer.

Meus olhos se arregalaram.

— O que você quer dizer com "agora mais do que nunca"? Porque o Goat foi vendido ou porque James morreu?

Papai limpou a garganta.

— Um pouquinho de cada.

Fitei-os, estupefata.

— Você e James estavam juntos desde que tinham o quê? Oito anos de idade? Vocês eram inseparáveis.

— Você está me acusando de ser dependente demais de James?

— Não, não exatamente — assegurou papai.

— Sim — mamãe simplesmente confirmou.

Fiquei encarando meus pais.

— Olhe, Aimee, todos nós sentimos muito a falta de James. Para seu pai e eu é como se tivéssemos perdido um filho. Mas pela primeira vez em sua vida adulta você está por conta própria. Você tem educação e experiência para fazer o que quiser. Comece o seu próprio restaurante se realmente quiser comandar um.

Como eu poderia sequer pensar em começar um restaurante do zero quando quase não conseguia assimilar a notícia sobre o Goat? Amassei o avental novamente e o atirei sobre o balcão. Uma nuvem de farinha ergueu-se e se espalhou pelo ar, com flocos brancos salpicando todo o chão. Peguei minha bolsa e as chaves.

As sobrancelhas de papai uniram-se em sua testa.

— Aonde você vai?

— Sair daqui. Vou para casa. — Balancei a cabeça. — Para algum lugar. — A confusão tomou conta de mim. Eu não conseguia pensar com clareza. Um enorme peso pressionava o meu peito e doía para respirar. As paredes estavam se fechando. Saí, então, da cozinha.

Mamãe me seguiu até o estacionamento. Atrapalhei-me com as chaves. Elas caíram no chão, e baixei a cabeça em desânimo. Inspirei de forma entrecortada e expirei. Meus ombros tremiam, meu peito se comprimia com os soluços e o choro lutando para se libertarem.

O braço de mamãe circundou as minhas costas. Ela me puxou para o seu peito. Enfiei o rosto na curva de seu pescoço e chorei. Meus dedos rastejam por suas costas até finalmente conseguir abraçá-la. Ela gentilmente me embalou, acariciando a minha cabeça e insistindo em um tom tranquilizador que eu colocasse tudo para fora. Que deixasse tudo para lá.

— Não sei como.

— Você vai descobrir — disse ela.

— Não sei o que fazer.

— Você vai dar um jeito.

— Eu estou sozinha.

Ela se inclinou para trás e segurou o meu rosto entre as mãos, enxugando minhas lágrimas com os polegares.

— Você não está sozinha. Estamos aqui com você, querida. Ligue para nós. Vamos ajudar, seja com referências para um novo emprego ou um ombro para chorar.

Agradeci sua oferta, mas não era o que eu queria ouvir. Ainda não.

Eu tinha oito anos quando conheci James. Ele se mudara para Los Gatos vindo de Nova York e era o novo vizinho de Nick, a duas quadras da casa estilo rancho onde cresci com meus pais, Catherine e Hugh Tierney. Na manhã de um sábado de verão, Nick e Kristen trouxeram James para nos apresentar. Lembro-me de detalhes desse dia com mais clareza do que qualquer outro naquela idade, da forma como James concluiu sua saudação com um sorriso, revelando que estava nervoso por me conhecer, já que ansiava fazer novos amigos. Ele tinha o cabelo mais longo do que os meninos na escola, e eu não conseguia parar de olhar para as ondas grossas e castanhas que se enrolavam em torno dos lóbulos de suas orelhas sob a borda do boné do New York Jets. Ele passava os dedos pelos cabelos como se estivesse tentando controlar as madeixas rebeldes.

Como na maioria dos sábados no nosso bairro, o ar estava carregado com o cheiro de grama recém-aparada. Os aspersores dos vizinhos sussurravam monotonamente, como um ruído de fundo. Eu ouvia o gentil zumbido toda vez que papai desligava o motor do cortador de grama. Como muitos sábados de verão, eu montara uma barraquinha de limonada para levantar verba. Eu estava juntando dinheiro para comprar uma bolsinha de "pó mágico da memória" na loja de brinquedos do centro da cidade. O vendedor me dissera que, se eu colocasse uma pitada sobre a minha cabeça todas as noites antes de dormir, não me esqueceria de onde tinha colocado os meus sapatos nem da hora de fazer as minhas tarefas. Depois de ouvir isso, eu tinha que ter aquela bolsinha.

Mas aquela manhã de sábado em particular foi diferente das outras, e não porque Nick e Kristen estavam levando lá em casa o seu novo amigo. Robbie, o garoto que morava do outro lado da rua, e seu primo Frankie me viram montar a minha barraquinha. Robbie, sozinho, já era um valentão, e quando ele se juntava ao primo o resultado era cabelos puxados e xingamentos, brinquedos danificados e lágrimas de raiva.

Eles haviam acabado de trapacear a fim de conseguir de mim um copo de limonada, mostrando-me moedas brilhantes de vinte e cinco centavos, as quais eu queria mais ainda do que desejava que eles me deixassem em paz, quando Kristen e Nick chegaram.

— Olá, Aimee — cumprimentou Kristen. Ela fez um gesto para o novo garoto parado ao lado de Nick. — Esse é o James.

Servi Robbie com uma limonada e sorri para James.

— Olá.

Ele sorriu e me deu um leve aceno.

— Olha só quem está aqui — provocou Robbie. — O Nick Grudento e a Nojentinha. Essa é a sua nova namoradinha? — Ele indicou James com o queixo.

James ficou rígido. Nick deu um passo ameaçador na direção de Robbie.

— Cai fora, perdedor.

— Oh, não! — Frankie gemeu. O copo escorregou de sua mão. Ele segurou o próprio pescoço com ambas as mãos e cambaleou. — Ela me envenenou. Estou morrendo.

— Para de zoeira! — Constrangida, lancei a James um olhar de pânico. Ele franziu o cenho para Frankie.

— Me deixa experimentar. — Robbie mandou goela abaixo sua limonada e o copo voou de sua mão. — Oh, não! Está *envenenada*. — Ele avançou sobre a barraquinha. Copos de plástico choveram no chão. — Ela nos matou, Frankie.

— Não, não matei! — Empurrei Robbie. Ele não se afastou. — Sai daqui!

— Vai embora! — Kristen puxou o braço de Robbie.

— Adeus, mundo cruel. — Robbie rolou para o lado, arrastando Kristen com ele. Ela caiu feio na calçada e começou a chorar. Quando tentava se levantar, Frankie a puxava novamente para o chão.

Nick socou o ar a dois centímetros do nariz de Frankie.

— Dá o fora! — Com olhos arregalados, Frankie atravessou a rua correndo até a garagem aberta de Robbie.

A mesa desabou sob o peso de Robbie. Ele agarrou a minha camiseta, torcendo-a enquanto me puxava para baixo, pousando em cima de mim. Minhas costelas arderam e as costas latejaram. James deu um puxão em Robbie, que já veio desferindo um soco. Ele acertou James na boca, cortando seu lábio. James grunhiu e tascou o punho esquerdo no olho direito de Robbie. Robbie começou a chorar e correu para casa.

Levantei-me devagar, James me ajudando a ficar em pé enquanto eu limpava as minhas roupas. Seus olhos passaram rapidamente por mim.

— Belo gancho de esquerda você tem — disse papai atrás de mim. — Isso deve manter Robbie e seu primo traiçoeiro do lado deles da rua por um tempo.

Olhei para o desastre na calçada e o ar escapou dos meus pulmões. Kristen enxugou o nariz e fungou. Seus joelhos estavam arranhados e sangue escorria por uma das canelas.

— Desculpe pela sua barraquinha de limonada — disse ela.

Meu queixo tremia.

— Agora nunca mais vou conseguir comprar o pó mágico da memória.

— James me lançou um olhar estranho.

— Kristen, venha para dentro para que a senhora Tierney dê um jeito nos seus joelhos — ofereceu papai.

— Quero ir para casa — ela choramingou, tocando com cuidado a pele em carne viva.

— Eu levo você. — Nick puxou o cotovelo de Kristen. — A gente se vê depois — disse ele a James.

Quando se afastaram, papai olhou para James.

— Qual é o seu nome, filho?

— James, senhor. — Ele enxugou as palmas das mãos na camiseta e estendeu a mão. — James Donato.

Papai segurou sua mão.

— Prazer em conhecê-lo, James. Entre para que possamos limpá-lo.

James deu uma rápida olhada para mim.

— Sim, senhor.

— Aimee, leve James até a cozinha. Vou falar para a sua mãe pegar os Band-Aids.

Quando mamãe trouxe as gazes e a pomada, o lábio de James já tinha parado de sangrar. Sua boca estava inchada, então ele sentou no banquinho da cozinha ao meu lado segurando um saco de ervilhas congeladas em seu rosto.

Desembestei a perguntar. Queria saber tudo sobre ele. Sim, ele frequentaria a mesma escola que eu. Sim, ele gostava de jogar futebol americano. Não, ele nunca tinha dado um soco em outro garoto antes. Sim, sua mão estava dolorida.

Ele me mostrou cinco dedos duas vezes e depois mostrou mais um para me responder onze anos quando perguntei sua idade.

— Você tem alguma irmã?

Ele balançou a cabeça.

— Irmãos?

Ele mostrou dois dedos antes de sacudir a cabeça enfaticamente e trocar os dois dedos por um só.

Eu ri.

— O Robbie deve ter batido forte para você não conseguir lembrar quantos irmãos tem.

Ele franziu a testa.

— Tenho um irmão. E Robbie bate como um bebê.

Ri ainda mais intensamente e bati com ambas as mãos na boca para conter as risadas, com medo de que ele pensasse que eu estava rindo dele e de seu cálculo errado em vez da expressão na cara de Robbie depois que James o esmurrou. Nunca vi Robbie correr tão rápido para casa.

James olhou em volta da cozinha. A torta de maçã de mamãe para sua noite de truco estava assando no forno. Música clássica pairava no ar vinda do rádio que meu pai havia levado para fora. James deslocou-se em seu assento.

— Gosto aqui.

— Eu gostaria de conhecer a sua casa. — Eu esperava que ele quisesse ser meu amigo porque realmente tinha gostado dele. Ele tinha um sorriso agradável e era muito corajoso. Tinha dado um soco no Robbie, algo que eu queria fazer havia um bom tempo, mas tinha muito medo. Robbie era muito maior do que eu.

— A sua é melhor. — Seus olhos voltaram-se suavemente para mim. — O que é "pó mágico da memória"? Parece legal.

Minhas bochechas esquentaram quando me lembrei da expressão de James ao lamentar sobre o pó mais cedo. Enquanto nos apoiávamos na bancada, expliquei o que era, mantendo meu rosto abaixado. Fiquei admirada como a pele de seu antebraço parecia escura ao lado da minha. Dei de ombros em relação ao pó.

— Não importa agora. Minha barraquinha de limonada está destruída e eu nunca vou levantar o dinheiro de que preciso.

James estendeu o braço sobre a bancada e arrastou o açucareiro para ele. Pinçou com os dedos os cristais puros e ergueu a mão acima da minha cabeça.

Olhei para cima.

— O que você está fazendo?

— Fecha os olhos.

— Por quê?

— Confia em mim. Fecha os olhos.

Fechei-os e ouvi um som de raspagem sobre a cabeça. Meus cabelos farfalharam e senti cócegas no couro cabeludo. Meu nariz coçou e parecia que gotas de chuva pousavam nas minhas bochechas, mas elas não estavam molhadas. Pisquei e olhei para cima. Cristais de açúcar choveram no meu rosto.

— O que foi isso? — perguntei quando ele terminou e bateu as mãos uma na outra.

— É o pó mágico da memória do James. — O canto intacto de sua boca levantou-se. — Agora você nunca esquecerá que nos conhecemos.

Meus olhos se arregalaram e seu rosto ruborizou-se. Ele bateu as ervilhas contra a boca e estremeceu.

— Jamais vou esquecer você — prometi, jurando de coração.

Ao longo dos anos, James também fez promessas. Sempre seríamos só nós dois. Nunca haveria mais ninguém; nós nos amávamos tanto assim. Nós crescemos juntos e fizemos a promessa de envelhecer juntos.

Eu não podia imaginar querer outra coisa além da vida que planejamos juntos.

Capítulo 3

Nadia e Kristen estavam na minha casa quando voltei para lá depois de deixar o restaurante. Kristen correu em minha direção.

— Usamos sua chave reserva. Sua mãe ligou e disse que você poderia precisar de companhia. – Ela fez uma pausa e respirou fundo. — Ela nos contou sobre o Goat. Sinto muito.

Concordei com a cabeça, apertando os lábios, e joguei minhas chaves e a bolsa no aparador.

Ela me estudou com atenção.

— Você vai ficar bem?

Dei de ombros. Depois de sair do Goat, dirigi sem rumo pela cidade, pensando no restaurante e depois em James. Em vez de ir para casa, fui ao cemitério e visitei seu túmulo. Ele havia sido enterrado no mausoléu da família Donato ao lado de seu pai, Edgar Donato, que morrera de câncer de pulmão no início do ano. Uma laje de granito plana indicava a localização de James: JAMES CHARLES DONATO. Embaixo de seu nome estavam as datas de seu nascimento e morte. Thomas e Claire não tinham certeza da data exata da morte, mas o médico-legista estimara dois a cinco dias depois de James ter partido. Então, eles a estabeleceram como vinte de maio. Um bom número, redondo.

Fiquei uma hora deitada na grama molhada, minha bochecha pressionada contra a lápide, pensando nos dias que antecederam o de sua partida. Ele havia sido irredutível sobre ir para o México. Precisava ser ele, e não Thomas. Eu não queria que ele fosse. Estava muito perto do nosso casamento. Tínhamos muito o que planejar e preparar. Entretanto, com palavras e beijos ele me convenceu de que não ficaria fora por muito tempo. Quando ele retornasse, ele se demitiria das Empresas Donato e se dedicaria à sua arte. A pintura era a sua paixão. Só assim consegui ceder. Olhando agora para trás, eu deveria ter sido tão irredutível quanto ele, insistindo para que ficasse em casa. Se assim tivesse sido, ele não estaria morto. Nós estaríamos casados e em nossa lua de mel em Saint Barth.

Minha mente vagou para os dias que se seguiram ao desaparecimento de James. Eu tinha ido visitar Claire, na esperança de passar algum tempo com alguém que se angustiava pelo desaparecimento de James tanto quanto eu. Eu deveria saber que estava esperando demais dela. Claire estava mais interessada nos convites de casamento que já haviam sido enviados do que na possibilidade de nossos piores medos se tornarem realidade. Ela queria que eu notificasse nossos convidados de que o casamento poderia ser cancelado.

Empalideci, encarando-a do sofá oposto ao dela na sala de estar formal dos Donato. Eu não estava nem perto de desistir de James ou de nosso futuro. O tecido de seda do sofá sob minhas coxas parecia fresco e esticado através da minha saia. A moderna mobília da sala tinha sido trazida pela companhia de importação e exportação deles, as Empresas Donato. Todas as peças tinham ângulos marcados e duros como os ossos no rosto de Claire. Não havia nada de suave em nenhum deles.

— Não posso ligar para as pessoas. Ainda não. — Não suportaria dizer aos nossos convidados que o casamento poderia ser adiado, ou pior, cancelado. Isso tornaria o desaparecimento de James real demais.

Claire ficou rígida.

— Mas você tem que...

O movimento na porta chamou a minha atenção. Phil entrou na sala, seu olhar direcionado para o meu como um caçador olhando através da mira telescópica de um rifle. Sem emitir som algum, ele sentou-se ao lado de sua tia. Ele passou um braço sobre os ombros dela, parecendo descontraído e à vontade demais para um homem que poderia ter perdido o primo.

Claire deu tapinhas em sua coxa. Ela deixou sua mão lá pousada enquanto beijava a bochecha dele. Meu estômago se revirou.

— Aimee. — Phil baixou o queixo, num cumprimento seco.

Eu me mexi inquieta no sofá. Não o via desde o último verão, e não fazia ideia de que ele estivesse visitando a tia.

Claire afagou a coxa de Phil.

— Não sei o que faria sem o Phil. Foi um ano terrível para a nossa família. Sou tão grata por ele ter se mudado para cá para me fazer companhia. Phil me ajuda a enfrentar os dias.

Disparei meu olhar para Claire. Phil estava morando lá? Cravei as unhas na almofada. Meus joelhos tremiam e pressionei as pernas uma contra a outra para disfarçar, a vibração subindo pelo tronco e se espalhando para os braços como a ondulação na água.

As sobrancelhas de Claire se franziram.

— Você está bem?

Levantei-me num ímpeto.

— Desculpem, tenho que ir.

Ela ficou de pé.

— Tudo bem se tem que ir. Me dê só um instante. Tenho algo para você. — Ela me deixou sozinha na sala com Phil.

Ele não se incomodou em se levantar, mas senti seus olhos deslizarem pelo meu corpo.

— Quanto tempo, hein, Aimee. Sentiu minha falta?

Sua voz soava um pouco mais alto que um sussurro. Ouvi cada palavra tão claramente como se ele tivesse gritado no meu ouvido. Encarei a parede atrás dele.

Ele suspirou.

— Ah, bem, senti a sua falta. Você parece bem... Considerando tudo.

O tecido farfalhou quando ele se mexeu no sofá. *Não se levante, por favor, não se levante.*

— Que lamentável esse negócio todo do James.

Ele quase parecia pesaroso. Fuzilei-o com os olhos.

Ele riu.

— Aí está. Senti falta desse brilho.

Ele cruzou as pernas, com os braços estendidos para trás no sofá, deixando sua camisa Oxford branca e engomada à mostra debaixo do paletó. Senti-me exposta pelo modo como seu olhar percorreu detidamente o meu corpo. Ainda bem que um olhar não podia escaldar a pele. Eu teria ficado com bolhas.

— Você entende que Claire esteja se ocupando de coisas mundanas e frívolas como o seu casamento. Ela se preocupa com os convidados porque é muito difícil para ela se preocupar com James.

— É difícil para todos nós.

Ele esfregou o lábio superior.

— Sim, bem... Imagino que seja. Lamento.

Tudo dentro de mim congelou. Encarei-o com desprezo.

— Por James — ele esclareceu.

A raiva queimou bem fundo dentro de mim.

— Você tem muito mais a lamentar do que isso.

Os saltos altos de Claire ecoaram pelo corredor. Ela entrou na sala, segurando uma pasta de arquivo, fazendo um gesto para que eu a pegasse.

— O que é isso?

A pasta tremia em suas mãos.

— Números de telefone e e-mails.

Franzi o cenho.

— De quem?

— Dos convidados de James para o casamento. Você já tem os endereços residenciais. Agora pode ligar ou enviar e-mail, contar a eles o que está acontecendo. Será mais rápido do que enviar outra carta.

Ela estava falando sério? Pensei em discutir, mas quanto mais eu me demorasse, mais tempo ficaria presa naquele lugar. Eu duvidava que Phil tivesse planos de sair do lado de Claire, não comigo lá.

— Vou ligar para eles. — Apanhei a pasta e me despedi.

Phil se levantou.

— Eu acompanho você até a porta.

— Não — exclamei rápido.

Os olhos de Claire se arregalaram. Phil sempre fora seu favorito, mais até do que seus próprios filhos. E ela era uma rígida observadora das boas maneiras.

— Não, obrigada — eu disse no tom mais educado possível que consegui. — Eu saio sozinha, pode deixar.

Fui embora antes que ambos pudessem fazer qualquer objeção.

Kristen esfregou o meu braço, puxando-me de volta para o presente. Pisquei perplexa para ela.

— Venha se sentar. Vou lhe trazer algo para beber.

Segui-a até a cozinha e desmoronei na cadeira.

— Nós trouxemos o almoço e alguns mantimentos — explicou Nadia. Ela enfileirou os produtos secos sobre o balcão que separava a cozinha da sala de estar. Kristen colocou limonada num copo e o entregou para mim.

Bebi com avidez e, depois de limpar a boca, desatei a chorar.

Kristen e Nadia ficaram imóveis no lugar, me encarando. Demorou um segundo, mas Kristen se recuperou primeiro. Ela colocou a jarra no balcão e sentou-se na cadeira na minha frente, entregando-me um lenço de papel para que eu pudesse assoar o nariz.

— Tem sido tão difícil para você, Aimee. Por favor, converse conosco, conte-nos como podemos ajudar. Alguma coisa em especial a fez se lembrar de James? O que a deixou tão triste?

Tudo, pensei. James. O restaurante. Minha carreira, ou a inexistência de uma, depois desta manhã.

Nadia apanhou pratos no armário e tratou de preparar uma salada.

— Você precisa comer alguma coisa. Parece pálida.

Bufei, e um pouco de líquido escapou de minha boca.

— Valeu mesmo. — Ri no guardanapo.

Ela sorriu.

— Assim está melhor.

Kristen afagou meu antebraço.

— Por favor, fale conosco — ela suplicou mais uma vez.

Gemi por trás do guardanapo, assentindo. Precisava contar a elas, mas não tudo. Enxugando delicadamente meus olhos até que estivessem um pouco mais secos, a pele circundante já sensível de tanto chorar, confessei outra coisa, completamente diferente.

— Só me sinto culpada, é isso.

Nadia trouxe os pratos com salada para a mesa.

— Como assim?

— Fico pensando em James e imaginando que deveria ter tentado convencê-lo um pouco mais a ficar em casa. — Remexi a salada com o garfo, sem experimentá-la. — Nós estaríamos em nossa lua de mel neste exato momento.

Kristen fez beicinho, projetando o lábio inferior. Ela esfregou o meu antebraço outra vez.

— Você tem o péssimo hábito de guardar as coisas aí dentro. Você não deveria fazer isso. E também não deveria se culpar. Você sabe como o James podia ser teimoso quando queria. Não importaria se você o pressionasse mais ou não, ele ainda assim teria ido para o México. Então, não tem sentido sentir-se culpada.

— Por que não deveria? — Nadia se opôs. — Tudo bem sentir um pouquinho de culpa.

A boca de Kristen afrouxou.

— Caramba, como é que você justifica isso?

Nadia encolheu os ombros e meteu uma porção de rúcula na boca.

— São as fases do luto — explicou ela depois de engolir. — São necessárias para movê-la um passo à frente de seguir com a vida.

— Ela mal começou a sofrer — defendeu Kristen. — Faz só dois dias que James foi enterrado.

Acenei com a mão.

— Meninas, ainda estou aqui. Vocês podem falar comigo.

— Tecnicamente, ele está morto há quase dois meses — ressaltou Nadia.

Kristen arfou.

— Ai, meu Deus, você não existe. — Ela se levantou e levou seu prato para a pia, resmungando baixinho.

Nadia ergueu os olhos para o teto antes de me lançar um olhar de compreensão.

— Fiz a mesma coisa quando o meu pai saiu de casa. Me culpei. — Ela tinha treze anos quando o pai deixou sua mãe.

— Foi logo depois de ele ter encontrado o meu estojo de maquiagem, lembra? Ele me deixou de castigo e me mandou ir para o meu quarto. Quando saí de lá para o jantar, ele tinha ido embora. Eu lhe desobedecera de novo e pensava que tinha sido isso que o havia feito partir. Mamãe me contou depois sobre o caso de papai e acho que ele usou a punição para me tirar da sala. Ele e a mamãe estavam tendo um de seus bate-bocas.

— Por que não me contou isso antes?

— Pela mesma razão que você. Eu me sentia culpada, então guardei tudo para mim. Não fiquei sabendo do caso do papai até depois de me formar no Ensino Médio. Me culpei por cinco anos. — Ela estendeu a mão e apertou os meus dedos. — Sentir-se culpada é natural. Só não fique fazendo isso o mesmo tanto de tempo que eu. Você só vai ficar deprimida e não há nada que possa fazer para mudar o passado.

Era mais fácil falar do que fazer.

— O que eu deveria fazer agora? — perguntei.

Ela arqueou uma sobrancelha.

— Em relação a James?

— Não, ao trabalho. Preciso encontrar um emprego. — Eu precisava cozinhar, assar... criar. Era aí que James e eu éramos parecidos. Enquanto ele pintava para aliviar o estresse ou para analisar um problema, eu fazia isso assando. Pra caramba. Meus dedos estavam coçando para pegar os ingredientes nos armários. Queria preparar uma nova fornada de pães, diferente daquela que tinha feito de manhã. Perdida em meus pensamentos, tinha acrescentado muita água. Por isso, a massa tinha ficado muito pegajosa e grudenta.

— Você pode procurar trabalho. Ou — ela fez uma pausa para o efeito — pode viajar.

— Foi o que Thomas sugeriu. — Por causa dos nossos planos para a lua de mel, eu tinha um passaporte, mas nunca estive em lugar algum sem James. Seria estranho viajar sozinha. – Ele era o espontâneo, sempre desviando da rota planejada para se aventurar por estradas secundárias. — "Você nunca sabe que surpresas irá encontrar", ele me disse uma vez.

Nadia sorriu.

— Gosto da linha de pensamento dele.

Fiz que não com a cabeça.

— Viagem, não. Por enquanto, não.

— Então, abra um restaurante.

— Meu pai lhe falou para dizer isso?

Ela riu.

— Não, mas acho que é uma ótima ideia.

— James também achava. Ele queria que eu abrisse um café. Dizia que eu sabia como ninguém preparar uma boa xícara de café.

— É algo a se considerar.

Começar um restaurante do zero sem James ao meu lado era uma perspectiva esmagadora. Olhei por cima do ombro para Kristen.

— O que você acha?

Ela levantou as mãos, como que se rendendo.

— Ei, sou do time da Aimee. Apoio qualquer coisa que a deixe feliz.

James e o Goat me deixavam feliz.

Nadia levou o seu prato até a pia. Kristen espiou dentro da geladeira e abriu os armários. Observei-as, lembrando que era segunda-feira.

— Vocês não deveriam estar trabalhando?

— Tenho um substituto, então, sou sua o dia todo. — Kristen era professora do ensino fundamental e dava aulas durante o ano todo. Ela tinha só mais algumas semanas da temporada de verão antes do início do novo ano letivo. Ela e Nick haviam se casado no ano anterior. Eles queriam começar uma família em breve e tínhamos planejado criar nossos filhos juntos.

Essa ideia já era.

Nadia depositou o prato na máquina de lavar louça e secou as mãos.

— Estou livre só até as duas.

Kristen espiou de trás da porta de um armário.

— Você disse que tinha o dia todo.

— Recebi uma ligação quando estava vindo para cá sobre o espaço de venda a varejo no centro da cidade. O novo locatário aceitou a minha proposta e quer me encontrar o quanto antes.

— O espaço na Avenida North Santa Cruz? — perguntei. — Aquele que fica entre o estúdio de dança e o bar de vinhos? — Era o único lugar disponível do qual eu tinha conhecimento. E eu sabia disso só por causa de James.

— Esse mesmo. Será uma galeria de arte.

Eu gelei.

— Está de brincadeira comigo, né?

Nadia me lançou um olhar de estranheza.

— Hum, não. Está tudo bem?

— Você está projetando uma galeria no mesmo lugar que James planejava alugar como galeria dele.

Ela se encolheu.

— Sinto muito.

Agitei a mão no ar para ela.

— Não é culpa sua.

Kristen voltou a enfiar a cabeça na geladeira.

— Onde você colocou o vinho, Nadia?

— Não tinha uma garrafa nas compras? — Kristen balançou a cabeça e Nadia deu de ombros. — Provavelmente não foi embalado.

— Deve haver algumas garrafas gelando no refrigerador da garagem — ofereci num tom pesado de emoção. Meus pensamentos ainda estavam focados na galeria no centro da cidade. Sua locação era a difícil confirmação de que o sonho jamais seria concretizado.

Kristen me lançou um olhar cauteloso e dirigiu-se à garagem, a porta batendo forte atrás dela. Ela retornou pouco depois com uma garrafa de Chardonnay.

— Quando foi que você limpou a sua garagem?

— Por acaso está parecendo que limpei? — Gesticulei com o braço para abranger o espaço aberto. Cartas fechadas amontoavam-se numa pilha sobre a bancada. Jornais não recolhidos acumulavam-se no chão. Amontoados de poeira enrolavam-se e multiplicavam-se pelos cantos.

— Esquece. — Ela estourou a rolha de vinho e serviu três copos. — A garagem parece bem.

Bebemos o vinho e falamos sobre o novo projeto de design de Nadia. Não demorou e o alarme para o compromisso zumbiu em seu telefone. Ela olhou para a tela.

— Tenho que ir. Vou ligar para você amanhã. — Ela beijou a minha bochecha e colocou a bolsa artesanal no ombro. A alça enroscou na cadeira e tudo que estava dentro pulou. Batom, canetas, balas e papéis rolaram no piso de lajotas.

Ela praguejou, e me curvei para ajudá-la.

— Pode deixar. — Ela dispensou minhas mãos com um gesto e recolheu seus pertences. — Tenho que correr. — Ela dirigiu-se rapidamente para a porta.

Dei um tchauzinho e pus para tocar uma playlist no aparelho de som, perguntando-me quanto tempo Kristen ficaria. Ela se serviu de outra taça de vinho. Que bom. Ela planejava ficar mais um tempinho.

Nós dançamos, conversamos e assistimos a um filme bobinho de garotas no *pay-per-view*. A campainha tocou às 22h. Nick viera buscar sua esposa.

— Vou ligar para você amanhã. — Kristen arrastou-se para fora do sofá.

Eu a acompanhei até a porta. Ela me deu um abraço forte.

— Boa noite, querida.

Nick colocou o braço em volta dela, puxando-a para si. Eles faziam um par perfeito. Observei-o afastar os fios do cabelo louro da esposa com a ponta dos dedos. Ele a beijou na testa, os olhos fechando-se brevemente. A carícia entre eles era íntima. Meu coração apertou. Perdi a minha oportunidade de ter isso com James.

— Você ficará bem esta noite? — Nick me perguntou.

Tenho alguma escolha?

— Vou ficar bem.

— Ligue se precisar de alguma coisa.

— Obrigada. — Fechei e tranquei a porta depois de me despedir, ouvindo Nick se afastar com o carro. Deslizei para o chão, de costas para a porta, e deixei meus olhos se fecharem. Sentia-me flutuando por causa do vinho. Sons e cheiros penetravam na minha mente embotada. O tique-taque do relógio da cornija da lareira. O zumbido do ar-condicionado. O perfume de capim-santo e coco das velas acesas.

Meus olhos se abriram de súbito. Eu tinha que apagar as velas.

Levantei-me com cuidado e um pequeno pedaço de papel embaixo de uma cadeira da cozinha chamou a minha atenção. Estava dobrado ao meio e apoiado como uma barraca em miniatura. Fui até ali e o apanhei, olhando para o texto.

Lacy Saunders.

A médium do funeral de James. Quase me esquecera dela. Nadia devia ter deixado cair o cartão quando o conteúdo de sua bolsa esparramou-se pelo chão. Encarei o papel.

James está vivo.

As palavras de Lacy murmuraram na minha cabeça.

Que maluca. Joguei o cartão na bancada e percorri a casa, soprando velas, trancando portas e apagando luzes. Verifiquei novamente a garagem e, para variar, Kristen havia deixado acesa a solitária lâmpada do teto. Apaguei-a apenas para voltar a acendê-la logo em seguida.

Atrás do meu carro havia um enorme espaço vazio onde deveria haver oito caixas com pinturas de James embrulhadas em plástico-bolha. Elas não estavam mais ali.

Dei a volta no carro e olhei estupidamente para o piso de cimento nu. Havia sobrado apenas uma caixa. Onde estavam as outras? Há quanto tempo tinham sumido? Estive tão desgostosa nesses últimos meses que as caixas poderiam ter desaparecido em qualquer momento. Talvez James desejasse mais espaço na garagem e tivesse levado as pinturas para o armazém da empresa.

Thomas devia saber onde elas estavam. Eu deveria ligar para ele. *Amanhã*, pensei, bocejando.

Voltei para dentro e despenquei na cama.

Capítulo 4

OUTUBRO

Os dias vinham e passavam, cada um fundindo com o seguinte num borrão. Infinitas noites fora com Nadia, jantares com Kristen e seu marido, e inúmeras noites sozinha assistindo a filmes no sofá. Quando não havia nada de interessante para ver, eu assava pães.

De vez em quando, eu dirigia até o Goat e trabalhava no meu turno, mas a certeza de que ele logo fecharia servia apenas como um lembrete de que eu teria que descobrir o que fazer com a minha vida. Então, parei de ir lá.

O monte de cartas estava maior. A pilha de jornais, mais alta. Pratos acumulavam-se na pia. Copos espalhavam-se em qualquer superfície disponível por toda a casa. Cozidos, bolos e cookies permaneciam intocados na mesa da cozinha. A máquina de lavar roupas e a secadora eram usadas apenas quando a minha situação era crítica. Se eu estivesse sem calcinhas, por exemplo.

Eu preenchia os meus dias e ocupava as minhas noites até apagar na cama. Quando acordava, minha mente e meu corpo se arrastando, eu era criativa no café expresso. Misturava grãos exóticos e xaropes para me deixar ligada, e então assava mais pães. Minha casa estava uma bagunça. Minha vida era um desastre. Eu estava um caco.

Até o dia em que acordei.

Foi ao som de um cortador de grama. Espiei pelas persianas da janela da frente e vi Nick se mover de um lado para o outro pelo gramado. A porta da frente se abriu e Kristen me encarou boquiaberta.

— Está acordada?

— Pensei em me juntar à raça humana. — Apontei com o polegar para a janela. — Ele tem que parar de fazer isso.

Kristen fechou a porta.

— Ele quer ajudar, e acho que isso o ajuda também.

Amassei uma caixa de lenços de papel vazia.

— Como assim?

— Ele sente falta de James.

— Todos nós sentimos. — Recolhi copos sujos na sala de estar. — O quintal parece lindo, mas já faz onze semanas. Ele não pode cortar a minha grama pelo resto da vida dele.

— Diz a mulher que acabou de retornar para a terra dos vivos. — Kristen me seguiu até a cozinha. — Vou dizer a ele que você contratou um jardineiro.

— Perfeito.

Ela farejou o ar. O aroma de canela e xarope de bordo pairava docemente na sala.

— Bolo de café? — ela perguntou. Gesticulei na direção das caçarolas e travessas aglomerando-se na mesa da cozinha e seus olhos saltaram. — Você tem andado ocupada. Está planejando comer isso tudo?

Lancei-lhe um olhar tímido.

— Meio que tenho alimentado a vizinhança.

Embora minha vizinha de porta e seu marido apreciassem os pratos quentes para acompanhar seus jantares, e seus três filhos adorassem as guloseimas que eu lhes levava, eles pediram que eu parasse de alimentar a família. Estava gastando muito dinheiro com eles. Dinheiro que eu não tinha no banco porque ainda não conseguira me convencer a descontar o cheque de Thomas. Apesar do meu cartão de crédito estar quase estourado por causa das compras de mantimentos, provavelmente acabaria doando os resultados da mais recente farra na cozinha para o refeitório assistencial da Paróquia Santo Antônio, onde mamãe era voluntária.

Kristen serviu-se de uma fatia.

— Hum, uau, esta não é a receita da sua mãe — ela gemeu. — É melhor.

— Adicionei creme azedo. Ele muda a textura. Deixa o bolo leve e macio.

Ela empurrou para dentro da boca a última porção e colocou outra fatia em seu prato.

— Então, qual é a do frenesi culinário?

— Você me conhece. Tenho que me manter ocupada. Manter a minha mente longe... das coisas.

Um suave sorriso tocou seus lábios.

— James não era o único artista na casa.

Minha boca se curvou no canto.

— É, éramos bons assim.

Dirigi-me até a pia e enxaguei os pratos. Kristen terminou o seu bolo de café e então endireitou vários meses de correspondência na bancada. Uma pilha derramou-se e envelopes caíram em cascata no chão. Ela os apanhou.

— Epa. O que é isso?

Olhei para o que ela segurava. O cheque de Thomas. Enterrado e ignorado com as demais cartas.

— É do Thomas.

— *O quê?* Por quê?

— Ele era o beneficiário de James. Thomas achou que eu tinha direito ao dinheiro já que James e eu estávamos prestes a nos casar.

— Isso foi legal da parte dele. Nossa — Kristen abanou o cheque no ar —, "legal" não chega nem perto. Isso foi maravilhoso! Você pode começar o seu próprio restaurante com esse dinheiro.

— Sim, bem, se for isso o que eu decidir fazer.

Ela examinou o cheque.

— Está com a data do seu casamento... hum, desculpe. O cheque tem a mesma data do dia do funeral de James.

Sequei as mãos e peguei o cheque dela.

— Foi quando Thomas me deu, pouco antes de Lacy me abordar.

— Quem é Lacy? É aquela mulher com quem vimos você conversar no estacionamento?

Assenti.

— Ela é uma médium.

O riso borbulhou de Kristen.

— Uma *o quê*?

— Uma conselheira médium.

— Tipo uma cartomante?

— Está mais para uma médium especializada em perfis, penso eu.

— Não é à toa que a Nadia tirou o cartão de você. Eu ficaria preocupada também se alguém assim me abordasse. O que ela disse para você?

— Que James ainda está vivo.

Kristen ficou embasbacada. O relógio da sala de estar estalou o "tique" e depois o "taque". Ela respirou fundo.

— Que bizarro. Você não acredita nela, né?

Girei o anel de noivado no meu dedo. Eu havia me perguntado "*e se fosse verdade?*" em várias ocasiões.

Ela estreitou os olhos.

— Aimee?

— Não. Não acredito.

Ela suspirou aliviada.

— Ainda bem. Por um segundo, você me deixou preocupada. — Ela consultou o seu relógio. — Tenho que ir. A aula começa em trinta minutos. Ah, quase me esqueci. — Ela vasculhou o interior da bolsa. — Isso é para você.

Outro cartão de visita.

DRA. GRACE PETERSON, PSICÓLOGA CLÍNICA.

ACONSELHAMENTO DE LUTO.

— Fico feliz que você finalmente saiu dessa, mas sinto que ainda está guardando alguma coisa aí dentro. Só no caso de você sentir necessidade, converse com um conselheiro. Um conselheiro *de verdade*. — Ela virou o cartão e indicou a caligrafia no verso, apontando-a com o dedo. — Agendei uma consulta. Hoje, às onze. Você pode mudar o horário ou o dia. Cancele, se quiser. Você decide.

— Obrigada — eu disse, sem saber ao certo se iria. Joguei o cartão na mesa da cozinha, bem ao lado do de Lacy.

— Vou ligar para você depois do trabalho. — Kristen beijou minha bochecha e foi embora.

Depois de ter feito uma faxina, tomado banho, e vestido um jeans, um suéter leve e sapatilhas, o relógio já marcava 10h58. Tudo estava novinho em folha, incluindo eu mesma, mas eu ia perder a consulta que Kristen havia agendado. Fiquei me perguntando se propositalmente havia adiado sair de casa.

Ao lado do cartão de Grace Peterson, o de Lacy com a dobra no meio me encarava. À medida que lia repetidamente o cartão, fiquei cada vez mais irritada. Fui tomada por uma rajada de fúria. A razão de ela ter me rastreado até o funeral de James para me dizer que ele estava vivo me deixava perplexa. Era simplesmente muito cruel. Pensei no cheque de Thomas e me perguntei se ela de alguma forma sabia sobre o dinheiro. Talvez ela estivesse *mesmo* tentando tirar proveito de mim.

No entanto, havia três palavras no cartão que ficavam cada vez maiores e mais nítidas quanto mais olhava para elas. DESAPARECIMENTO DE PESSOAS. Elas estavam impressas logo acima do seu *slogan* AJUDANDO VOCÊ A ENCONTRAR AS RESPOSTAS QUE PROCURA.

Era bom mesmo que ela tivesse respostas, isso justificava a razão de ela ter tido a audácia de me abordar. Apanhei o cartão e as minhas chaves enquanto, ao mesmo tempo, desprezava o fato de eu chegar a considerar encontrar-me com ela.

O endereço no cartão de Lacy era de uma casa em um bairro residencial quase na divisa de Los Gatos e Campbell. Aproximei-me com o carro vagarosamente da calçada da frente de sua casa térrea. Um letreiro portátil estava afixado no gramado da frente.

ACONSELHAMENTO MEDIÚNICO DA LACY

CARTAS DE TARÔ E LEITURA DE MÃO

CONSULTAS SEM HORA MARCADA

O letreiro causava uma impressão muito diferente de Lacy, a médium especializada em perfis. Ela não era melhor do que uma cartomante de parque de diversões.

Meu Deus, como fui idiota. Nadia me advertira para não ser ingênua.

Pelo vidro do passageiro, vi Lacy me observando da cozinha. A pele entre as minhas omoplatas formigou e virei a cabeça, dirigindo o meu olhar para o para-brisa.

Saia do carro, Aimee.

Senti seus olhos em mim enquanto eu me persuadia a sair do carro. Ou será que era ela falando comigo em minha mente?

Sacudi a cabeça, afastando a sensação, e saí do carro, fechando a porta atrás de mim.

— Olá, Aimee. — Lacy estava na calçada.

Eu me sobressaltei e a encarei. Não a tinha visto sair da casa.

— Você quer entrar? — Ela me lançou um sorriso tranquilo.

— Eu... — Minha boca se mexeu, mas nenhuma palavra se formou. Lacy me observou com expectativa até que murmurei desculpas e me atrapalhei buscando a maçaneta da porta atrás de mim. Tive uma estranha sensação de que ela sabia, *de fato*, algo sobre James. Algo que até mesmo eu não sabia. E isso me assustou.

Deslizei para o assento do motorista e enfiei a chave na ignição.

Lacy bateu no vidro do passageiro. Pulei no meu assento.

— Aonde você vai? — ela perguntou.

— Desculpe. Foi um erro vir aqui. — Acelerei o motor e ela saltou para longe do carro. Pisei o acelerador com mais força do que pretendia. O carro saiu em disparada e ainda acelerei.

Fiz o trajeto mais longo para casa, pegando ruas laterais em vez das rodovias, me repreendendo por ser tão estúpida. *Meu Deus, eu sou uma idiota*. Quando cheguei em casa, Lacy estava sentada na minha varanda.

Hesitei próxima à cerca de madeira que rodeava o meu jardim e ela se levantou.

— Não se preocupe. Eu não vou ficar — disse ela, aproximando-se de mim lentamente. Ela levantou a minha carteira. — Encontrei isso na rua.

Olhei vagamente para a Gucci verde-oliva que James havia me dado dois anos antes, pelo meu aniversário. Parecia destoar na mão dela.

Ela sorriu. Isso suavizou o seu rosto, fazendo com que parecesse mais jovem do que os quarenta e tantos anos que imaginei que tivesse.

— Continua tudo aí dentro — ela me disse quando peguei a carteira. — Só olhei a sua carteira de motorista para descobrir o endereço. Bonita a foto.

Coloquei a carteira dentro da minha bolsa.

— Seu dom de médium não mostrou onde eu morava?

Ela se encolheu com a rudeza no meu tom.

— Não, desculpe. Não funciona assim. Embora eu possa dizer que o *verdadeiro* motivo de você dirigir até a minha casa não tenha sido para descobrir se eu era uma charlatã. Você veio procurar respostas sobre James. Você teve dúvidas quando ele desapareceu. Você ainda as tem.

Minha pele pinicou, e eu desviei o olhar.

— Você está brava comigo.

— Acho que você deveria ir embora. — Eu me sentia desconfortável perto dela.

Ela hesitou, abriu e fechou a boca como se estivesse decidindo se deveria dizer algo mais. Mas não disse. Apenas assentiu e foi até seu carro. Observei-a afastar-se, surpresa por me pegar imaginando se a veria de novo.

Capítulo 5

Meu estômago resmungou. Ouvi James rir no ronco de um motor de carro ao longe. Na suave brisa que agitava as minhas roupas, sua voz fez cócegas na minha orelha. *Vamos para o Joe's.*

Joe's era onde passávamos nossas manhãs de domingo. Parecia uma eternidade desde que James partira. Sentia falta de sua risada e do timbre grave e aveludado de sua voz. Nunca mais o ouviria dizer *eu te amo*, e não estava disposta a tomar qualquer atitude que reforçasse a ideia de que ele partira para sempre, como empacotar seus pertences, cancelar suas assinaturas de revistas ou sentar na nossa mesa no Joe's sozinha. Mas, pela primeira vez em seis meses, senti um desejo de ir até lá e passar um tempo tomando uma tigela de sopa de tomate *heirloom* seguida de uma salada cítrica. A comida do café era sensacional, mas Joe nunca conseguiu fazer um café decente. James muitas vezes brincava que eu deveria preparar bebidas para trazê-las conosco. Nós poderíamos pagar a Joe uma taxa de caneca assim como se paga uma taxa de rolha. O café amargo de Joe nem chegava aos pés do elixir que eu preparava.

Em vez de voltar para uma casa vazia cheia de comida engordativa, andei seis quarteirões até o Joe's, ouvindo James ao meu lado no eco dos meus sapatos na calçada. Tínhamos percorrido esse trajeto muitas vezes e era difícil acreditar que ele não estava caminhando ao meu lado agora, nossas mãos dadas. Enrolei meus dedos, minha palma estava fria e vazia.

Cheguei ao Joe's e, empurrando a maçaneta, dei de cara com a porta de vidro.

— Ai! — Minhas mãos correram para o meu rosto, os olhos marejando. Meu nariz ardia. Bati o pé, girando, praguejando enquanto esfregava a pele macia.

Apertei a ponta do nariz e sacudi a maçaneta. Estava trancada. Numa sexta-feira?

Pressionando a testa contra o vidro, espiei lá dentro. O café estava escuro e vazio. Os mostruários, nus. Nada de muffins, carnes, saladas ou bebidas engarrafadas. No canto da janela mais distante à direita, havia uma placa.

ALUGA-SE

Fiquei parada com o olhar perdido por um longo momento. O Joe's Coffee House estava fechado. Perdido para sempre.

Pensei nas manhãs que James e eu fomos lá para o café da manhã. Os aromas familiares de café torrado, *scones* recém-assados e *frittatas* de batata foram o que haviam me trazido ali naquela manhã. Era o nosso espaço. Era o *meu* espaço.

Afastei-me de súbito da janela.

— Este *pode* ser o meu espaço — falei para o meu reflexo.

Naquele momento, eu sabia exatamente o que queria fazer, o que tinha que fazer. Abrir o meu próprio restaurante, ali mesmo no antigo ponto do Joe's. Era o que James teria desejado. Faria isso por James.

A excitação eletrizou o meu corpo como uma injeção de cafeína. Antes que mudasse de ideia, digitei o nome e o número da corretora da imobiliária no meu celular e salvei o contato.

A expectativa borbulhava dentro de mim. Olhei em volta, meu olhar se detendo nas fachadas duas quadras acima. Nadia poderia estar lá na galeria de arte. Ainda estava em obras. Saí do Joe's e liguei para ela.

— Pode ir. E me diga o que você acha — encorajou Nadia.

— A galeria ainda não está aberta ao público. Não posso entrar.

— Claro que pode. Wendy está pendurando as obras para a grande inauguração.

— Não sei, não. — Esperava que Nadia estivesse lá para que eu pudesse compartilhar minha ideia sobre o Joe's. Meu estômago resmungou novamente.

Ela fez um ruído de impaciência.

— Fala para ela que fui eu que enviei você. Ela não vai se importar se você der uma olhada.

— Tudo bem. Vou dar uma espiadinha. — Parei na esquina. Um carro acelerou e dei um pulo para longe do meio-fio.

— Preciso me preparar para uma audioconferência. Vou passar na sua casa nesta noite depois do trabalho. Quero saber o que você achou do esquema de cores e do layout.

— Está certo.

— Vejo você hoje à noite. — Ela desligou a ligação.

A galeria quase me passou batido. Nadia havia transformado toda a fachada. Tudo fora atualizado. Vitrines maiores, altas portas de vidro duplas, luzes de teto embutidas num toldo revestido de madeira. Vinhas de madressilva em vasos subiam em direção ao céu em ambas as laterais da entrada. Gravados no vidro com uma fonte elegante, liam-se os dizeres:

GALERIA WENDY V. YEE

ONDE O FOTÓGRAFO LOCAL FICA INTERNACIONAL

Fotografias, não pinturas.

Nadia vinha trabalhando em um tipo de galeria diferente do que eu esperava, e ela criara aquele lindo espaço para Wendy mostrar o talento fotográfico de seus artistas.

Apoiada no peitoril da ampla vitrine, uma foto deslumbrante mostrava um céu em laranja e lavanda beijando águas verde-claras e transparentes. A imagem era fantástica, intitulada simplesmente *Nascer do Sol em Belize*. Senti-me sendo tragada para a fotografia, sentando-me na areia e observando a luz da manhã dançar na maré. Uma brisa salgada e úmida provocando a minha pele. Eu queria estar lá.

De acordo com o nome sob o título, o fotógrafo era Ian Collins. Considerando como a iluminação de *Nascer do Sol em Belize* era cativante, Ian era um artista extraordinário, pelo que pude constatar.

As portas duplas de vidro da galeria estavam abertas. No interior, o antigo piso havia sido substituído por largas tábuas de madeira clara. Essa opção de cor no piso mantinha os olhos do público afastados do chão e focados na arte. As paredes caiadas, ainda desprovidas de obras, eram divididas em três áreas de exibição separadas por meias-paredes de tijolos. Dava para ver a parede dos fundos, mas as divisórias seccionavam o espaço aberto, emprestando à galeria uma atmosfera mais íntima, apesar da planta aberta. James teria adorado o que Nadia fizera.

Meus sapatos ecoavam enquanto eu circulava por ali. Ouvi vozes por trás das divisórias e o barulho de marteladas, seguidas de um baque surdo, um grunhido, e então um sonoro palavrão.

— Já chega, Ian. Deixe-me chamar o empreiteiro. Ele pode fazer isso por mim.

— Desliga o telefone. Ele vai cobrar! Posso fazer de graça.

— Do jeito que você está indo, vai gastar mais dinheiro em primeiros-socorros. Poupe os seus polegares. Bruce pode lidar com isso.

— Este é o último gancho. — Mais marteladas. — *Voilà, fini!* — o homem com o martelo anunciou com um péssimo sotaque francês. Uma risadinha escapou de mim e tapei a boca com a mão.

— Obrigada, Ian, mas não largue o emprego que o sustenta.

— Não tenho um emprego que me sustenta. — Ian surgiu de trás da divisória. Ele parou abruptamente quando me viu, seus olhos encontrando os meus. Senti-me atraída pelas profundezas de seu tom âmbar. Os cabelos claros derramavam-se sobre sua testa, e senti um inesperado desejo de correr os dedos entre as ondas que formavam.

Meu rosto ficou vermelho. De onde veio tal pensamento?

A linha firme de sua mandíbula se contraiu e um sorriso tocou o canto de sua boca.

— Opa, olá.

Fiquei parada ali, olhando que nem boba para ele. Sua contração facial ampliou-se, evoluindo para um sorriso pleno. Oh, uau.

— Ian? — chamou a mulher. Passos delicados trouxeram uma mulher ao meu campo de visão. — Oh! Não sabia que tínhamos uma visitante. Posso ajudá-la?

Eu me desloquei rapidamente em sua direção. Ela era esguia e pequena, e estava vestida toda de preto. Cabelos lisos e negros como o ébano cobriam seus ombros. Um leve sorriso esboçou-se em seus lábios.

Estendi-lhe a mão.

— Sou Aimee Tierney, amiga de Nadia.

Ela apertou minha mão.

— Wendy Yee. Este é Ian Collins — ela inclinou a cabeça na direção dele —, um dos fotógrafos com quem trabalho.

— Vi a foto na vitrine. É linda.

— Obrigado — ele disse e apertou a minha mão. — Prazer em conhecê-la, Aimee.

— Desculpe incomodá-los — eu disse a Wendy. — Só queria dar uma olhada no projeto da Nadia.

— Não é incômodo algum. Você é bem-vinda sempre que quiser. Nosso coquetel de inauguração é na próxima semana, se estiver interessada.

— Você devia vir — Ian apressou-se em dizer.

Meu olhar saltou de um para o outro.

— Não entendo nada de fotografia.

— Você só precisa saber como se divertir. — Ele sorriu. — Nadia estará aqui.

— Vou buscar um convite. — Wendy foi até a mesa no canto dos fundos da galeria.

Eu me recusei a olhar para Ian, mas senti seu olhar sobre mim.

Wendy retornou e me entregou um envelope aberto, com um cartão branco dentro.

— Próxima quinta-feira, às oito horas.

— Obrigada. — Deslizei o convite para dentro da minha bolsa a tiracolo.

Ian esfregou a barriga.

— Estou morrendo de fome. Vamos comer, Wendy.

— Vai você. Tenho que terminar por aqui. — Ela o dispensou com um gesto de mão.

— Vou trazer algo para você.

— Obrigada. — Ela tirou o martelo dele e desapareceu atrás da divisória.

Ian olhou para mim.

— Almoço?

Dei um passo involuntário para trás. Ele deu um sorrisinho malicioso.

— Se duas mulheres me rejeitarem em menos de sessenta segundos, vou ficar me perguntando se perdi o jeito. — Ele cruzou os braços e cheirou uma das axilas. — Ou se esqueci de passar desodorante.

Bufei uma risada.

— Obrigada pela oferta, mas não.

— Não sou uma companhia tão ruim. Vamos comer alguma coisa.

Meu estômago decidiu exercer sua independência e me lembrar por que havia caminhado até o centro da cidade. Ele roncou alto e demoradamente.

Ian ergueu uma sobrancelha e dirigiu-se para a porta.

— Tem um lugarzinho com pizza a lenha na esquina. Podemos comer do lado de fora.

Roonc.

— Então, pizza. — Segui-o pela porta e apontei com o polegar para a foto na vitrine. — Você costuma viajar?

— A cada quatro ou seis meses faço pequenas excursões. De poucos em poucos anos, uma viagem mais longa. Tenho uma expedição fotográfica chegando — disse ele, enquanto caminhávamos.

— Deve ser legal ir para lugares exóticos.

— Tem suas vantagens. — Ele olhou para mim. — Você já viajou bastante?

Balancei a cabeça.

— Viagens por terra. Nada fora do país.

— Se você pudesse viajar para qualquer lugar, para onde iria?

Soltei a primeira coisa que me veio à cabeça.

— Para a praia da sua foto.

— É um lugar bonito. Você deveria ir.

— Quem me dera. É muito caro.

Seus olhos enrugaram.

— É, dinheiro sempre parece ser o problema.

Paramos em uma esquina e esperamos o semáforo fechar.

— Nunca tinha visto o seu trabalho antes. Você expõe em outros lugares? — perguntei enquanto atravessávamos a rua.

— Além de on-line? Só na galeria Wendy's Laguna Beach. Ela gosta de promover artistas locais.

— Você mora no sul da Califórnia?

— Morava. Cresci em Idaho antes de me mudar para o sul da Califórnia. Estou em Los Gatos há alguns anos apenas. Demorou todo esse tempo para convencer Wendy a abrir uma galeria aqui. Ultimamente, tenho estado muito na estrada.

— Sempre em busca do próximo grande disparo? — Quando ele assentiu, perguntei: — E quanto a pessoas?

Ian ergueu dois dedos juntos.

— Nunca disparei em ninguém. Palavra de escoteiro.

O rubor subiu pelo meu pescoço.

— Oh, não, não, eu... Eu estava falando das fotos. Você faz fotos de pessoas, tipo retratos?

Sua expressão ficou sombria.

— Paisagens são o meu nicho.

Nós nos separamos para deixar passar uma mulher empurrando um carrinho de bebê.

— E aí, o que você faz? — Ian perguntou.

— Sou sous-chef ou gerente de restaurante, dependendo do dia. — Durante as últimas duas semanas, eu não tinha sido muito nem uma coisa nem outra. — Você já esteve no The Old Irish Goat?

Ele balançou a cabeça.

— Já ouvi falar.

— Meus pais eram os donos do restaurante.

— *Eram* os donos?

O desânimo voltou a me abater.

— Sim, eles venderam. A partir da próxima semana, o Goat está sob nova direção.

— Meu palpite é que você precisa de um novo emprego — ele arriscou.

— Parece que sim.

Ian abriu a porta e a segurou para mim quando chegamos ao restaurante. A recepcionista nos acomodou no deque lateral, de frente para a rua. Ela entregou os menus e anotou nossas bebidas, água para Ian e chá gelado para mim.

Quando ela foi embora, Ian apoiou os cotovelos na mesa e o queixo sobre as mãos unidas.

— Então, qual é a história?

Franzi o cenho.

Ele acenou com a cabeça para o meu rosto.

— O seu nariz. O que aconteceu?

Minha mão correu para cobrir o meu nariz enquanto a outra lutava com o interior da minha bolsa, procurando um espelho.

Ian riu. Ele tocou o meu pulso.

— Não está muito ruim. Só um pouco vermelho e inchado.

— Valeu, hein?

Ele deu uma risada e depois sua expressão relaxou.

— Está doendo?

— Um pouco. Estou tentando ignorar. — Mas Ian me encarando não estava ajudando em nada. Eu queria rastejar para debaixo da mesa e me esconder.

— Vem cá, deixa eu ver. — Ele afastou com cuidado a minha mão para o lado e pinçou delicadamente a pele e a cartilagem. Eu chiei. — Sensível?

Assenti.

— O seu nariz sangrou?

— Não. — Pisquei rapidamente os olhos. Seu toque era tranquilizante. Perturbador, mas num bom sentido.

— Você pode apresentar um pouco de descoloração da pele e dor durante alguns dias...

— Fotógrafo e médico. Você é um homem de muitos talentos.

— Quem me dera, mas infelizmente não. Sou apenas um fotógrafo que teve a sua cota de galos e hematomas.

— O que quer que fosse preciso para conseguir a melhor foto?

— Mais ou menos isso. — Ele se inclinou. — Até a inauguração da galeria, você já terá recuperado sua magnífica aparência.

— Quer dizer que não estou bonita agora? — Não pude deixar de tirar uma com ele. Ele sorriu e um tremor de excitação percorreu todo o meu corpo.

Nossas bebidas chegaram e fizemos nossos pedidos, uma pizza personalizada para cada um.

— Você conhece o Joe's Coffee House? — perguntei.

— O café da esquina? Está fechado, não?

— Não sabia. Eu meti a cara na porta trancada.

Ian fez uma pausa, o copo de água a meio caminho de sua boca. Seus lábios se contraíram como se ele estivesse tentando não rir.

— Se estava tão desesperada por uma xícara de café, eu poderia ter feito uma para você.

Abri um sorriso.

— Ninguém prepara um café melhor do que eu.

— Nem mesmo o Joe?

— Especialmente o Joe — enfatizei, lembrando seu café javanês com o *aftertaste* de queimado.

— Está parecendo um desafio. Um dia desses, você e eu — ele disse apontando entre nós — veremos quem prepara a melhor caneca.

— Você prepara cafés especiais? — Um sorriso se espalhou pelo meu rosto. Apertei a mão dele, selando a aposta. — Fechado.

— Você devia abrir uma cafeteria no antigo ponto do Joe's, principalmente se você sabe cozinhar tão bem quanto afirma preparar cafés — ele disse com um sorriso maroto que fez as minhas entranhas dançarem. — O troço que essas cadeias servem é uma *merde*, perdoe-me o francês.

— Seu francês é horrível. — Imitei o *Voilà, fini!* que o ouvi dizer antes.

— Façamos o seguinte — ele se inclinou mais para perto —, vou parar de falar francês se você servir o seu café.

Dobrei o guardanapo sobre o meu colo e abaixei a cabeça para esconder um sorriso. Era exatamente isso o que eu estava planejando uma hora atrás.

Nossa pizza chegou e Ian pediu uma para viagem para Wendy. O almoço passou voando e, quando a garçonete trouxe a nossa conta, abri a minha carteira.

Ian tirou a dele do bolso de trás.

— Deixa comigo.

— Isso não foi um encontro.

Os cantos de seus olhos se enrugaram. Ele parecia estar se divertindo.

— Se você está dizendo... mas você é uma cliente em potencial. Você virá quinta-feira, certo?

— Sim, mas...

— Você vai querer uma das minhas fotos. Você precisará de uns trocados para a semana que vem.

Lancei-lhe um olhar direto.

— Você está assim tão confiante de que eu vá comprar uma?

— Não custa nada sonhar. — Ian jogou um cartão de crédito na mesa e fechei o zíper da minha carteira. Os dentes metálicos prenderam em alguma coisa. Puxei o papel responsável e senti a cor sumir do meu rosto. Era um cartão de visita do Casa del Sol, um resort em Oaxaca, México. Nenhum nome de funcionário ou título. Somente o endereço do resort, o número de telefone e o site. Lacy deve tê-lo colocado ali.

— Você está bem?

Olhei para Ian.

— Sim, estou bem.

— Eu disse algo que a ofendeu? Se você quiser mesmo pagar...

Balancei a cabeça.

— Não, não, tudo bem.

Ian baixou o olhar e me observou mexendo impacientemente na minha carteira. Seus olhos perderam o brilho e senti seu retraimento. Eu queria explicar que a minha mudança de humor não era culpa dele, mas então teria que explicar o que me incomodava. Contar a ele que uma médium enfiara um misterioso cartão de visitas na minha carteira soaria muito esquisito. Ah, sem contar que ela achava que o meu falecido noivo não havia falecido coisa nenhuma.

Ian pagou a conta e nós voltamos para a galeria, parando do lado de fora das portas, que agora estavam fechadas. Estendi-lhe a mão.

— Obrigada pelo almoço.

Sua expressão era cautelosa, mas ele sorriu e apertou a minha mão.

— De nada.

— Prazer em conhecê-lo. — Eu me virei para ir embora, mas logo em seguida parei, quando ele chamou o meu nome.

— Vejo você na quinta? — Ele sorriu calorosamente.

Eu lhe devolvi o sorriso na mesma intensidade e assenti.

— Vejo você na quinta.

Capítulo 6

Nadia ligou e cancelou a nossa noite. Ela tinha um novo projeto em andamento e o cliente pediu para se encontrar durante o jantar para discutir os planos antes de ele viajar para fora da cidade.

— Wendy mencionou que convidou você para a inauguração na próxima quinta-feira. Você vai?

— Provavelmente. — Pensei em Ian. Eu queria ver mais fotos dele.

— Você pode ir comigo. Podemos ser a companhia uma da outra.

— Contanto que você não me dê um beijo de boa-noite.

Ela bufou.

— Combinado. Então, o que você achou do Ian?

— Eu adorei... — o projeto dela para a galeria! Ou pelo menos era o que planejava dizer até me dar conta do que ela perguntara na verdade.

Ela riu.

— Ele é lindo, não é?

— Seu projeto é lindo.

— Você gostou dele?

— Gostei do trabalho que você fez na galeria.

— Aimee. — Ela pronunciou o meu nome de forma arrastada.

— Tá. Eu gostei dele. Ele me pareceu ser muito legal.

— Chame ele para sair.

— *O quê?* — Nunca antes convidara alguém para sair. Além de James, eu nunca havia namorado. Ele e eu sempre fomos um casal. — Não posso. Ainda é muito cedo.

— James morreu há quase cinco meses. Você tem a vida toda pela frente.

— Ainda não estou pronta.

Ela suspirou.

— Certo. Tudo bem. Não vou pressionar. Mas um dia você estará pronta. O espírito humano é incrivelmente resiliente e o corpo humano é surpreendentemente excitável. — Ela riu e eu revirei os olhos. — Vamos às compras na semana que vem. Escolha algo provocante para você.

— Claro — eu disse, mais para aplacar do que concordar.

— Tenho que me arrumar. Conversamos mais tarde. — Nadia se despediu e encerrou a ligação.

Várias horas depois, encontrei-me encarando o cartão de visita que Lacy escondera dentro da minha carteira. Sentei-me no computador no quarto da frente, que era usado como estúdio de pintura de James. Seus materiais ainda estavam esparramados pelo aposento. Uma pintura inacabada aguardava no cavalete. Liguei o monitor e entrei no site do resort. Casa del Sol. Telhas vermelhas se inclinavam sobre os arcos da construção em estilo *hacienda*, que se elevava acima de Playa Zicatela. O hotel estava localizado na cidade de Puerto Escondido, na Costa Esmeralda de Oaxaca, México.

Dei petelecos no canto do cartão de visita, enquanto refletia. Não fazia sentido. James não chegara nem perto de Puerto Escondido, que ficava a mais de mil quilômetros de onde ele deveria ter estado de acordo com o *app* de mapas do meu celular. Ele voara para Cancún, planejando jantar em Playa del Carmen depois de passar o dia pescando na costa de Cozumel. Thomas tinha ido a Cancún para buscar o corpo de James. Ou, pelo menos, foi o que ele havia me dito.

Ligue para Thomas, Aimee.

Mais senti do que ouvi as palavras na minha cabeça.

James?

Não se vire, disse a mim mesma. Ele não estaria lá.

Quanto a Thomas, fazia mais de um mês desde sua última visita. Ele deu uma passada para ver como eu estava e acabou ficando para o jantar.

Liguei para ele.

— E aí, Aimee — ele respondeu com uma voz rouca.

Ouvi um chiado pela linha telefônica, em seguida, um zumbido baixo e constante em segundo plano. Soava como se ele tivesse ido para fora, ou estivesse parado perto de uma janela aberta.

— Onde você está?

Mais chiado. Ele limpou a garganta.

— Do outro lado do oceano.

Europa? Estaria amanhecendo. Ele devia estar cansado.

— Desculpe, acordei você? Ligo depois.

— Não, tranquilo. — Ele gemeu. Imaginei ele esfregando a testa. — Tudo bem?

— Você... — Detive-me antes de continuar. Perguntar a Thomas se ele havia, de fato, buscado o corpo de James em Cancún, e não em outro lugar, como Oaxaca, México, não parecia uma questão lógica e pensada. Tampouco "Você tem certeza de que você trouxe para casa o corpo certo e não de algum desconhecido?", que teria sido a minha próxima pergunta.

Eu não tinha outra prova de que James não estava morto senão um cartão de visitas e a palavra de uma médium.

— Você ainda está aí? — Thomas invadiu meus pensamentos.

— Estou aqui. Desculpe incomodá-lo. É que... — Fechei os olhos e respirei profundamente.

— Sinto falta dele também — ele confessou depois de um momento.

— Eu sei, obrigada. Vou deixar você desligar. Boa noite, Thomas.

— Se cuida, Aimee.

Coloquei o telefone na minha escrivaninha ao lado do cheque de Thomas. Fiquei olhando para ele, pensando na placa de aluga-se no centro da cidade.

Faça isso, Aimee.

Peguei o telefone e liguei para o papai. Estava tarde. Caiu na caixa de mensagens.

— Oi, pai. Hum... — Segurei o cheque. — Só liguei para dizer... bem, descobri o que quero fazer. Então, não precisa se preocupar comigo. Eu vou ficar bem. Não... eu *estou* bem. É isso. Eu amo você. Mamãe também. Tchau.

Revirei o cheque e o meu estômago ficou embrulhado. Eu era formada em uma escola de culinária e podia planejar uma refeição de cinco pratos para centenas de convidados, mas a ideia de preparar café e assar muffins para um cliente no meu café era assustadora. Mas, ao mesmo tempo, sentia-me libertada.

Aimee's Café.

James havia sugerido o nome. Ele até tinha esboçado um logotipo na noite anterior à sua partida. Se ele pretendia perseguir sua paixão e abrir uma galeria, queria que eu fizesse o mesmo. Que me demitisse do Goat e abrisse o meu próprio restaurante. Cozinhasse o que eu quisesse, não o que o restaurante ditasse. Eu ia mesmo querer cozinhar comida de pub irlandês pelo resto da minha vida?

Girei o anel de noivado de platina no meu dedo. O solitário de diamante reluzia ao brilho do monitor. Mesmo se James estivesse ao meu lado, a ideia era intimidante. Mas era hora de seguir em frente. Nadia diria que eu estava entrando na próxima fase do luto. Hora da mudança.

Descontei o cheque e depois liguei para a corretora da imobiliária, deixando uma mensagem. Quando desliguei, dei-me conta da realidade. Meu aniversário seria na próxima semana. Estaria com vinte e sete anos e em vias de me tornar a orgulhosa e ingênua dona de um negócio sem planejamento, sem funcionários e sem produtos.

Brenda Wakely encontrou comigo na frente do Joe's Coffee House às 10h de segunda-feira. Ela era alta e magra, e vestia uma blusa de seda branca enfiada em uma saia azul-elétrico com sapatos de salto alto combinando. Seus cabelos brancos com corte *long bob*, salpicados de mechas prateadas, enrolavam-se em torno de suas orelhas.

Ela limpou a garganta e apresentou-se enquanto destrancava a porta. O sistema de alarme iniciou uma contagem regressiva de advertência.

— Vai dando uma olhada enquanto eu desligo isso. — Ela correu pelo corredor, passando pelos banheiros, até a porta dos fundos.

Joe não removera nada desde que fechou. As mesas de fórmica apinhavam o salão. Cadeiras de vinil amontoavam-se contra a parede dos fundos. O revestimento de linóleo estava manchado e desgastado nas áreas de maior circulação. O ar estava parado. Um leve odor de grãos de café queimado e gordura de bacon encheu os meus pulmões, provocando lembranças.

Meu olhar pousou na mesa do canto. Em quantas manhãs de domingo James e eu não nos sentamos perto daquela janela, observando os transeuntes enquanto bebíamos café amargo e comíamos omeletes encharcadas de molho Tabasco?

Girando em um círculo lento, olhei ao redor do salão. Enquanto o mundo mudava em volta de Joe, nada no Joe's mudara. Fotografias em preto e branco que datavam de cinquenta anos antes decoravam a parede dos fundos. Os menus de plástico que se empilhavam próximo à caixa registradora ofereciam o mesmo cardápio do tempo em que comecei a comer lá, vinte anos atrás.

— O que você acha? — Brenda perguntou.

— Eu adorava o Joe's. Sinto falta deste lugar.

— Eu também, mas ele não conseguiu enfrentar a concorrência daqueles pontos da moda. Amo os drive-thrus deles, então, não posso reclamar.

Caminhei por trás do balcão de atendimento.

— Os equipamentos precisam ser atualizados. — Através da abertura da cozinha, ela apontou para o fogão comercial manchado de gordura. —

Para ser sincera, o lugar todo precisa ser esvaziado e receber uma profunda limpeza. — Ela afastou as mãos da bancada encardida. — Qual mesmo você disse que é o seu negócio?

— Um café. — Apertei as teclas da caixa registradora antiquada. O "2" emperrou. — Bem, está mais para uma boutique de cafés e restaurante gourmet.

Ela sorriu ironicamente.

— Mais um café. Um negócio arriscado, se quer saber. — Ela bateu no portfólio encadernado em couro que segurava. — O proprietário quer que o inquilino assine um contrato de longo prazo, de quinze a vinte anos.

Era muito tempo. Inspecionei os armários.

— Quem é o dono do lugar?

— Joseph Russo.

— Joe é o dono? — Eu deveria saber. Talvez pudesse ligar diretamente para ele e fazer um acordo.

— Você o conhece pessoalmente?

— Meus pais eram os donos do The Old Irish Goat. Eles conheceram Joe há muitos anos por intermédio da câmara de comércio e outras associações. Alguém já se candidatou para alugar?

— Tenho outros dois candidatos. Este espaço será locado rapidamente. Joe quer tomar a decisão até quinta-feira — afirmou.

Três dias para resolver. Senti-me pressionada, mas eu podia perder a chance se não agisse rápido. E o que mais eu poderia desejar? Eu queria que o meu café fosse no centro da cidade. A localização de esquina era ideal e o mais importante de tudo é que, naquele lugar, eu sentia uma conexão com James.

Girei o anel no dedo.

— Quanto é o aluguel mensal?

Brenda recitou pronta e secamente o valor, que era mais do que eu esperava. Mais uma razão para ligar para Joe.

Eu deveria planejar melhor, e não tomar nenhuma decisão apressada. No entanto, não queria perder esse ponto. Sorri para Brenda.

— Quero me candidatar.

— Esplêndido. — Ela abriu seu portfólio e me entregou alguns formulários. Nós discutimos um pouco mais os termos e, enquanto eu preenchia a ficha de locação e o relatório de crédito, Brenda dirigiu-se para o outro lado do restaurante e sentou-se, digitando vigorosamente em seu smartphone.

Quando terminei, ela me agradeceu.

— Vamos analisar o seu relatório de crédito, e se o seu histórico for aprovado, seguirei com as suas referências. — Ela apertou a minha mão. — Espero que tudo dê certo para você.

Brenda trancou a porta atrás de nós e acenou se despedindo. Voltei para casa sentindo-me zonza. Durante os dias seguintes, pesquisei, planejei, solicitei uma licença comercial e pus em ordem as minhas finanças. Pela primeira vez em cinco meses, tinha algo pelo que ansiar.

Nadia me acordou no fim da manhã de quinta-feira. Fui me arrastando para a porta da frente. Tinha ficado acordada até tarde esboçando planos de negócios e marketing.

— Meu Deus, você não vai fazer compras vestida assim. — Ela fez uma cara de nojo para a minha camiseta amassada e calças de pijama e entrou, passando direto por mim.

— Bom dia para você também. — Bocejei e fechei a porta. — Que horas são?

— Hora de você se aprontar. Temos menos de duas horas para encontrar uma roupa para a festa de inauguração de hoje à noite antes da minha reunião de almoço.

— Vou usar alguma coisa que já tenho. — Voltei para o quarto.

Ela me seguiu.

— Como o quê?

Dei de ombros.

Ela abriu as portas do closet num puxão e calou-se. Ela soltou um suspiro quando olhou para o lado de James do armário. Suas roupas ainda estavam lá, intocadas. Ela fechou as portas.

— Vista-se. Você precisa de algo novo. Vamos para Santana Row.

— Tenho que tomar banho.

— Não dá tempo. Passa um perfume. — Ela fez um movimento tremelicante com os dedos em volta da minha cabeça. — E penteie o cabelo.

Vinte e cinco minutos depois, usando jeans, camiseta e tênis, com minhas madeixas rebeldes amarradas num rabo de cavalo alto, estava parada ao lado de Nadia enquanto ela vasculhava apressadamente uma arara de roupas. Ela afastava bruscamente as peças de lado, dispensando uma rápida inspecionada a cada vestido do meu tamanho. Ela empurrou três em meus braços e me arrastou para o provador de roupas.

— Ainda não entendi por que esta noite é tão importante. — Descalcei meus tênis puxando-os com o dedo.

— Alô-ô! O Ian vai estar lá.

— Não estou interessada.

— Aham, claro.

— Nadia — eu a repreendi. Despi meus jeans e deslizei a camiseta pela cabeça. Um sutiã simples e uma calcinha sem graça me encararam de volta pelo espelho de corpo inteiro.

— Então, esqueça o Ian. Faça isso por você mesma. Está na hora de sua vida social pegar no tranco. Você precisa namorar.

— Não quero namorar — disse friamente, e apanhei o primeiro vestido do cabide.

— Tanto faz. Mas anda logo. O tempo está acabando.

Fechei o zíper do vestido, uma peça sem mangas de seda azul-cobalto que unia um corpete justo a uma saia reta na altura dos joelhos, e me virei para o espelho. Será que Ian me acharia pretensiosa demais? O vestido era lindo, mas muito "cheguei" para uma exposição de arte. Extravagante demais para Ian.

James teria adorado esse vestido.

Abri o zíper nas costas e lancei um olhar de reprovação ao vestido quando ele caiu no chão.

Por que deveria me importar com o que qualquer um deles pensaria?

O próximo era um vestido preto no estilo linha-A, com saia ampla, corpete ajustado e mangas finas que cobriam os cotovelos. Meus saltos-agulha pretos combinariam perfeitamente com ele. Este vestido seria perfeito para a noite de hoje.

Meu telefone tocou. Virei as costas para o meu reflexo e procurei a fonte de distração na minha bolsa a tiracolo.

— Alô?

— Aimee? É Brenda Wakely. Desculpe a demora.

— Tudo bem. — Tentei parecer casual embora meu coração estivesse acelerado.

— Avaliei a sua ficha. Você tem fundos mais do que suficientes em suas contas bancárias, mas o seu crédito possui alguns problemas. Seus pagamentos recentes da hipoteca atrasaram e, infelizmente, sua classificação de crédito sofreu um grande baque.

Eu me encolhi.

— Deixe-me explicar...

— Eu estava realmente esperando que tudo estivesse nos conformes com você, em especial porque você é amiga de Joe. Não posso recomendar a sua candidatura para ele, e agora tenho outros três candidatos qualificados.

Afundei na cadeira do apertado provador.

— Há alguma coisa que eu possa fazer?

— Você consegue um cossignatário, alguém com uma classificação de crédito melhor?

Pensei em meus pais, apesar de querer fazer isso sozinha. Então, lembrei-me do seu questionável histórico de crédito. Eles tiveram dificuldades em realizar os pagamentos para os seus fornecedores.

— Não tenho certeza. Precisaria de mais tempo.

— Receio que tempo não seja algo de que disponho. A locação provavelmente será acertada com outro candidato esta tarde, o mais tardar amanhã de manhã. Boa sorte encontrando um lugar. Tenha um ótimo fim de semana.

Brenda desligou. Soltei um longo suspiro e olhei para o teto.

Nadia bateu na porta e me sobressaltei.

— Tudo bem aí? Está pronta?

— Me dá um segundo. — Tirei o vestido e pus a minha camiseta.

— Escolheu algum?

Joguei o linha-A sobre a porta.

— Legal! — ela cantarolou. — Amei.

Podia jurar que a tinha ouvido dizer, enquanto saía do provador, que Ian também iria amar.

Capítulo 7

Nadia me apanhou às 20h para a inauguração da galeria. Ela estava deslumbrante em um tubinho de tom terroso, lembrando lavanda desidratada. Seus cabelos castanho-avermelhados, divididos lateralmente, batiam na altura dos ombros. Maquiagem esfumada emoldurava seus olhos esmeralda e gloss transparente destacava-lhe os lábios cheios.

Ela girou um dedo indicador e me virei, a saia linha-A flutuando para longe das minhas pernas. Eu havia modelado meus cachos, enrolando as ondas soltas no alto da cabeça, deixando alguns cachos mais finos adornarem o meu rosto. Eu não me vestia formalmente assim desde o funeral de James.

Nadia sorriu.

— Corrija-me se estiver errada, mas você não se sente bem? Você está maravilhosa.

Torci um cacho de cabelo extraviado em volta do meu dedo.

— Estou nervosa.

Ela afastou minha mão para o lado e ajeitou o cacho de volta ao seu lugar.

— Só te peço uma coisa.

— O quê?

— Divirta-se.

Suspirei.

— Vou tentar.

Ela expirou e ergueu os olhos para o teto.

— Sorrir ajuda. — Ela se afastou e me analisou da cabeça aos pés enfiados nos saltos altos. — Você está linda.

O canto da minha boca curvou-se para cima.

— Bem melhor — exclamou ela.

Estacionamos a dois quarteirões da galeria. O ar noturno estava fresco e ajustei a echarpe em meus ombros. A luz derramava-se das vitrines e notas distantes de jazz suave flutuavam da porta. O *Nascer do Sol em Belize* ainda ocupava o lugar de destaque na vitrine da frente. A etiqueta de preço de dois mil, setecentos e cinquenta dólares era novidade.

Fiquei boquiaberta.

Nadia me olhou com uma expressão de estranheza.

— Que foi?

Dei uns tapinhas na vitrine em cima do preço.

— Ele deve ser bom pra caramba.

— Ele é. Espere até ver seus outros trabalhos. — Ela abriu a porta para nós. — Você vem?

Convidados lotavam o espaço da galeria. Garçons abriam caminho cuidadosamente entre os fãs de Ian, equilibrando bandejas carregadas de taças de champanhe e canapés.

Meu olhar fixou-se em Ian no canto da sala de exibição principal. Ele enfiou as mãos nos bolsos laterais de sua calça escura e inclinou a cabeça para a mulher ao seu lado. Um cacho lustroso caiu em sua testa. Observei a mão dele erguer-se lentamente para alisar a cabeça enquanto ele assentia para o que quer que fosse que a mulher estivesse compartilhando com ele. Meu estômago balançou como seu cabelo e eu me censurei por minha reação.

Nadia cutucou minhas costelas com o cotovelo.

— Não se esqueça de sorrir.

Forcei-me a dar um sorriso largo.

Wendy atravessou o salão quase correndo.

— Nadia, eu estava procurando por você.

— Olá, Wendy. — Ela inclinou a cabeça para receber os beijos no ar de Wendy e então tocou o meu ombro. — Você se lembra da minha amiga Aimee?

Wendy apertou a minha mão.

— Fico feliz que decidiu vir. Por favor, divirta-se, beba uma taça de champanhe. — Ela gesticulou para um garçom que passava antes de voltar sua atenção para Nadia. — Um querido amigo meu adorou o que você fez na minha galeria. Ele é um corretor de imóveis comerciais e quer conhecê-la.

— Você se importa? — Nadia me perguntou.

— De modo algum. Vá em frente.

Wendy direcionou-me para o lado esquerdo da galeria.

— Comece aqui para experimentar o efeito total da exposição. Organizei as fotos de Ian de modo que o sol nasça e se ponha enquanto você dá a volta na sala. O trabalho dele é impressionante. Certifique-se de me procurar se quiser adquirir alguma coisa. — Ela passou o braço em torno de Nadia e elas desapareceram por trás da primeira divisória.

Retirei a minha echarpe, dobrando o retângulo tricotado sobre o braço e serpenteei pela galeria. Cada imagem retratava o sol nascendo ou se pondo em um lugar exótico e estrangeiro. Ian havia brincado com a luz, e as cores que se refletiam em uma encosta — pela superfície de um lago, ou através dos altos pinheiros em uma floresta — tinham uma qualidade mágica e surreal.

Parei diante de uma das imagens, um sol intenso em um íngreme declive nas dunas de areia do Oriente Médio. A foto havia sido tirada em Dubai, segundo a plaquinha na parede. Três camelos imóveis na crista de uma duna, suas sombras projetadas como longos dedos espalhando-se pelas areias de tons fulgurantes de laranja e ouro.

— O que você acha?

Um sorriso dançou em meus lábios.

— Você tem um talento extraordinário para capturar a luz do sol. — Levantei a vista para Ian.

Seu olhar encontrou o meu.

— Estou feliz que esteja aqui.

— Eu também.

Sua testa se enrugou.

— Posso fazer uma pergunta pessoal?

Movi a echarpe para o meu outro braço.

— Ok.

Ele empurrou a echarpe para o lado, expondo a minha mão esquerda. Ele ajeitou o meu dedo anelar num ângulo de modo que os *spots* capturassem o brilho do meu anel de noivado.

— Por que não me disse que é casada?

— Porque — hesitei, lambendo os lábios — eu não sou.

Ele puxou a echarpe de volta ao lugar.

— Noiva?

Balancei a cabeça.

— Sinto muito que as coisas não deram certo para você — ele disse de uma forma desprovida de emoção.

Puxei minha mão da dele e encarei a fotografia para que ele não visse as lágrimas enchendo os meus olhos. Não queria a sua compaixão, mas podia sentir que ele me estudava enquanto eu admirava o seu trabalho.

— Quando você tirou essa foto?

Ele riu.

— Dois anos atrás.

Lancei-lhe um olhar de soslaio.

— Qual é a graça?

Ele abaixou a cabeça, ocultando um sorriso.

— Aposto que você tem uma história para cada foto.

Ele esfregou o queixo.

— Sim, tenho.

Aguardei uma explicação. Ele me observou com um sorriso misterioso. Cruzei os braços.

— Um dia desses vou arrancar essa história de você.

Seus olhos se enrugaram.

— Espero que sim.

Ele olhou em volta para a galeria repleta. O burburinho havia aumentado, todos pareciam mais animados devido ao champanhe liberado. Vi Wendy com um tablet, tocando apressadamente a tela com o seu dedo indicador no que eu supunha ser um pedido. Ian inclinou-se para o meu ouvido.

— Há alguma coisa aqui que você queira levar para casa?

Você.

O pensamento invadiu a minha cabeça e trouxe a imagem de Ian me beijando. Meu rosto aqueceu e ele arqueou uma sobrancelha. Pisquei rapidamente e limpei a garganta.

— Você sabe qual eu gosto.

O canto de sua boca levantou-se ligeiramente.

— *Nascer do Sol em Belize.*

— Desculpe, mas não tenho dinheiro suficiente.

— Feliz aniversário, Aimee! — Nadia anunciou ao meu lado. Eu me virei rapidamente em sua direção.

Ian recuou para ampliar o nosso círculo. Nadia ofereceu-me champanhe. Eu gemi, pegando a taça da mão dela. Ela entregou outra a Ian.

— Hoje é seu aniversário? — ele perguntou.

— Amanhã, na verdade. — Olhei feio para Nadia. — Eu estava esperando que você tivesse esquecido.

Ela pescou uma taça de uma bandeja que estava passando.

— Um brinde à aniversariante.

— Pare...

— Deixa eu me divertir — disse ela.

— Feliz aniversário. — Ian brindou.

— Obrigada.

Ele manteve o olhar focado em mim por cima da borda de sua taça de champanhe enquanto bebia. Escondendo um sorriso, Nadia zumbiu dentro de sua taça, seus olhos saltando de mim para Ian.

Wendy se aproximou.

— Desculpe interromper, mas preciso roubar a atração principal.

Ian depositou sua taça em uma mesa alta próxima.

— Não vá embora sem se despedir — disse ele enquanto Wendy o levava rapidamente para longe.

Nadia acompanhou a partida deles.

— Caramba, ele está lindo. Pena que tenha olhos somente para você. Quero dizer, eles estavam colados em você. Senti que estava sobrando, igualzinha à terceira roda da minha bicicleta.

— Sua bicicleta tem apenas duas rodas.

— Exatamente. — Ela apontou com o queixo para o outro lado da sala. Espiei naquela direção e vi Ian olhando para mim, cercado por um pequeno grupo de admiradores. Um leve sorriso surgiu em seu rosto antes que ele desviasse o olhar, voltando a atenção para o homem ao seu lado.

No fim da noite, Nadia encontrou-me admirando *Nascer do Sol em Belize*.

— É lindo — ela murmurou. — Ei, o Senhor Corretor Imobiliário e eu vamos comer alguma coisa. Junte-se a nós.

— Para que eu possa ser a terceira roda da sua bicicleta? Sem chance.

Ela riu.

— Não é nada disso.

— Aham. Vou andando para casa.

— Não seja boba. Eu deixo você.

— Eu a acompanho. — A voz de Ian me afagou.

Nadia sorriu.

— Melhor ainda.

— Você se importa? — ele perguntou para mim.

— Se não for inconveniente.

Ele balançou a cabeça e alargou o colarinho.

— Preciso de ar fresco.

— Então, está resolvido. Estou indo. – Nadia me abraçou e apertou a mão de Ian. — Bela exposição.

— Espere um minuto. Preciso avisar Wendy que estou saindo — Ian disse quando Nadia partiu.

Enquanto aguardava, dei uma última e longa olhada na minha obra favorita. Alguém havia virado a fotografia da janela para o interior da galeria. A etiqueta de preço fora substituída por outra, a palavra **VENDIDO** escrita em negrito e maiúsculas.

Ian retornou.

— Você parece desapontada. Por que o desânimo?

Apontei para a etiqueta.

— Fico feliz que tenha feito uma venda, mas estaria mentindo se lhe dissesse que não fiquei meio para baixo.

Ele espiou a etiqueta.

— Humm, interessante — ele murmurou enquanto descansava a palma da mão contra a base da minha coluna e nos conduzia para fora. — Para que lado?

— Oito quarteirões naquela direção. — Apontei para a nossa esquerda, então abri a echarpe ao redor dos meus ombros.

— Tem planos para amanhã, o grande dia? — ele perguntou enquanto caminhávamos.

Neguei com a cabeça.

— Ficar em casa. Talvez jantar com algumas amigas.

— Passei o meu vigésimo nono aniversário me escondendo de crocodilos nos Everglades.

Ri.

— Essa não é bem a minha ideia de diversão.

— Mas tirei umas fotos incríveis. Vejamos. — Ele coçou o queixo. — No trigésimo, passei o dia inteiro no lombo de uma mula nos Andes, no Peru.

— Deixe-me adivinhar: e você passou a noite inteira sentado em um balde de gelo?

Ele riu.

— Não, mas quase. Minha bunda ficou dolorida por uma semana.

Atravessamos a rua e caminhamos outro quarteirão.

— Mais algum aniversário do qual eu deveria saber? Ou eles param nos trinta?

— Por enquanto é só. — Ele nos guiou para um canto mal-iluminado.

— O que estamos fazendo?

— Comemorando o seu aniversário. — Ele segurou a porta aberta para mim e entrou logo atrás. Estávamos no La Petite Maison, um restaurante francês. Ele ergueu dois dedos para a recepcionista.

— Lugar para dois, para café e sobremesa.

A recepcionista nos conduziu a uma pequena mesa ao lado da janela frontal com cortina de renda. Ian puxou a cadeira para mim, e então sussurrou algo para a recepcionista, antes de ela nos entregar os menus e ir embora.

Olhei para as mesas cobertas de tecido branco e as luminárias de cristal delicadamente unidas no teto.

— Por algum motivo, não imagino você comendo aqui com frequência.

— Nunca vim aqui. — Ele se virou em sua cadeira e verificou o espaço ao nosso redor. Tinha um sorriso travesso no rosto quando olhou para mim. — Não era a minha primeira opção, mas está aberto. — Ele olhou para o seu relógio de pulso. — São quase onze.

O garçom chegou alguns minutos depois com nossos cafés.

— Isso está com um cheiro bom. — Meus olhos quase se fecharam de prazer quando aspirei o aroma quente e tostado.

Ian deu um gole e encolheu os ombros.

— Está ok.

— Não está à altura dos seus padrões? Não, espere. — Ergui minha mão. — Você sabe fazer melhor. — Balancei a cabeça. — Eu não sei, Ian. Um monte de conversa fiada e nada de ação.

Os olhos dele se iluminaram.

— Nossa aposta ainda está valendo — lembrou ele.

— Na verdade... — Corri minhas mãos sobre a mesa. — ... houve alguns desdobramentos de minha parte.

Ele arqueou uma sobrancelha.

— A ideia da cafeteria está — fiz uma pausa para efeito — fervendo.

— Legal! — Ele sorriu. — Você vai alugar o Joe's?

— Talvez — Mordi o lábio. Desde a ligação de Brenda, tenho pensado na possibilidade de Thomas ser o cossignatário, ou talvez Nadia e Kristen se Thomas recusasse. Se Joe me rejeitasse, outros locadores também o fariam.

— Desejo-lhe toda a sorte, Aimee. Avise-me quando estiver pronta para descobrir quem é o verdadeiro mestre do café entre nós dois.

Ele acha mesmo que pode preparar um café melhor do que eu?, pensei, lembrando nossa conversa no almoço, no início daquela semana.

— Com certeza — concordei.

Nossa garçonete voltou com um cupcake veludo vermelho. Uma única vela acesa brilhava no centro.

— Para que isso? — perguntei.

— Pelo seu aniversário. Faça um pedido.

Sorri e fechei os olhos, imaginando o meu café com o logotipo pintado na placa acima da porta. Então, abri os olhos, e logo antes de apagar a vela, James surgiu na minha mente junto às palavras que a médium proferira para mim. *Ele ainda está vivo.*

Eu gaguejei e tossi.

Ian retirou a vela do cupcake.

— Uh-oh, sua idade está aparecendo.

Pouco tempo depois, Ian caminhou comigo até em casa, e quando chegamos à entrada, agradeci-lhe pelo cupcake.

A luz da varanda conferia-lhe um caráter misterioso, destacando os ângulos fortes de seu rosto. A barba por fazer de um dia salpicava a sua mandíbula.

— Gostei de hoje à noite. E... — ele sorriu — ... acho que vou sentir a sua falta. — Ele baixou o queixo como se tivesse sido apanhado de surpresa pela revelação.

— É mesmo? Por quê?

— Vou viajar daqui a alguns dias para uma expedição fotográfica.

As chaves chacoalharam na minha mão, produzindo um ruído.

— Quanto tempo você vai ficar fora? — perguntei delicadamente.

— Dez dias.

Minha boca se contraiu.

— Isso é tempo pra caramba.

— Uma eternidade — ele provocou. Ele deu um passo na minha direção. — Espero poder vê-la quando voltar.

— Eu gostaria disso. Me diverti hoje à noite.

— Eu também. — Ele resvalou os dedos pela minha bochecha. — Talvez o Joe's Coffee House esteja a caminho de se tornar o Aimee's quando eu voltar.

Minha bochecha aqueceu-se onde ele tocara.

— Talvez.

Seu olhar baixou para a minha boca, demorando-se por um breve momento. Um leve suspiro escapou dos meus lábios. Ele riu suavemente.

— Boa noite, Aimee.

— Boa noite, Ian.

Observei-o caminhar pela rua. Quando ele dobrou a esquina em direção ao centro da cidade, toquei meus lábios. Ian quis me beijar.

Capítulo 8

James e eu éramos unha e carne, mais próximos do que gêmeos siameses, desde aquele primeiro sábado de manhã em que nos conhecemos. Depois de colocarmos gelo em seu lábio e ele ajudar a limpar a bagunça que Robbie e Frankie fizeram destruindo minha barraquinha de limonada, James passou o resto do dia comigo e quase todos os sábados seguintes. Éramos daquele tipo de melhores amigos que, uma hora, compartilhavam sonhos e, na outra, disparavam com lança-dardos *nerfs* um contra o outro.

— Nós vamos nos casar depois da faculdade e ter três filhos — ele anunciou uma vez enquanto disputávamos uma batalha de *nerfs* com Kristen e Nick na reserva aberta atrás da casa de James. Então, ele me disse que queria ser um pintor famoso enquanto eu ficaria em casa, assando comidas. E assando, assando, assando até os meus quadris crescerem demais e eu não conseguir passar pela porta.

— Como é que é? — indignei-me e disparei contra ele.

Ele caiu no chão, abraçando a barriga, às gargalhadas.

— Você vai ser tão gordo quanto eu — eu disse. — Se nos casarmos, vou fazer você comer tudo o que eu assar. — Fiquei de pé em cima dele, apontei e disparei. Atingi-o no meio da testa. Depois corri, mergulhando atrás de um tronco caído e ri. Por mais que tentasse, não conseguia imaginar James gordo.

Minhas tardes favoritas eram os sábados chuvosos. James passava na minha casa depois de seus jogos de futebol americano e desabava no sofá, esgotado. Ele dava uma folheada nos quadrinhos enquanto eu lia livros, nossa cabeça descansando em extremidades opostas. Nós não nos mexíamos até que as guloseimas caseiras de mamãe nos atraíam para a cozinha, com nossos estômagos roncando.

No duodécimo aniversário de James, eu já o conhecia havia quase um ano e ainda não tinha sido convidada para ir à sua casa. Garotas não eram permitidas até que ele começasse o ensino médio. Uma regra idiota, James queixou-se dela muitas vezes revirando os olhos, mas ele a obedecia. Ele tinha visto o vergão nas nádegas do seu irmão mais velho. Thomas convidara uma colega de classe a fim de estudar para uma prova. O pai deles, Edgar Donato, tinha chegado em casa mais cedo e não hesitou em usar seu cinto em Thomas depois de mandar a garota para casa. Meninas e hobbies eram distrações. Em contrapartida, os estudos e o esporte eram a base para desenvolver as habilidades necessárias que deixariam a marca deles no mundo. Os pais deles tinham a vida de seus filhos inteiramente planejada.

Escolhi o presente perfeito para James, algo que eu sabia que ele queria, mas não pensaria em pedir a seus pais, e o embrulhei cuidadosamente. O papel enrugou quando bati na porta da casa dele. Era o dia de sua festa. Somente meninos haviam sido convidados, mas eu queria dar a ele o meu presente. Mal podia esperar para que ele o visse.

Um menino que eu não conhecia abriu a porta. Ele era mais alto do que James e mais velho do que Thomas, mas o colorido era o mesmo. Cabelos e olhos escuros, um tom de pele azeitonado, sugerindo a mesma ascendência italiana. Deveria ser Phil, o primo deles. James havia me dito que ele os visitava com frequência, geralmente quando o pai de Phil, tio de James e irmão da senhora Donato, viajava a negócios. O tio Grant voava constantemente para fora do país.

James nunca ficava feliz quando Phil vinha à cidade. Ele passava aqueles dias na minha casa, geralmente indo embora só muito depois de os postes de iluminação terem acendido. Mas Phil sorriu para mim e parecia amigável.

— Você é a amiga de James. Aimee, não é? — ele perguntou.

Assenti.

— Ele está em casa?

— James! A porta! — ele gritou para a casa e virou-se de novo para mim. — Desculpe por você não poder vir para a festa. O pai de James tem essa regra imbecil de “nada de garotas”. Ele realmente queria convidá-la.

Meus olhos se arregalaram.

— O senhor Donato?

Ele riu.

— Não, sua boba. James. A propósito, eu sou Phil.

— Olá! — Eu me ergui nas pontas dos pés e voltei a apoiar os calcanhares no chão, ansiosa para ver James.

O barulho alto de passos ressoou pelo corredor; então, James se espremeu entre Phil e a porta.

— Oi, Aimee! — ele disse pouco antes de Phil lhe aplicar uma chave de pescoço. Phil lhe deu um cascudo.

— Feliz aniversário, retardadinho — disse Phil com voz de Muppet. Ele soou como o Caco, o Sapo, e eu ri.

James se contorceu para se livrar de Phil e empurrou-o.

— Você que é o retardado, retardado.

Por um breve instante, os olhos de Phil demonstraram mágoa. Perguntei-me por que o insulto o incomodava tanto, se acabara de dizer o mesmo a James, mas James viu o presente nas minhas mãos.

Sorri e mostrei o pacote embrulhado.

— É para você.

— Legal. Diga a mamãe que já volto — ele falou para Phil antes de saltar da varanda.

Comecei a segui-lo, depois me virei.

— Prazer em conhecê-lo.

— Igualmente — Phil grunhiu e fechou a porta.

— Rápido! — James gritou. — Tenho apenas trinta e cinco minutos antes que a festa comece.

Ele correu para o quintal e pulou sobre o portão que batia em sua cintura e que separava sua propriedade da reserva aberta.

— Seu primo parece legal — disse enquanto ele me ajudava.

— Ele não é — James observou, entrando no bosque antes que eu pudesse perguntar se Phil já tinha sido malvado com ele. Será que James sofria bullying nas mãos dele? Talvez fosse por isso que James socava tão bem.

— Espere! — arfei, perseguindo-o. O conteúdo do presente sacudia, ecoando pelas copas dos carvalhos.

Ele desacelerou, correndo ao meu lado.

— Deixe-me carregar isso para você. — Ele tentou pegar a caixa.

Eu me afastei.

— Não! É o seu presente.

— O que você comprou para mim? — Ele saltou sobre um pequeno tronco. — Uma bola de futebol?

— Você já tem uma.

Ele correu para trás.

— Uma camisa do Steve Young?

— Tá frio. — Eu o ultrapassei e segui em frente.

— Deixa eu ver!

— Não. Você precisa esperar. — Tínhamos um lugar, um círculo de troncos onde muitas vezes encontrávamos com Kristen e Nick e planejávamos nossas próximas aventuras.

James saltou na minha frente e arrancou o presente das minhas mãos.

— Devolva!

Ele levantou a caixa acima da cabeça.

— Você ainda não pode abri-lo.

— E se eu quiser? É meu presente. — Sua unha arrancou um pedaço de fita adesiva.

— Tudo bem. Vá em frente. — Cruzei os braços e fingi que não me importava.

— Mesmo? — Ele me deu um olhar cético. Estava me provocando.

Mas eu também não me aguentava mais. Estava morrendo de vontade de ver sua reação desde que vi o item na loja de arte. Eu me aproximei. As folhas secas crepitavam sob meus sapatos.

— Sim, de verdade.

Ele rasgou o papel e olhou para a caixa de madeira em suas mãos.

— O que é isso?

— Abra.

Ele se ajoelhou e colocou a caixa no chão, abrindo os trincos de latão. A tampa se abriu. Seus olhos se arregalaram e seu queixo caiu. Ele passou as pontas dos dedos pelas cerdas dos pincéis e rolou um tubo de tinta, terra de siena queimada, na palma da mão.

— Você comprou material de pintura para mim?

Torci as mangas do meu suéter, nervosa. Talvez eu devesse ter comprado o boné do San Francisco 49ers, como o papai sugeriu.

— Você disse que seus pais jamais lhe comprariam tintas, mas isso não significa que não possa dá-las a você. Além disso, como você espera ser um pintor famoso se não tiver tintas?

Ele abriu um sorriso.

— Isso é muito legal. Obrigado.

Meu peito inflou de orgulho, um sorriso floresceu no meu rosto e todo nervosismo desapareceu. Não estava errada sobre o presente.

Ele fez uma rápida inspeção na caixa antes de derrubar seu conteúdo. Pincéis, tubos de tinta e espátulas caíram sobre uma camada de agulhas de pinheiro. Ele converteu a caixa em um cavalete e apoiou a tela que veio no estojo no suporte.

— O que você está fazendo? — perguntei quando ele espremeu uma bola de tinta azul sobre a paleta.

— Pintando o seu retrato.

— Agora?

Ele não respondeu, a atenção dele fora capturada pelo escândalo que um gaio-azul estava fazendo para proteger seu ninho de um esquilo que se agarrava ao tronco da árvore. Ele pintou a cena, suas pinceladas inexperientes já mostrando sinais promissores. Enquanto eu assistia, fiquei tão arrebatada com sua pintura quanto ele. Naquele momento, nada mais importava a não ser a arte de James, até que uma voz distante penetrasse o nosso mundo. Minha cabeça virou rápido na direção dela.

— Sua mãe está chamando você.

James congelou. A ponta do pincel pairava acima da tela. Seu rosto empalideceu instantaneamente. Nós havíamos perdido a noção do tempo. Ele afastou a tela molhada para o lado e nós recolhemos apressadamente o material espalhado pelo chão, jogando-o na caixa. Ele fechou a tampa e os trincos.

— Estenda os braços para a frente. — Fiz como ele pediu e ele cuidadosamente equilibrou a tela nos meus antebraços. — Cuidado, a tinta está fresca.

Reposicionei minhas palmas embaixo da tela para criar uma superfície mais plana.

— É para você. — Ele beijou minha bochecha, demorando os lábios na minha pele.

Inspirei rápido, surpresa pelo contato que pareceu tão agradável quanto inesperado. E que deixou um friozinho no meu estômago.

Ele sorriu.

— Vamos.

Eu o segui de volta para sua casa. Caminhamos o mais rápido possível sem arriscar danificar sua primeira pintura. A senhora Donato nos aguardava no deque dos fundos. Seus olhos se estreitaram em James, reparando o que eu percebi somente naquela hora. Havia tinta respingada em seu antebraço e camisa. Terra sujava os seus joelhos. Seu olhar deteve-se na caixa de madeira.

— O que é isso na sua mão?

James rapidamente olhou para mim. Ele tentou esconder a caixa atrás das pernas.

— Tintas — ele admitiu.

— Tintas — ela repetiu e seus lábios se afinaram. — Tintas fazem uma bagunça e são infantis. São uma distração, uma perda de tempo. — Ela puxou sua camisa onde uma impressão digital azul manchava o colarinho. — Vejo que você já está perdendo tempo. É bom que entenda agora, James, que não há espaço no seu futuro para atividades frívolas. — Ela olhou para mim. — Suponho que tenha sido você quem lhe deu as tintas.

Assenti, intimidada demais para não fazê-lo.

— É um gesto gentil, querida, mas ele não pode aceitar o seu presente. James, por favor, devolva-o ou serei forçada a fazer você jogá-lo no lixo.

— Mas...

— Está discutindo comigo?

Seu olhar baixou para os pés.

— Não, senhora.

Apanhei a caixa das mãos de James. Não queria que a mãe dele a jogasse fora.

A senhora Donato moveu-se para a porta.

— Entre e limpe-se. Além disso, troque as suas roupas, elas estão imundas. Já! — ela vociferou quando James estancou, lançando-me um olhar de desculpas. — Seus convidados chegam em cinco minutos.

James praticamente correu para dentro da casa. Meu coração ficou apertado por sua decepção. Ele realmente queria o material artístico.

— Vá para casa, Aimee. Você pode ver James amanhã.

— Sim, senhora Donato — respondi desanimada. As lágrimas ameaçaram escapar e as segurei antes que se derramassem.

Caminhando cuidadosamente para o portão lateral, segurei a caixa e equilibrei o que achei que poderia ser a primeira e única pintura de James. Sua paixão se extinguira antes mesmo de ter chance de brilhar.

Tentei abrir o trinco do portão com dificuldade, derrubando a caixa em meu esforço. A tampa se abriu, espalhando o conteúdo.

Desabei no chão e comecei a catar pincéis e tintas. Um par de mocassins parou próximo às minhas mãos. Phil ajoelhou-se. Ele atirou uma espátula para dentro da caixa.

— Desculpe pela minha mãe.

Levantei a cabeça.

— Sua mãe?

Ele baixou o queixo para o peito.

— Quero dizer, Claire. Ela é praticamente minha mãe porque é tudo que tenho.

— Mas você não tem seu pai?

Ele assentiu.

— Não o vejo muito. Ele trabalha bastante. Enfim, no caso de você não ter notado, Claire quer que James e Thomas trabalhem na empresa do meu pai quando eles crescerem. James ser pintor não faz parte dos planos dela.

Olhei para os materiais espalhados, dinheiro que eu havia desperdiçado. Eu deveria ter comprado o boné.

— O que devo fazer com tudo isso?

Phil examinou a cena do pássaro e o esquilo captada por James.

— Ele é muito bom. Talvez você possa guardar as coisas na sua casa e ele possa pintar lá. Claire e Edgar não precisam saber. — Ele simulou fechar os lábios com um zíper e jogou fora uma chave imaginária. — Não conto se você não contar.

Gostei da ideia.

Apertamos as mãos e terminamos de juntar o material. Phil me entregou a caixa.

— Segura reto assim. — Ele depositou a pintura em cima da caixa. — Agora você não vai deixá-la cair.

Levantei-me lentamente.

— Obrigada.

— Vejo por que James gosta de você. Você é um doce.

Baixei a cabeça, corando.

Ele abriu o portão para mim.

— Talvez a gente se veja amanhã.

Gostei de Phil. Ele não me pareceu o valentão que James descrevera.

— Talvez — concordei.

Mas não vi Phil no dia seguinte, ou qualquer outro dia por vários anos. James continuou indo à minha casa, com mais frequência ainda do que antes, já que eu mantinha o seu material artístico no meu quarto. À medida que suas habilidades se aprimoraram e ele adquiriu mais material, meus pais abriram um espaço para ele no jardim de inverno ao lado da cozinha. Ao longo dos anos, enquanto eu ajudava mamãe a criar novas receitas para o restaurante, James pintava, e seu talento e nossa amizade floresceram.

Capítulo 9

No dia seguinte, vesti uma calça jeans *skinny*, uma blusa vaporosa com alças finas e saltos altos para minha festa de aniversário. Kristen e Nadia estavam me levando para jantar em um restaurante chinês. Nadia me deu um abraço quando elas chegaram em minha casa.

— Não devia ter abandonado você na noite passada.

— O Senhor Corretor de Imóveis Comerciais não passou na inspeção?

— Ele foi um fiasco. — Ela fez uma careta, torcendo a cara. — Ele me cantou.

Eu ri.

— Isso não é bom?

— Ele não beijava bem? — Kristen perguntou. Ela entrou na sala principal e se postou ao lado da mesa de jantar.

Nadia revirou os olhos.

— Não e não — ela disse a cada uma de nós. — Ele era bom. Bom demais. Ele é casado.

Kristen levantou os olhos.

— Que droga!

— Ele não estava usando aliança? — Girei meu anel de noivado.

Nadia franziu o cenho.

— Não.

Kristen estudou o papel que segurava.

— Como você descobriu?

— Tomei café esta manhã com Wendy. Meu Deus! — Nadia gemeu. — Não consegui ficar quieta sobre ele, então, Wendy me contou. — Ela desabou em uma poltrona de couro e cruzou os tornozelos sobre o pufe. — Ele me pediu para enviar um orçamento para um imóvel comercial que possui em San Jose, perto do estádio.

— Antes ou depois de te cantar? — Kristen perguntou. Ela largou o papel que segurava e pegou outra folha coberta com anotações a lápis.

— Antes. Acho que vou dispensá-lo — Ela agitou a mão. — Quero dizer, a oferta.

— Ele provavelmente não é a pessoa mais confiável. Qual é o nome dele? — perguntei por curiosidade.

— Mark Everson. Alto, louro e lindo. — Ela bateu as palmas das mãos nos braços da poltrona. — Parece muito clichê, mas é verdade. Ele é mais velho, tem uns trinta e poucos anos. Wendy ficou surpresa quando lhe contei. Ela acha que Mark pode estar tendo problemas com a esposa.

Bufei.

— Você acha?

— Não quero ser rude e mudar de assunto, mas você está abrindo um restaurante? — Kristen acenou com o papel que segurava. Empilhados sobre a mesa de jantar estavam as pesquisas que efetuei, os formulários de negócios e as cotações de fornecedores com os quais trabalhei no The Goat.

Caminhei até ela.

— Estou planejando. — Pelo menos, esperava que sim, presumindo que encontrasse um cossignatário no contrato de aluguel. Mas queria organizar meus dados antes de abordar Thomas. Eu teria apenas uma chance de apresentar a minha ideia.

— Oh, meu Deus! — Kristen gritou. — Você está falando sério? Adorei o que li em suas anotações. Suas ideias são fabulosas.

Nadia levantou-se e atravessou a sala. Ela espalhou os papéis e pegou uma lista de seleções de menu. Eu estava experimentando combinações de receita, fundindo algumas para criar sabores exóticos. Minha seleção de café parecia uma lista de vinhos em um restaurante. Eu teria que cortar opções, talvez elaborar vários menus sazonais. Nadia agitou o papel.

— Você está considerando seriamente entrar nessa? Do zero?

— Sim, estou.

Ela me estudou.

— Bem, definitivamente é melhor do que assado de cordeiro e batatas vermelhas.

Peguei os papéis das mãos dela e uniformizei a pilha, batendo as bordas contra a mesa.

— Se meus pais tivessem vendido o The Goat para mim, eu não poderia criar muitos novos pratos. Culinária *new world fusion* não iria combinar bem com um pub irlandês.

— Assim é que se fala, estou gostando de ver. — Kristen deu palmadinhas no meu ombro. — Fico feliz que você esteja dando esse passo. Seguindo em frente.

Nadia olhou ao redor da sala, seu olhar pousando nas fotos emolduradas de James e eu atulhando a cornija da lareira.

— Diga como podemos ajudar. Podemos empacotar os pertences de James se for muito difícil para você fazer isso sozinha. Existem algumas boas instituições de caridade para as quais você poderia doar as roupas dele. Podemos ajudá-la a encontrar uma que tenha uma boa causa. Também posso ajudar com o projeto do restaurante, além de recomendar um bom empreiteiro.

Apertei o papel, enrugando as bordas.

— Obrigada pela oferta, mas preciso encontrar um imóvel primeiro.

Seu rosto se iluminou.

— Também posso ajudar com isso, e não vou cobrar pelo trabalho.

Planejei pedir a ajuda dela no projeto para o espaço, possivelmente para ser cossignatária se Thomas não topasse, mas não esperava que ela trabalhasse de graça. Sua oferta era enorme.

— Adoraria sua ajuda, mas não se preocupe com as coisas de James. Cuidarei delas. — Tipo mais tarde, quando Lacy e aquele cartão de visita que ela havia enfiado na minha carteira já não estivessem perturbando a minha mente.

— Está certo! — Kristen exclamou empolgada. — Parece que há mais coisas para comemorarmos nesta noite do que o seu aniversário. Quem está pronta para começar essa festa?

Depois do jantar, fomos ao Blue Sky Lounge no centro de San Jose. A música eletrônica pulsava, fazendo o ar vibrar. As pessoas se balançavam na pista de dança, membros entrelaçados com os dos parceiros. Nadia nos conduziu até um grupo de cadeiras que circundavam uma mesa baixa que ela reservara e pediu uma jarra de sangria com uma rodada de coquetéis de champanhe com maracujá. Tomando sua sangria, ela se certificou de que os coquetéis continuassem chegando para mim e Kristen.

Quando terminamos a primeira jarra, Kristen agarrou meus pulsos.

— Venha, garota aniversariante. Dance comigo. — Ela me arrastou para a pista de dança. Vários corpos aquecidos esmagados estavam contra nós. Kristen me golpeou com o quadril e eu ri.

Ela gritou no meu ouvido.

— Você parece feliz.

— Estou feliz — gritei de volta. Estava reconstruindo minha vida e a mim mesma, e me sentia bem.

Várias músicas depois, agitei a mão em frente ao meu rosto. O suor gotejava entre meus seios.

— Água — gritei mais alto do que a música. Retornamos à nossa mesa justamente quando a garçonete chegava com uma nova jarra de sangria e outra rodada de coquetéis, que Kristen e eu rapidamente consumimos. Minha cabeça pendeu. Esfreguei o rosto, tentando limpar o atordoamento.

— O que você achou da exposição de Ian ontem à noite?

Apertei os olhos para Nadia.

— As fotos dele são incríveis.

— Ian é incrível.

Um sorriso bobo travou minhas bochechas.

— Eu sabia. — Nadia estalou os dedos na minha direção.

Meu sorriso tornou-se pensativo.

— Ele vai partir numa expedição fotográfica.

— Você vai vê-lo quando ele voltar? — Kristen perguntou.

Dei de ombros.

— Talvez. — Minhas sobrancelhas se juntaram, minha boca formou um círculo apertado, Ian observou que ele sentiria a minha falta, mas ele não pediu o meu telefone. Recostei-me na cadeira. — Não sei como entrar em contato com ele.

Nadia reabasteceu minha bebida.

— Wendy tem o número dele. Vou consegui-lo para você.

Uma súbita leveza fez com que me endireitasse no assento.

— Ian é engraçado. Me diverti com ele. — Sorri estupidamente, devido à combinação de empolgação e álcool, e Nadia riu.

— Dá para ver. — Ela me deu uma piscadela.

Meu olhar bateu em minha bebida e fiquei contemplando os pequenos cristais de gelo boiando no copo. Eles flutuavam como minúsculas ilhas e me faziam pensar no corpo de James flutuando na água. O corpo que Thomas trouxe para casa e não me deixou ver. O grande e gordo cheque que Thomas me dera convenientemente no funeral. Havia também as pinturas desaparecidas. Estreitei meu olhar no gelo derretido. Algo não estava certo.

Balancei a cabeça. Kristen e Nadia estavam discutindo um dos casos de Nick. Ele era especializado em advocacia contenciosa empresarial e Kristen estava aliviada que o caso fora resolvido. Nick poderia finalmente descansar. Eles poderiam planejar as férias que adiaram por oito meses. Bocejei e fiquei olhando as pessoas na pista de dança. Ou tentei. Minha visão estava borrada e o chão estava inclinado para a esquerda, ou talvez fosse eu quem estivesse inclinada.

Casais ondulavam num ritmo frenético. Em meio ao turbulento mar de quadris e membros que se balançavam, havia uma mulher loura no centro, com os olhos azul-lavanda cravados em mim. Lacy.

Pisquei e ela desapareceu. Deslizei para a beirada do meu assento e vislumbrei os cabelos louros e a camisa verde. Ela estava se afastando. Levantei correndo da cadeira, virando o copo de Kristen. Líquido vermelho e gelo se derramaram no chão. Ela abriu a boca espantada e saltou do meu caminho. Murmurei uma desculpa e passei por entre as cadeiras.

— Aonde você vai? — Nadia gritou.

— Banheiro — gritei a desculpa. Tinha que alcançar Lacy antes que a perdesse.

Atravessei a pista de dança pisando nos dedos dos pés e empurrando os corpos úmidos. Ia sendo xingada pelo caminho. Lacy continuava me escapando até que vi a porta do banheiro feminino se abrir. Ela entrou.

A porta bateu atrás de mim. Música remixada rugia através dos alto-falantes. Duas mulheres com maquiagem pesada, cabelos desgrenhados e pele tatuada se ajeitavam nos espelhos do banheiro. Outra mulher lavava as mãos. Ela me lançou um olhar superficial pelo espelho e saiu.

Fiquei no espaço entre a bancada da pia e as cabines. O banheiro estava praticamente vazio, o que era estranho, considerando a fila que costumava formar na porta. Lacy não estava ali. Eu a tinha perdido. Espiando as toaletes, entrei num dos cubículos. Quando terminei, lavei as mãos e vislumbrei o reflexo de Lacy no espelho. Minha pele formigou.

Ela manteve o olhar conectado ao meu. Eu não podia desviar os olhos nem me virar. Seus lábios se moveram e palavras murmuraram na minha cabeça. *James está vivo.*

Agitei vigorosamente a cabeça.

Ele ainda vive.

Ele não está morto. Se estivesse, você saberia disso. Você sentiria isso. Você não o sente ainda?

Eu sentia. A voz dele na minha cabeça. Seu toque na brisa. Sua risada no redemoinho de folhas no chão. Mas isso não provava nada.

No espelho, Lacy permanecia imóvel, sem piscar. Cambaleei e agarrei-me no balcão para recuperar o equilíbrio. Minhas palmas estavam úmidas e o suor se acumulava no meu lábio superior. Lancei um olhar para a porta, desejando que alguém entrasse. Para me dizer que eu não estava tendo uma alucinação; que Lacy não estava realmente ali, prendendo-me num transe mediúnico. Meus pés não se moviam.

As mulheres que se arrumavam do outro lado do banheiro guardaram a maquiagem e foram embora sem olhar na minha direção. A porta se fechou atrás delas e um silêncio mortal baixou no recinto como se elas tivessem sugado com elas todo e qualquer ruído. Por um instante, parecia que Lacy e eu estávamos separadas do resto do mundo, pairando no vazio do espaço. Nenhum som existia. Então, de repente, o barulho voltou, soando com violência no banheiro. A ventilação zumbia, a música tocava, a água fluía da torneira na minha frente. Parecia também que algo mais entrara ali quando as mulheres saíram, insinuando-se em mim como um pensamento.

James não é a pessoa desaparecida. Você é.

— Fui enviada para encontrá-lo — disse Lacy.

Minha cabeça pendeu para trás. As luzes do teto perfuraram minhas pupilas e eu pisquei repetidamente. Imagens se sucediam em minha mente como slides num projetor. James embaixo d'água, balas zunindo por ele. James lutando para ficar à tona no mar agitado. James desmaiando em uma praia, seu rosto espancado e cheio de cortes e hematomas, e uma mulher pairando sobre ele. O cabelo dela, negro como graúna, cobrindo o rosto de James. Os olhos escuros da mulher mortificados de preocupação. Seus lábios se movendo, perguntando o nome dele. Ele não sabia.

James, eu queria gritar. *Seu nome é James.*

Senti-me atordoada e caí no chão, minha cabeça batendo forte na lajota. Estrelas espocaram sobre mim até desaparecerem.

O último pensamento que atravessou minha mente antes de eu perder a consciência foi que eu bebera muita sangria.

— Acorda, Aimee.

Minha bochecha doía e minha cabeça estava em chamas.

— Olááá! Acorda, dorminhoca. — *Bofetada*.

Minha bochecha ardeu e formigou.

— O que aconteceu com ela? — indagou uma voz que não reconheci.

— Ela está bem? — quis saber outra.

— Alguém exagerou um pouquinho.

Era Nadia. Eu sorri.

— Acho que ela está voltando a si — disse ela.

— É o aniversário dela — anunciou Kristen.

Murmúrios de compreensão ecoaram em torno de nós. Pés se afastaram, o clique dos saltos ressoando no piso frio. Ouvi portas baterem e o ruído de descargas. A realidade retornou.

Oh, droga. Estava no banheiro das mulheres. Desmaiei no chão. *Que nojo*.

Pisquei e espremi os olhos para as luzes no teto e quatro pares de olhos me encararam. Eu gemi.

— O que aconteceu?

— Estávamos esperando que você pudesse nos contar — disse Nadia.

Balancei a cabeça, as lembranças meio embaralhadas.

— Será que não havia glutamato monossódico na nossa comida? — sugeriu Kristen.

Havíamos ido a um restaurante de comida chinesa. Sou alérgica a glutamato monossódico. Isso me deixava um pouco zonza, mas nunca desmaiei.

— O menu dizia "sem glutamato monossódico" — informou Nadia.

— Excesso de bebida. — Minha cabeça girava. Fosse por álcool ou por ter batido o crânio nas lajotas, eu não sabia. Ergui os braços. — Me ajudem a levantar.

Elas me puxaram para cima, murmurando que eu me mexesse devagar, sem movimentos bruscos. As duas desconhecidas que pairavam sobre mim recuaram. Inclinei-me contra o balcão e olhei ao redor. O banheiro estava lotado, e uma fila serpenteava porta afora. Do jeito como deveria estar momentos antes. Lacy fora embora. Será que ela esteve mesmo ali?

Minha cabeça latejava. Pressionei o galo na nuca e gritei.

Nadia franziu a testa.

— Você acha que sofreu uma concussão?

— Vou ficar bem — resmunguei com os dentes cerrados. Não queria passar meu aniversário em um hospital. Queria minha cama. — Pode me levar para casa?

Ela me entregou a minha bolsa.

— Vou ficar com você esta noite, por precaução.

Nós deixamos o banheiro e atravessamos o salão. Minha pele se arrepiou, eriçando os cabelos finos na parte de trás do meu pescoço. Olhei por cima do ombro. Não vi ninguém que eu conhecesse, embora sentisse que Lacy estava por perto, me observando.

Capítulo 10

Conforme havia prometido, Nadia passou a noite comigo, deitada ao meu lado na cama. Ela ficava me acordando toda hora até que bati nela com um travesseiro, às 5h, e me arrastei para fora da cama para dormir outras agitadas quatro horas no sofá. Estávamos andando feito zumbis na manhã seguinte, ela por falta de sono e eu devido à ressaca. Ela foi embora no início da tarde, depois de eu ter prometido ligar caso tivesse dores de cabeça persistentes. Ela me obrigaria ir ao médico. Concordei em relaxar durante o fim de semana, ocupando o meu tempo com filmes antigos e planos de negócios. Isso manteria minha mente longe do bizarro incidente no banheiro.

A parte sã dentro de mim sabia que Lacy havia sido uma alucinação alimentada por um profundo desejo de que James ainda estivesse vivo. Ainda assim, aquelas imagens dele à beira da morte, quase se afogando, me assombravam. Havia muito sangue em seu rosto e areia empapada nos profundos cortes em sua face. Continuei dizendo a mim mesma que tais imagens não passavam de uma ilusão. *Tinham* que ser uma ilusão. Doía-me só de pensar o contrário.

Folheei as minhas anotações na mesa da sala de jantar e fiquei admirando o logotipo do meu restaurante. Os contornos de uma caneca de café sob um redemoinho de fumaça em formato de coração com os dizeres *Aimee's Café*. A última obra de arte de James. Imaginei a paleta de cores do café. Abóbora, mogno e berinjela. O *Nascer do Sol em Belize* de Ian ficaria perfeito exposto na parede do café. Eu me perguntei quem teria comprado a imagem, e então me questionei sobre o Ian. Onde ele estava e... será que pensava em mim? Será que tiraria outra foto como aquela que amei?

Analisei mais uma vez o esboço e risquei com o lápis a palavra *café*, restando simplesmente *Aimee's*. Ian tinha chamado o meu café de Aimee's.

Experimentei dizer o nome em voz alta. *Aimee's*.

— Vamos pegar alguma coisa para comer no Aimee's — simulei com uma vozinha alegre. — O Aimee's serve o melhor café.

Sorri. Gostei da forma como soava. Simples e memorável.

A campainha tocou e eu pulei de susto na minha cadeira. Dei uma espiada pela janela da frente a caminho da porta. Um táxi estava parado diante da minha casa, e Ian aguardava na varanda. Vendo-me na janela, ele acenou.

O calor subiu devagar pelo meu peito e pescoço até que as minhas bochechas enrubesceram. Praguejei, minhas mãos tentando ajeitar rapidamente meu cabelo todo bagunçado, preso de qualquer jeito no alto da cabeça. Fiz uma careta, pois sabia que aquilo estava parecendo um ninho de pássaro, tão apresentável quanto o pijama amarrotado que eu estava vestindo desde que chegara em casa na noite anterior, cheirando a bebida.

Olhei ansiosamente para o meu quarto. Sem chance de trocar de roupa, sem chance tampouco de me esconder. Ian já me vira. Graças a Deus, eu tinha sido sensata o suficiente para escovar os dentes, e olha que só fiz isso para tirar o gosto de vômito.

Abrindo a porta apenas um pouquinho, meti para fora a cabeça, espremendo os olhos devido ao brilho do sol que se punha por trás dos telhados do outro lado da rua.

— Meteu o pé na jaca ontem à noite?

Grunhi.

— O que está fazendo aqui?

Meio sem jeito, ele esfregou a parte de trás do pescoço e fez um gesto para o táxi.

— Estou a caminho do aeroporto. Voo "corujão" para Nova Zelândia, e esqueci... — Ele coçou a cabeça.

Arqueei uma sobrancelha.

— Esqueci, hum... — Ele soltou a respiração e tirou o telefone do bolso de trás da calça. Sua boca se contraiu em um sorriso tímido. — Pode me dar o seu número de telefone?

Meu coração palpitou. O primeiro pensamento que me ocorreu foi que pouparia Nadia de dar um telefonema e a mim mesma do constrangimento. Ela não precisaria incomodar Wendy para pedir o número de Ian. Abri a porta um pouco mais e estendi a mão para pegar o celular dele. Ian já havia deixado na tela a opção para acrescentar um contato, e agora ele me observava enquanto eu adicionava o meu nome e número. Então, antes de perder a coragem, também adicionei meu e-mail e endereço.

Seu esboço de sorriso cresceu de orelha a orelha quando lhe devolvi o telefone. Ele tocou um dedo na tela e segurou o telefone na orelha. Ouvi meu telefone tocar lá na mesa da sala de jantar.

Ian pousou um dedo nos lábios.

— Não atenda — ele sussurrou, depois respirou fundo. — Oi, Aimee, é Ian. Passei ótimos momentos com você na minha exposição e ainda melhores depois. Estou indo à Nova Zelândia esta noite, mas não ficarei fora muito tempo. Posso ligar para você quando voltar?

Ele olhou para mim então, com as sobrancelhas arqueadas, com ar de interrogação. Ele acenou com a cabeça, convidando-me a responder, e senti o meu queixo baixar afirmativamente.

Seus olhos se iluminaram.

— Ótimo. Vejo você então. — Ele encerrou a chamada. — Agora tem meu número.

Eu ri.

Ele guardou o telefone e sapecou um beijo rápido na minha face. Abri a boca um pouquinho, surpresa.

— Vejo você em dez dias. — Ele desceu os degraus da varanda e foi em direção ao táxi, acenando para mim antes de afundar no banco de trás.

Minha mão se ergueu quando o táxi partiu, e eu tinha um leve sorriso nos lábios quando entrei em casa, sem fôlego. O furacão Ian havia deixado minha cabeça girando, e não era pela ressaca. Sentei-me na cadeira em que estava antes, meu sorriso se ampliando enquanto voltava a ordenar a papelada.

Na manhã de segunda-feira, as dores de cabeça haviam desaparecido e eu decidira deixar Lacy de lado. Minha agenda estava repleta de encontros com fornecedores. Eu me comprometera a visitar um potencial espaço para o café, mesmo que meu coração ainda estivesse preso ao Joe's. Além disso, ainda precisava ligar para Thomas. Esperava que solicitar-lhe para ser cossignatário não fosse pedir demais.

Ao reunir a papelada e as chaves, a campainha tocou de novo. Através do olho mágico, vi um homem mais velho com cabelos brancos e corpulento. Ele usava uma camisa de manga curta e calças cáqui. Ele meteu as mãos nos bolsos laterais enquanto olhava o jardim da frente.

Abri a porta e ele sorriu, expondo uma fileira de dentes manchados pela nicotina. Reconheci-o instantaneamente.

— O que faz aqui, Joe?

— Já faz muito tempo, Aimee. — Ele estendeu a larga palma da mão para mim e, quando a apertei, cobriu a minha mão de forma afetuosa com a outra.

— Como vai?

— Eu estou... ok.

Ele assentiu.

— Ouvi dizer que está abrindo um restaurante.

— Na verdade, é uma boutique de cafés e um restaurante gourmet. Mas preciso encontrar um espaço para alugar. — O fato de que sua corretora não me recomendara como locatária pesava entre nós.

— Posso entrar?

— Oh, sim. Me desculpe. — Afastei-me para o lado e abri mais a porta.

Joe atravessou o limiar, sua maciça silhueta destacando-se na pequena sala. Fechei a porta e observei-o olhar em volta, demorando-se em cada canto. Ele admirou as pinturas de James nas paredes, as fotografias emolduradas no aparador e o retrato de noivado sobre a cornija da lareira antes que seu olhar se assentasse em mim.

— Seus pais me contaram o que aconteceu. Sinto muito.

Respirei fundo e assenti com a cabeça.

— James era um bom garoto. Eu gostava dele.

— Obrigada.

Ele pegou uma foto minha e de James do dia em que ele me pedira em casamento, quase um ano antes. Eu estava mostrando o meu anel de noivado. Joe franziu a testa e minha respiração entalou na garganta. Perguntei-me se ele estava reparando na foto como a maquiagem grossa procurava esconder os cortes na minha face e o hematoma no meu queixo.

Joe depositou de volta o porta-retrato, ajustando o suporte para que a imagem não tombasse. Ele enfiou as mãos nos bolsos e me encarou.

— Minha esposa morreu há cinco anos.

— Eu lembro. — Joe tirara um tempo para se recuperar. O serviço no café caiu, e ele não conseguiu recuperar nunca mais a força que teve um dia. Perdeu muitos clientes, que encontraram outros restaurantes e cafés mais atraentes. Escolheram a conveniência em lugar da nostalgia.

— Demorou muito tempo para eu sentir outra vez uma aparência de normalidade. — Ele encolheu os ombros. — Ainda sinto falta dela.

Senti uma verdadeira compaixão. Sabia exatamente como ele se sentia. Oco e incompleto. A perda deixara um vazio no peito.

Limpei a garganta, piscando para reprimir as lágrimas.

— Aceita um café?

Ele exalou.

— Sim, por favor.

Indiquei o sofá.

— Fique à vontade. Vou preparar um fresquinho.

Retirei-me rápido para a cozinha e, segurando-me na borda do balcão, respirei fundo até que o ardor nos meus olhos e garganta, que surgiu da dor da solidão, diminuísse. Moí uma mistura de grãos, amostras que recebi dos fornecedores que estava considerando, e configurei o ciclo da cafeteira.

Quando voltei para a sala da frente, Joe estava folheando uma das antigas revistas *Runner's World* de James. Ele largou-a na mesa quando me viu.

— Meu médico me disse que eu preciso fazer exercícios.

Entreguei-lhe uma caneca. O vapor flutuava para cima, espalhando um aroma de avelã torrado.

— Andar é bom.

— Vim do centro da cidade até aqui andando. — Ele tomou um gole do café. Seus olhos se arregalaram. — Isso está bom. — Ele bebeu novamente. — Isto está muito, muito bom.

— Obrigada. É uma mistura personalizada — disse timidamente.

Ele levantou a caneca na minha direção.

— Lembre-se de colocar isso no seu menu. Vou pedir um desses toda vez que for ao seu café.

Eu sorri. Depois de anos comendo no Joe's Coffee House, ele poderia vir a ser meu cliente.

— Lembrarei.

Ele terminou o café e pousou a caneca, esfregando as palmas das mãos sobre as coxas enquanto se acomodava melhor no sofá.

— Fechei o café porque não podia competir. Essas malditas cadeias de lanchonetes servem suas merdas... — Ele limpou a garganta atrás de um punho. — Er, desculpe, eles roubaram os meus clientes. O que a faz ter certeza de que o mesmo não acontecerá com você?

— Não tenho — falei com sinceridade. — Mas não pretendo competir com as cadeias de lanchonetes.

Ele balançou sua cabeça.

— Vai sair do mercado dentro de alguns meses.

— Espero que não. É minha intenção oferecer algo diferente, mais como uma experiência de café.

O canto de sua boca se contraiu.

— Uma experiência de café?

— Para as pessoas que apreciam os cafés especiais. O meu será artesanal e elaborado lentamente, como a mistura que preparei para você. — Apontei para a caneca vazia dele.

Ele riu.

— É muito bom.

— Obrigada. — Sorri. — Ainda preciso criar um menu completo, confirmar fornecedores e, o mais importante — baixei a cabeça, olhando minhas mãos unidas no meu colo —, encontrar um espaço.

— Conheço os seus pais, Aimee. Conheço-os há muito tempo. São boas pessoas e muito bons no que fazem. Fiquei surpreso quando venderam o negócio deles. Achei que você herdaria ou compraria o restaurante.

Eu também, mas eu não tinha intenção de confidenciar-lhe os problemas financeiros de meus pais.

— Começar meu próprio restaurante é melhor para mim. É algo que preciso fazer. — Era o que James queria que eu fizesse. Mas, também, tinha que provar a mim mesma que eu poderia fazer isso sozinha.

— Sei que você se candidatou para alugar o meu prédio.

— Sim, mas...

Ele ergueu a mão.

— A minha corretora não pôde recomendá-la por causa de seus problemas de crédito. Sim, estou ciente disso também. Também compreendo o que você passou neste ano. Entendo por que as coisas desmoronam, como as contas não são pagas e a vida para. Eu também sofri. Ouça. —

Ele pousou a caneca e se inclinou para a frente. — Agora é o momento de juntar seus cacos.

— É o que tenho feito, senhor.

— Não consegui e acabei perdendo mais do que a minha esposa. — Ele limpou a garganta. — Estou aceitando sua candidatura. Meu lugar é seu.

Meu queixo caiu.

— E o meu crédito?

— Ah, esqueça o crédito. — Ele cortou o ar com a mão. — Você se desorganizou. Quero alguém em quem possa confiar. Conheço você e seus pais. Eu queria um contrato de quinze anos, mas vou lhe dar cinco. Se sair do negócio, não será obrigada a pagar pelo restante da locação. Se quiser renovar nosso contrato, podemos renegociar o prazo, mas prometo não cobrar mais do que o arrendamento original, mesmo que o mercado suba.

Ele esfregou o lado de seu nariz. Eu só conseguia olhar e acenar com a cabeça enquanto ele prosseguia.

— É costume dar a um novo inquilino de um a três meses de aluguel gratuito durante a reforma. Eu lhe darei o tempo que for necessário, sem aluguel até o dia da sua inauguração, ainda que demore um ano para remodelar.

Eu pisquei quando meu cérebro tentou calcular o que ele havia oferecido.

— Por que está fazendo isso tudo por mim?

Ele sorriu. Havia um brilho em seus olhos.

— Digamos que tem pessoas que cuidam de você.

Eu me empertiguei.

— Meus pais lhe pediram isso?

— Não tem nada a ver com os seus pais. Isso é entre mim e você. Preciso de um inquilino e você precisa de um lugar. Então, o que acha? Temos um trato?

Isso era uma loucura. O acordo parecia irreal. Eu o encarei com o olhar vidrado de perplexidade enquanto Joe sorria para mim. Sua mão pairava entre nós, esperando pelo meu aperto.

Eu me controlei para não me jogar nos seus braços. Em vez disso, sorri e apertei sua mão.

— Definitivamente temos um trato.

Joe ficou de pé e eu o segui até a porta. Eu me sentia a pessoa mais afortunada na face da Terra e disse isso a ele.

— Bom, você vai precisar de toda a sorte que conseguir. Tudo no meu prédio está caindo aos pedaços. Vai ter um bocado de trabalho.

Capítulo 11

— Oh, meu Deus, este lugar vai dar trabalho! — Nadia passou um dedo no balcão e mostrou a pontinha. Estava coberta por uma espessa camada de poeira engordurada. Ela fez uma cara de repulsa. — É nojento.

— É encantador. De um jeito nostálgico, parado no tempo, *à la American Graffiti* — disse Kristen. Ela me deu um joinha.

Papai fitava o teto alto. Fios expostos pendiam de pontos onde faltavam placas de revestimento. Em outros pontos, havia rachaduras e manchas de infiltração.

— Tem potencial.

— Viram? Exatamente! — concordei.

Nadia dirigiu-se para a cozinha.

— Você está considerando um contrato de locação?

— Já assinei um.

Ela parou a meio caminho da porta.

— O quê? Quando?

— Semana passada. — Joe e eu havíamos passado vários dias indo e voltando nos termos, finalmente chegando a um acordo na sexta-feira. Peguei as chaves com ele na terça-feira seguinte. Hoje, sábado, fora o primeiro dia em que consegui fazer com que Nadia, Kristen e papai me encontrassem lá. Mamãe estava no Goat supervisionando a retirada dos móveis que ela e papai estavam doando para a caridade da Paróquia Santo Antônio. Papai se juntaria a ela mais tarde. Olhei para o meu relógio de pulso. Com sorte, Nadia e Kristen não se demorariam muito mais depois que papai fosse embora.

— Este lugar está uma *espelunca* — papai ecoou Nadia. — Mas a metragem é exatamente o que você precisa. Tudo que esse lugar necessita é de um pouco de amor e cuidados.

— E uma marreta. — Nadia voltou para a área de jantar. — Você inspecionou a propriedade antes de assinar os papéis?

— Dei uma olhada por alto.

— Você deu "uma olhada por alto"? — Nadia soltou um palavrão. — Não me entenda mal. Estou empolgada por você. Seu restaurante será ótimo, mas esse tipo de negócio tem um alto risco de fracasso. — Ela lançou a meu pai uma expressão de desculpas e ele dispensou o comentário com um aceno de mão antes de ela voltar a olhar para mim. — Você não pode tomar decisões precipitadas. — Ela apontou para as manchas de infiltração nos lambris de madeira. — Você perguntou como ocorreu o vazamento?

— Não — bufei, impaciente. — Joe disse que o lugar precisaria de muitos reparos.

— Você acha, é? Este lugar precisa é ser destruído, e sabe-se lá o que nos espreita por trás dessas paredes. — Seu olhar saltou de um ponto para outro, avaliando os detalhes que os meus olhos amadores não enxergavam. — Você deveria ter me ligado. Eu teria feito uma inspeção geral para que você tivesse uma noção de onde estava se metendo. Reformas aumentam rapidamente as despesas e, antes que você se dê conta, está estourando o orçamento. Ou pior, está completamente sem dinheiro. Você visitou outros lugares para comparar?

— Por quê? Este lugar tem a desobrigação de pagar o aluguel.

Nadia piscou de perplexidade.

— *Como assim?*

Papai assobiou.

— Uau, garota — murmurou Kristen, que estava brincando com a caixa registradora. A máquina emitiu um tinido.

— Por quanto tempo? — Nadia perguntou, desconfiada.

— Pelo tempo que durar a reforma. Nenhum pagamento até o dia da inauguração.

Ela ficou boquiaberta.

— É um acordo muito generoso. Gosto deste lugar. — Papai estava cheio de lembranças. Os cantinhos de sua boca curvaram-se para cima. Ele sabia que o local era especial para mim. Através das janelas, eu tinha a mesma visão que James e eu apreciávamos todas as vezes que comíamos ali. Havia mães empurrando carrinhos de bebê, carros passando, um ciclista ocasional esquivando-se do tráfego. Estava chovendo agora, a primeira tempestade da estação. Consultei novamente o relógio.

Nadia ligou o seu tablet e sentou-se na cadeira mais próxima. Ela digitou anotações em um teclado virtual.

— Você já sabe o que quer fazer com este lugar?

Kristen olhou para mim com expectativa e sentou-se em uma cadeira ao lado de Nadia. Papai aproximou-se devagar.

Eu sorri.

— Tenho milhares de ideias, como preparar sobremesas maravilhosas para acompanhar meus cafés personalizados.

— Qual nome você vai dar ao seu café? — perguntou Kristen.

— Aimee's — anunciei, tirando do meu portfólio o esboço do logotipo. Depositei-o sobre a mesa. Todos os três se inclinaram para olhar.

— Cafés Artesanais & Restaurante Gourmet. Amei. — Kristen deu tapinhas no meu ombro.

Nadia fez algumas anotações.

— Fazendo uns cálculos de cabeça, o projeto não será barato. Levando-se em conta reforma, licenças, seguros, móveis, salários dos funcionários, além do seu próprio sustento...

— Relaxa. Não se preocupe — interrompi Nadia, massageando seus ombros. — Vou gastar sabiamente.

— Ótimo. Você pode começar por mim. Como prometi, não vou cobrar de você, e conseguirei os melhores preços que puder arranjar por meio dos meus contatos para todas as outras coisas.

— Você tem que me deixar pagar alguma coisa.

Ela riu.

— Eu não disse que trabalharia de graça, querida. — Um largo sorriso formou-se em seu rosto.

— Estou até com medo de perguntar — murmurei.

Ela se retorceu em seu assento e estendeu a mão.

— Quero café grátis para sempre, e também seus *scones* de limão.

Soltei uma gargalhada, apertando a mão dela.

— Fechado. Então, quanto tempo irá levar a transformação?

Ela franziu os lábios e respondeu:

— Humm. Considere-se com sorte se conseguir abrir em oito meses.

Assobiei.

— Isso é bastante tempo. — Eu estava ansiosa para iniciar o projeto de construção. Inconscientemente, voltei a olhar para o meu relógio.

Kristen cutucou-me e apontou com a cabeça para o relógio.

— Vai a algum lugar?

Balancei a cabeça.

— Estou esperando alguém.

— Quem?

Meu rosto esquentou.

— Ian.

Ele tinha retornado de viagem no dia anterior e ligara naquela manhã. Sugeri que nos encontrássemos ali, num território neutro. Depois de duas semanas matutando a respeito, eu ainda não tinha certeza do que queria de Ian. Era óbvio que ele desejava de mim mais do que apenas amizade.

Kristen abriu um sorriso radiante, alheia à minha inquietação interior.

— Ian está vindo para cá — ela contou ao meu pai e a Nadia. Os olhos de papai se estreitaram para mim.

Nadia levantou-se com um sorriso tomando metade de seu rosto.

— Acho que essa é a nossa deixa para irmos embora.

Eu estava medindo o tamanho do balcão quando Ian chegou pouco depois de os outros terem partido. Ele sacudiu sua jaqueta e os cabelos. A água respingou no chão.

— Nossa, está um tempo feio lá fora. — Ele suspirou e sorriu. — Oi, Aims.

Meu pulso acelerou ao vê-lo. Ele estava bonito. Bonito mesmo. Meio que como um cachorro desgrenhado e encharcado. Gesticulei para sua jaqueta.

— Você está ensopado. Deixe-me pegar isso.

— Obrigado. — Ele a deslizou para fora do corpo. — Vim correndo de casa até aqui.

— Onde você mora? — perguntei, pendurando a jaqueta no espaldar de uma cadeira.

— A sete quarteirões para aquele lado. — Ele apontou na direção oposta a que eu caminhava do café até minha casa. — Somos vizinhos.

Eu ri.

— Se você considerar quase um quilômetro de distância como vizinhança... Como foi a sua viagem?

— Ótima! Tirei umas fotos incríveis. — Ele depositou uma sacola de papel úmida sobre a mesa ao meu lado, evitando encostar nos papéis que eu havia espalhado para mostrar a Nadia minhas ideias. Ian não queria que eles molhassem. Ele cutucou gentilmente o meu ombro.

— Eu estava certo, a propósito.

— Sobre o quê?

— Senti, sim, sua falta. — Meus olhos se arregalaram e ele riu, olhando ao redor. — Então, você alugou o antigo ponto do Joe.

— Hã, sim... aluguei — gaguejei, ainda às voltas com a revelação dele de que sentira, sim, minha falta.

— Mal posso esperar para ver o que você fará com este lugar. — Ele bateu os nós dos dedos no balcão de fórmica. — Já pesquisou por máquinas de café expresso?

Eu mal tivera tempo de terminar os meus planos de negócios desde que Ian deixara o país. Cruzando os braços, apoiei o quadril contra a beirada do balcão.

— Ainda não. Por quê?

Ele imitou a minha posição e pressionou a mão sobre o seu coração.

— Eu ficaria honrado em recomendar uma ou duas marcas.

Torci a boca.

— O que o torna um especialista? — questionei, genuinamente interessada, apesar de seu tom bem-humorado. Tirando ser fotógrafo e que viajava com frequência, eu não sabia nada sobre ele.

— Passei vários meses em Provença depois que me formei na faculdade. Namorei uma barista e ela me ensinou... — Ele foi parando de falar e seu rosto corou. Arqueei uma sobrancelha. O canto de sua boca se contraiu. — Ela me ensinou *muita coisa*.

Meus olhos se estreitaram.

— Aposto que sim.

Ian endireitou-se.

— Ah, vai, não fique com ciúmes — ele me repreendeu e meu rosto ficou ainda mais vermelho do que o dele. — Vem cá, trouxe uma coisa para você.

O papel amassou quando ele tirou uma grande garrafa da sacola que trouxera.

— O que é isso? — perguntei.

— Sidra.

— Você trouxe suco.

Ele riu.

— Suco de gente grande. Sidra forte. Sobrevivi desta coisa durante a minha viagem. — Ele apalpou o peito e os bolsos da calça jeans como se estivesse procurando por algo. Ele espiou em sua jaqueta e vasculhou os bolsos laterais. Retirou de lá dois copinhos.

— Nunca tomei doses de sidra.

Ele revirou os olhos.

— Você bebe aos pouquinhos o negócio. Só peguei estes copinhos porque eles cabiam nos meus bolsos. — Ele arrancou a tampa da garrafa com um abridor que puxou de outro bolso e serviu a sidra. — Normalmente, nós bebemos isso à temperatura ambiente. Está fazendo um frio de rachar lá fora, então pode ser que esteja um pouco geladinho. Ainda assim, vai estar bom. — Ele me entregou um copinho.

Cheirei a sidra. Imagens de tortas de maçã encheram a minha mente.

— *Kia ora* — disse Ian, erguendo seu copinho entre nós.

— *Kia* o quê?

— É uma saudação maori. Os maoris são o povo indígena da Nova Zelândia. Em tradução livre significa "boa saúde". Gosto de pensar que isso significa simplesmente "saúde".

— Saúde — repeti e beberiquei a sidra. Tinha um sabor seco de fruta, delicioso.

Ian sentou-se na cadeira onde sua jaqueta estava apoiada e eu na que estava de frente para ele. Ian esticou as pernas debaixo da mesa e inclinou-se para trás, tocando seus sapatos no meu tornozelo. O ligeiro contato subiu como uma fagulha por minha perna, direto para as minhas entranhas. Ele me observava atentamente. Mudei de posição na cadeira.

— Sua mãe não lhe ensinou a não ficar encarando?

Seus olhos se nublaram momentaneamente antes que piscassem com interesse.

— Se eu não encarasse, não conseguiria descobrir por que a estou achando ainda mais intrigante do que antes.

A pele bronzeada enrugou nos cantos de seus olhos. Ele queria soar descontraído, mas sua incerteza pesava fortemente. Umedeci os lábios e descansei os antebraços sobre a mesa, segurando o copinho entre os dedos.

— Você já perdeu alguém importante para você? — perguntei seriamente.

Sua expressão entristeceu.

— Sim, perdi.

Apesar da minha relutância em contar a alguém sobre as minhas interações com Lacy, tentei decidir o quanto dizer a Ian sobre James. Eu havia enterrado o meu noivo e ainda estava de luto por ele. Ainda sentia uma falta absurda dele, e essa saudade só alimentara as sementes de dúvida que Lacy plantara. Até que isso passasse, não seria justo deixar Ian presumir que eu queria algo mais do que sua amizade.

— Quando nos conhecemos — comecei, pensando cuidadosamente no que estava prestes a dizer. Não queria que Ian sentisse pena de mim, mas precisava que ele entendesse o meu estado de espírito. — Você perguntou se eu estava noiva. Estive, durante quase um ano. Meu noivo morreu em maio passado. Na verdade, ele desapareceu quando caiu no mar enquanto pescava no México. Algum tempo depois, seu corpo acabou sendo encontrado e eu o sepultei no dia marcado para ser o do nosso casamento. Isso foi em julho. — Bebi o restante da minha sidra de uma só golada e enxuguei a boca com o dorso da mão. — Acho que estou tomando doses de sidra — observei ironicamente.

Ian ficara boquiaberto, paralisado. Depois de um instante, ele balançou a cabeça como se para afastar o choque.

— Droga, Aimee. Sinto muito. — Ele agarrou minhas duas mãos. Seu polegar acariciava de um lado para o outro os nós dos meus dedos.

— Nunca vi o corpo dele. Nunca tive a chance de me despedir.

Ian murmurou algo que não consegui entender. Ele intensificou a pressão de seu toque. Se a mesa não estivesse entre nós, eu sabia que ele teria me puxado contra o peito e me apertado firme no abrigo de seus braços.

Estudei nossos dedos unidos. Suas mãos eram quentes e fortes; o movimento do seu polegar, tranquilizante. Um profundo anseio por companheirismo ardeu dentro do meu peito, o calor se espalhando pelos meus membros. Levantei a vista para ele e vi algo encorajador por trás de seus olhos. Meu mundo desestruturado e virado de ponta-cabeça de repente se endireitou num estalar de dedos.

— Posso dizer que você será um bom amigo, Ian.

Ele gemeu guturalmente.

— Um amigo, eu?

A decepção anuviou sua expressão.

— Desculpe. É que... — Retirei as mãos da dele e as pousei no meu colo. — Nunca estive com outra pessoa antes. Sempre fomos James e eu.

— James? Oh. — Sua boca formou um círculo. — Seu noivo. — Ele apoiou o cotovelo sobre a mesa e esfregou a bochecha, coçando a barba por fazer que sombreava a sua mandíbula. — Você está receosa de se envolver com outra pessoa? — ele perguntou calmamente.

— Não, receosa não.

Ian arqueou uma sobrancelha.

— Ok, talvez um pouco. Não estou pronta para um relacionamento sério. Ainda não. — Tinha que pensar no café. E em James. Seu corpo estava debaixo da terra há menos de um ano, *se é que* havia um corpo debaixo da terra, e esse era o cerne da questão. Não saber ao certo tornava difícil deixar para trás aquilo que tivemos.

— Meus pais acham que eu era dependente demais de James — admiti, numa espécie de reflexão tardia.

Ian bufou. Ele gesticulou com o braço para abarcar o restaurante.

— O que você quer fazer neste lugar não é sinal de uma mulher dependente. Está mais para alguém determinada a fazer algo com sua vida.

Um sorriso hesitante repuxou meus lábios.

Ele encheu meu copinho com mais uma dose e ergueu o seu.

— Proponho um trato. Vou fazer um brinde a nós para nos tornarmos grandes amigos se você prometer me contar quando quiser algo mais comigo.

Meus olhos se arregalaram, então joguei a cabeça para trás, rindo de sua escolha deliberada de palavras. "Quando", não "se".

— Você é malandro, hein? — provoquei.

Ele balançou a cabeça.

— Não, só estou sendo otimista.

— Tudo bem. — Levantei o meu copo. — Trato feito.

Capítulo 12

Nas férias de verão antes de começar o ensino médio, fazia já seis anos que conhecia James e eu não queria mais ser sua amiga. Ansiava por algo mais.

Meu modo de pensar não era decorrente de uma súbita mudança de direção, mas de uma mudança sutil que fora se desenvolvendo ao longo do ano letivo anterior, como uma borboleta que lentamente desdobra as asas ao deixar o casulo e depois sai voando. Comecei a reparar nele coisas que não notava antes, como seu cheiro. Ele não tinha aquele odor de suor e de vestiário masculino, como os outros garotos da minha escola. Sua colônia se misturava perfeitamente ao seu próprio aroma natural, provocando-me um friozinho na barriga sempre que ele se aproximava e eu sentia o seu cheiro bom. *Era viciante!* Aquilo me deixava tonta e confusa e, em mais de uma ocasião, precisei ser contida para parar de afundar o nariz no peito dele. Ele ria e me afastava.

Mas, apesar do meu potencial constrangimento, eu o conhecia melhor do que qualquer outra pessoa. Sua infinita dedicação para aprimorar sua arte, a frustração com seus pais por forçá-lo rumo a uma carreira que ele não queria e o desânimo por não compartilhar seu trabalho com ninguém além da minha família — para que sua própria família não descobrisse e o proibisse de me ver — formavam uma combinação inebriante na minha cabeça. Eu estava me apaixonando pelo meu melhor amigo, e sentia muita falta dele.

Os treinos do futebol haviam recomeçado e ele tinha todo um leque de atividades paralelas, que o mantinham sempre ocupado. Eu não o vira muito naquele verão, mas ele fez uma visita surpresa certa tarde, em agosto. Eu estava preparando biscoitos para o aniversário de Kristen e acabara de tirar o tabuleiro do forno. Quando me endireitei e me virei, encontrei James encostado no umbral da cozinha, observando-me.

Ele estava usando calças cor de ardósia e uma camisa branca desabotoada no colarinho, uma roupa adequada para a igreja aos domingos, não uma quinta-feira quente e seca. E definitivamente não para o futebol.

Aos dezesseis anos, James não tinha o físico magricela e desengonçado típico dos caras de sua idade. Anos de futebol o mantiveram em excelente forma. Mechas indomáveis de fios descoloridos pelo sol insistiam em tombar de sua cabeleira escura. Ele estivera passando as mãos pelos cabelos. Ele tinha algo em mente.

— O que você está fazendo aqui? — perguntei, surpresa ao vê-lo em minha casa. Não deveria estar. Ele tinha a chave graças a papai, que se cansara de atender a porta todas as vezes que James aparecia, o que, antes daquele verão, acontecera com muita frequência.

— Não tem treino de futebol?

Ele deu de ombros.

— Decidi tirar a tarde de folga.

Minhas sobrancelhas se ergueram.

— E seus pais concordaram com isso?

Ele bufou, enrugando a testa quando inclinou o queixo, fitando-me com os olhos arregalados. Seus pais não tinham ideia de que ele estava ali.

— Papai vai trabalhar até tarde e mamãe está numa recepção de caridade — explicou.

— Então, você está vadiando? — Coloquei o tabuleiro de biscoitos sobre o balcão de granito.

Ele abriu um sorrisão radiante, que fez meu coração apertar e minhas bochechas corarem. Abaixei a cabeça para esconder o rubor enquanto eu me ocupava em transferir os biscoitos para o rack de resfriamento.

— Você está aqui para pintar? — perguntei quando o ouvi se aproximar.

— E para ver você.

Não pude deter o amplo sorriso que se espalhou pelo meu rosto.

Ele inclinou um quadril contra o balcão e pegou um biscoito. Agarrei seu pulso. O biscoito pairava a poucos centímetros de sua boca. Ele ergueu uma sobrancelha. Meus olhos se estreitaram.

— Esses são para Kristen. É aniversário dela.

Ele meteu o biscoito na boca.

— James — censurei-o com voz queixosa. Meu olhar mergulhou para os lábios dele, e meus pensamentos mudaram para um novo canal. Quantas meninas haviam sido beijadas por aqueles lábios? Ele já pensara em me beijar?

Meu rosto estava vermelho. Ele sorriu de forma marota. Dei-lhe um olhar exasperado e soltei seu pulso, voltando à minha tarefa.

— Nem mais um — avisei. Ele consumiria toda a fornada, mesmo não estando faminto pelo treino de futebol, se tivesse a chance. — Não tenho tempo para assar mais.

— Mais unzinho? — Ele fez um beicinho pidão.

— Tudo bem — respondi, achando-o irresistível. Enfiei-lhe um biscoito na boca com força. Ele grunhiu.

Indiquei com a cabeça as roupas dele.

— Por que está vestido assim?

— O que há de errado com a forma como estou vestido? — Ele me lançou um olhar chocado.

— Nada! — arquejei. — Você está bonito... Quero dizer, suas roupas estão bonitas, só isso — gaguejei. Ele tinha que estar arrumado daquele jeito por algum motivo. — Então, aonde você vai?

— Você quer dizer, onde estive? — Ele baixou o rosto e olhou sua roupa como se estivesse esquecido do que vestia. Suas feições se contorceram.

— Trata-se do mais novo esquema da mamãe para nos preparar para uma vida de reuniões do conselho e jantares — ele resmungou.

Esfreguei as mãos para limpar os farelos.

— O que ela anda forçando Thomas e você a fazerem agora?

Seus lábios se contraíram.

— Você está muito bela nesse avental. — Ele puxou a borda amarrotada. — Onde você o arranjou?

— Está evitando a pergunta. E me distraindo. – Afastei a mão dele.

— Assim como você. — Ele agarrou minha mão e entrelaçou nossos dedos.

Respirei fundo. Nossas cabeças baixaram para as mãos cruzadas e se ergueram rapidamente. Nós nos encaramos. Seus olhos castanhos se iluminaram com surpresa, antes que um sorriso diabólico se espalhasse em seu rosto. Ele ergueu nossas mãos, braços dobrados no cotovelo. Seu braço livre envolveu minha cintura e puxou-me contra o seu peito.

Arfei com o contato repentino. Nunca tinha estado tão perto dele daquela forma.

— O que você está fazendo?

— Mostrando a você.

— Mostrando o quê? — perguntei com um gritinho, minha voz saindo esganiçada e aguda.

James riu.

— Estou mostrando o que fiz. Acompanhe os meus movimentos. Preste atenção na contagem — ele murmurou no meu ouvido. Ele se encostou contra mim, forçando-me em sua direção. Tropecei e seu aperto se intensificou. Ele descansou o queixo na minha cabeça.

Todo o meu corpo se retesou.

Senti-o sorrir no meu cabelo.

— Você está tão tensa. Sou só eu.

Apenas James. Segurando-me. Eu podia sentir o calor de sua pele através da minha camiseta e fiz uma careta. Essa observação não ajudava nem um pouco minha imaginação ingênua e superativa, embora eu percebesse que seu coração estava batendo tão rápido quanto o meu.

Começamos a nos mover e ele começou a contar, sussurrando no meu ouvido. Depois de alguns tropeços e vários pisões, ele nos deslocou suavemente pela cozinha. Nós estávamos dançando, e não aquele tipo de dança agitada, para cima e para baixo, que rolava nas festinhas do ensino médio, mas o tipo elegante e adulto.

— Você está fazendo aulas de dança.

Ele cantarolou a confirmação. Senti a vibração nos dedos dos pés.

— Estamos valsando.

Inclinei-me para trás e olhei para ele enquanto tentava me concentrar no movimento dos pés.

— O que valsa tem a ver com reuniões e jantares?

Ele me olhou com um ar infeliz.

— Negociações. Aparentemente, mamãe quer que Thomas e eu estejamos tinindo e preparados, não importa onde fecharmos um acordo.

Imaginei James com um terno de homem de negócios dançando com uma bela mulher trajando blusa de seda e uma saia lápis.

— As pessoas ficam dançando nas reuniões de trabalho? — Eu não tinha ideia do que as pessoas faziam quando começavam a trabalhar.

Ele jogou a cabeça para trás e riu.

— Não, sua garota doidinha. Minha garota doidinha — ele murmurou no meu cabelo e beijou minha cabeça, enviando faíscas de excitação através de mim. Ele me chamara de "minha garota".

— Papai comparece a muitas festas fora do escritório e já fechou grandes negócios nelas.

A carreira dos pais dele nas Empresas Donato era tão diferente do trabalho dos meus pais no restaurante... Imaginei sua vida glamorosa. Mulheres trajando vestidos de gala e homens de smoking bebericando champanhe em taças de cristal lapidado, enquanto uma orquestra de câmara toca no fundo.

James nos fez rodopiar em torno da ilha da cozinha, trazendo-me de volta o cheiro de cookies com gotas de chocolate e sua proximidade maior do que nunca.

— Você é muito bom nisso. — Assim como ele era bom em tudo que fazia, desde executar jogadas rápidas e precisas no campo de futebol até sua técnica de pintura autodidata. Suas telas acrílicas eram deslumbrantes.

— Você me faz parecer bom — ele elogiou, acrescentando: — e você aprende rápido. — Sua respiração agitava o meu cabelo. Nós estávamos dançando pertíssimo um do outro, o que fez com que um pensamento se esgueirasse em minha mente tão suavemente quanto James nos conduzia em círculos, em compasso ternário.

— Você dança assim tão próximo das garotas nas aulas? — sussurrei.

James permaneceu quieto por um longo momento. Baixei a cabeça, sentindo-me boba e envergonhada por perguntar. Mas a ideia de ele segurar outra garota dessa forma me deixava doente.

Quando foi que eu me tornara tão ciumenta a respeito de onde e com quem ele passava seu tempo?

Desde quando ele confessara que eu era a sua melhor amiga no mundo. Desde quando ele me abraçou enquanto eu chorava por Roxanne Livingston ter roubado a minha calcinha na aula de Educação Física, lançando-a como um estilingue ao teto, onde ela acabou ficando presa a um aspersor para toda a escola ver. James desejou dar uma surra para valer na Roxanne, e eu o queria para mim há mais tempo do que admitia.

— Não — James finalmente respondeu. — Não assim. É diferente com você.

Minha cabeça ergueu-se na hora.

Sua expressão ficou séria.

— Desejei dançar com você desde que comecei as lições.

Ele desejou?

James retardou nosso ritmo, então, ficamos nos balançando lentamente de um lado para o outro, e depois paramos de nos mover por completo.

— Há algo mais que venho desejando fazer.

— O que é?

— Beijar você. — E então ele o fez.

Meus olhos se arregalaram. Apertei a parte superior de seu braço. Nossos lábios se tocaram, uma vez, duas, e novamente. Sua língua percorreu a linha entre meus lábios e suspirei. Ele a mergulhou lá dentro. E então retirou-a antes que eu tivesse a chance de me dar conta: James estava me beijando. Meu James!

Eu olhei para ele.

Ele me deu um sorriso tímido.

— Oi.

Eu pisquei atônita.

— Err... oi.

Ele inclinou a cabeça, sua expressão tornou-se cautelosa.

— Você está bem?

— Hum... sim, acho que sim.

— Você acha que sim? — Ele riu, parecendo nervoso.

Toquei meus lábios com a língua. Eles latejavam. Tudo latejava. Sensações novas, gloriosas e espetaculares. Eu me sentia como a borboleta fazendo seu primeiro voo.

— Por que você me beijou? — eu disse.

— Você não sabe? — ele perguntou, e eu balancei a cabeça. Ele somente mencionara que eu era a sua melhor amiga, e mais nada. Só uma amiga.

— Você é minha melhor amiga, Aimee — ele disse, ecoando os meus pensamentos. Curvei-me um pouco, decepcionada, e ele ergueu meu queixo com um dedo, inclinando o meu rosto. — Na verdade, você é mais do que isso para mim. — Sua voz baixou, soando tímida. — Já lhe disse antes, você me conhece melhor do que ninguém. Passei a me importar com você cada vez mais.

Meus lábios formaram um pequeno círculo.

— Oh — sussurrei.

Seu rosto se abriu num sorriso mais radiante do que o sol de agosto. Ele me sufocou num grande abraço, tirando os meus pés do chão.

— Meu Deus, como fico feliz por continuarmos a estudar juntos. Nós poderemos nos ver mais.

— Como se já não nos víssemos bastante? — brinquei.

— Nós não nos vimos o suficiente neste verão. — Ele me abaixou, mas não largou. – Ei, você pode voltar a me passar bilhetinhos entre as aulas.

Fiquei corada.

— Eu gostava dos seus bilhetinhos. Senti falta deles.

Sorri timidamente.

— Então, vou tratar de escrever com mais frequência para você.

James me soltou e meteu outro biscoito na boca.

— Ei, pare de comer os biscoitos da Kristen.

— Pare de fazê-los tão gostosos. — Ele agarrou o meu rosto, segurando minhas bochechas. Suspirei, pois o movimento me pegou desprevenida. Ele olhou para mim como se estivesse admirado. — Meu Deus, como os seus olhos são lindos assim de perto. Tão azuis. Como o mar do Caribe. Posso te beijar de novo?

— Sim, por favor — respondi baixinho. Tudo era tão novo e estava com fome de mais. O friozinho no estômago voltou, diante da expectativa. James sorriu, sorri para ele e depois estávamos ambos rindo e nos beijando.

— Você tem certeza de que não tem problema você estar aqui? — perguntei depois de alguns instantes, pensando em como os pais de James ficariam aborrecidos quando soubessem que ele faltara ao treino de futebol.

— Não se preocupe comigo. Eles nunca saberão. Vou chegar em casa antes deles. — Ele beijou meu nariz para me tranquilizar.

O telefone de casa tocou e eu afastei James. Ele riu.

— É o telefone, Aimee. Não os seus pais nos pegando nos flagra.

— Ha, ha — respondi, minhas bochechas ficando mais vermelhas do que ferro em brasa. Atendi o telefone, observando James arregaçar as mangas e esvaziar o conteúdo dos bolsos sobre o balcão: carteira, um recibo, moedas e as chaves da BMW 323ci que os pais haviam lhe dado em seu décimo sexto aniversário. Ele entrou no jardim de inverno, onde seu estúdio de arte estava instalado no canto.

Ouvi Thomas no outro lado da linha, procurando por James. Enquanto Thomas falava, meu sorriso foi murchando e, quando ele terminou, desliguei o aparelho, percebendo que James estava me observando.

Ele franziu a testa.

— Você está bem?

— Você tem que ir embora. Sua mãe está a caminho de casa. Phil está com ela.

James praguejou. Ele não se dava bem com o primo. Certa vez, ele pegara Phil xeretando em sua escrivaninha. Eu sabia que James guardava todos os presentinhos e cartões que eu lhe dera na gaveta inferior. Ele também guardava ali todos os bilhetes e cartas que eu havia escrito para ele. Phil os tinha lido? James não tinha certeza, mas ele observou que faltava uma foto de nós dois. Aquela em que James e eu estávamos comendo picolés, o braço dele em volta dos meus ombros informalmente. Eu tinha doze anos e usava meu primeiro biquíni, que persuadira minha mãe a comprar; ela topou, com a condição de que papai nunca me visse usando-o. A visão de sua garotinha vestindo apenas pequenas faixas de tecido seria demais para ele. Então, quando a mãe de Kristen me deu a foto para o meu álbum de recortes, dei-a a James. Eu não queria que papai a encontrasse, o que já não me pareceria um fato tão grave, agora que eu me preocupava com a possibilidade de que Phil a tivesse apanhado.

James olhou em volta da cozinha, esfregando os antebraços, pensando.

— Preciso ir.

— James, seu pai...

Ele revirou os olhos na minha direção.

— O que tem ele?

— Ele está em casa. E está perguntando por você.

Toda cor abandonou o seu rosto.

— James?

— Tenho que correr. Ligo para você mais tarde. — Ele pegou as chaves do balcão e abriu a porta.

— James. Sua carteira.

A porta da frente bateu. Peguei a carteira, que tinha sua licença de motorista. Ele precisaria dela se planejasse dirigir para qualquer lugar que não a sua casa, a dois quarteirões.

Saí correndo pela porta da frente a tempo de pegar sua BMW virando a esquina. Corri para a casa dele, na esperança de alcançá-lo antes de entrar. Alcancei-o na calçada para a sua varanda.

— James! — chamei quase sem fôlego.

Ele se virou, seus olhos se arregalando quando parei subitamente na calçada ao lado do carro. Inclinei-me com as mãos nos joelhos, arfando. Erguendo a cabeça, estendi o braço.

— Sua carteira.

Ele piscou perplexo, levando as mãos automaticamente para os bolsos traseiros e encontrando-os vazios. Ele se aproximou e pegou a carteira.

— Obrigado — ele disse, seu olhar observando um carro atrás de mim.

Olhei por cima do ombro e vi a senhora Donato entrando pelo caminho da garagem. Phil estava ao lado dela, no banco do passageiro, seus olhos em mim.

— Vá para casa, Aimee — ordenou James.

Virei-me de volta. Edgar Donato estava na varanda, seus lábios apertados formando uma linha. Ele mantinha a porta aberta, esperando por James.

James olhou por cima do ombro.

— Vá para casa — ele disse novamente. Havia nervosismo no tom dele. — Por favor — ele acrescentou, quando não me movi.

Meu olhar saltou dele para Edgar e de volta para ele.

Sua expressão suavizou. Ele segurou o meu rosto, roçando o polegar pela minha face.

— Vou ficar bem. Vá para casa. Ligo para você esta noite.

— Está bem.

Observei-o entrar em casa, o orgulho mantendo seus ombros para trás e a espinha ereta. Edgar me lançou um olhar superficial e seguiu James para dentro, puxando o cinto de couro da calça.

Suspirei, lembrando-me da história de James sobre os erros de Thomas. *Oh, James!*

— Oi, Aimee.

Estremeci, olhando ansiosamente para Phil, que estava praticamente colado a mim, na calçada. Ele sorriu.

— Há quanto tempo.

Minha ansiedade, que atribuí mais à situação de James do que a aparição inesperada de Phil ao meu lado, aliviou com o sorriso dele. Ele mudou desde que nos conhecêramos cinco anos antes. Achei extraordinário que não tivéssemos nos visto desde então, considerando a frequência com que visitava sua tia.

O físico de Phil ainda era mais delgado e mais alto do que James ou Thomas, e as calças e a camisa sob medida que ele usava faziam com que aparentasse bem mais do que seus dezenove anos. Ele parecia refinado e pomposo. Era muito mais velho do que eu, logo, ele estava muito além de minhas pretensões. Eu não entendia o mundo em que os Donato viviam, com suas roupas e carros caros, jantares e festas. Um estilo de vida que uma pessoa como eu via apenas na TV. Era intimidante. Phil era intimidante.

Olhei para a casa, torcendo os dedos.

— James vai ficar bem?

Phil deu de ombros.

— Edgar parecia irritado. O que James fez?

— Ele faltou ao treino de futebol. — Assim que pronunciei tais palavras, me arrependi. Aquilo não era da conta de Phil.

Ele riu.

— Então, quer dizer que o garoto de ouro não é tão dourado assim. — Ele ergueu o braço na direção em que eu morava. — Posso acompanhá-la até sua casa?

— Hum... Ok — ouvi-me concordar.

Caminhamos num ritmo lento, nada parecido com a minha corrida desabalada alguns minutos antes. Minha respiração ainda estava irregular e o suor escorria da linha do cabelo na testa e pelo pescoço. Puxei a camiseta, abanando o meu peito. Pelo canto do olho, percebi que Phil acompanhava os meus movimentos. Parei de mexer com a minha camiseta, de repente autoconsciente dos pequeninos seios que finalmente haviam aparecido no ano anterior.

— Você cresceu desde a última vez que vi você — observou Phil.

Minhas bochechas, coradas e úmidas de correr, arderam. Baixei a cabeça e meus olhos se arregalaram. Ainda estava com o avental com babados que usei para assar os biscoitos. Eu o tirei.

— Você está bonita. Isso combina com você.

Amassei o avental numa bola e cruzei os braços, escondendo tanto o item desagradável quanto os meus seios.

— Você está de visita por quanto tempo? — perguntei, desviando a conversa da descarada inspeção que Phil dava em mim. Apertei o ritmo, querendo chegar logo em casa.

— Pouco tempo. Alguns dias.

— Então, seu pai está viajando de novo.

Sua boca se curvou de um lado. Ele estava rindo de mim. Ele não precisava de um cuidador enquanto o pai dele estava ausente, não como quando eu o conheci. Ele já estava na faculdade. Deus do céu, que pergunta idiota.

A expressão de Phil tornou-se séria, quase preocupada. Estaria ele pensando em James? Eu também estava preocupada. Não conseguia tirar da cabeça a imagem do senhor Donato tirando o cinto de couro, a raiva avermelhando as bochechas que se derramavam por sobre o colarinho muito apertado. Ele ganhara bastante peso nos últimos dois anos.

— James vai ficar bem, certo? — perguntei novamente, precisando me tranquilizar. — O senhor Donato parecia muito intenso.

— James ficará bem. Edgar está estressado, só isso.

E ele queria descontar em James? Lancei um olhar cheio de pânico a Phil.

Ele coçou o queixo.

— Olha, Aimee, meu pai está doente. Edgar teve que assumir o comando das Empresas Donato até eu ter idade suficiente para assumir o controle. Ainda tenho dois anos de faculdade pela frente.

Duas coisas me impressionaram sobre sua explicação. Não era em James que pensava e o pai dele estava morrendo. Caramba, como eu podia ser tão egoísta? O beijo de James e seu iminente castigo haviam me desestabilizado.

— Sinto muito pelo seu pai. É uma boa coisa, entretanto, que ele lhe tenha passado a empresa. Você não precisará procurar emprego nem nada assim depois de se formar.

— Essa é a ideia. Papai me contou há muito tempo, quando eu era pequeno, que queria que eu assumisse um dia. — Ele parou. Havíamos chegado à minha casa.

— Obrigada por me acompanhar — eu disse.

— Disponha.

Dei-lhe um breve aceno, caminhando para trás, em direção ao alpendre.

— E obrigado — ele acrescentou —, pelo que disse sobre o meu pai. Isso significa muito. Ei! — ele gritou quando cheguei à porta. — James ainda pinta na sua casa?

Minha mão congelou na maçaneta. Como ele sabia que James pintava? Phil tinha me dado a ideia de guardar o material artístico de James, mas eu nunca dissera a ele. James também não o teria feito. Tirando os meus pais, Kristen e Nick eram os únicos que sabiam do estúdio de James em nosso jardim de inverno, e nenhum deles teria contado isso a Thomas ou Phil para não correr o risco de os pais de James descobrirem.

Então, lembrei dos meus bilhetes na escrivaninha de James. Mais de uma vez eu escrevera para James perguntando se ele planejava ir à minha casa depois da escola para pintar, entregando minhas perguntas para ele enquanto cruzávamos o corredor da escola secundária. Phil devia ter lido os bilhetes.

Fiquei desalentada, e minha expressão deve ter entregado a resposta, porque um enorme sorriso de eu-sei-o-seu-segredo se abriu no rosto de Phil. Senti como se fosse desmaiar.

Phil sacudiu a cabeça.

— Não se preocupe. O segredo de James está seguro comigo. Mas eu adoraria ver as obras dele. – Ele começou a caminhar na minha direção.

Engoli em seco. Minha mão torceu a maçaneta e a porta se abriu.

— Não posso convidar estranhos para entrar em casa quando os meus pais não estão.

— Mas não sou um estranho. Na verdade — ele parou no degrau da varanda —, se as coisas não derem certo com James, eu adoraria levar você para sair.

Recuei. Ele estava falando sério? Phil era muito mais velho.

— Desculpe, não posso deixar ninguém entrar. Tchau, Phil. — Entrei em casa. Queria colocar a porta entre nós o mais rápido possível.

— Considere a ideia, Aimee. Pensei muito em você ao longo dos anos. Seria divertido. — Ele despediu-se, tocando as pontas de dois dedos em seus lábios e acenando-os na minha direção antes de desaparecer da minha linha de visão. A porta da frente havia se fechado.

Fechei o trinco e me virei, afundando no chão, minhas costas contra a porta. Cobri o rosto com as mãos. Eca! Phil tinha me chamado para sair. Ele sabia sobre as pinturas de James e isso era culpa minha. Nunca deveria ter mencionado nada nos bilhetes. Mas também James não deveria tê-los guardado. No entanto, isso era a cara de James e não podia culpá-lo. Ele era sentimental. Um artista talentoso com uma alma carinhosa.

Levaria uns dois anos para eu voltar a ver Phil e, mesmo assim, somente em ocasiões formais, como nos jantares de domingo que Claire e Edgar ofereciam. Phil se juntava a nós de vez em quando. Felizmente, ele nunca mais perguntou sobre as pinturas de James.

Quanto a James, nosso beijo naquele dia foi apenas o começo. Com isso, cruzamos a ponte da amizade para um relacionamento mais profundo que se tornou mais íntimo com o passar do tempo. James nunca confessou que seu pai o castigara com uma surra de cinto, embora ele silvasse e se afastasse quando minha mão roçava acidentalmente a parte inferior de suas costas logo depois. Ele atribuiu isso a um estiramento muscular ocasionado pelo futebol, por isso não perguntei se essa era realmente a causa de sua dor. Não queria deixá-lo mais desconfortável do que já se sentia. Dava para ver que ele estava envergonhado por ter desobedecido ao pai. Ele fez questão de nunca mais perder outro treino de futebol pelo restante do ensino médio.

Capítulo 13

JULHO

Um ano após o funeral de James, o Aimee's estava pronto para abrir as portas. Olhando para trás, nunca imaginei chegar tão longe ou realizar tanta coisa. Eu jamais diria que a vida de uma solteira independente à frente de seu próprio negócio seria a minha vida. Mas, também, uma vida sem James jamais me passara pela cabeça.

No entanto, consegui chegar lá e estava surpreendentemente feliz e satisfeita, apesar do caos da reforma e das dúvidas. Estas eram a respeito da minha capacidade e também sobre a morte de James. Eu guardava esses pensamentos para mim mesma. Fechado a sete chaves. Exceto por um cartão de visitas de um resort mexicano, continuava sem provas para convencer inteiramente a mim mesma de que James estava vivo. Só precisava descobrir uma maneira de começar a investigar sem que meus pais, Thomas e minhas amigas pensassem que eu estava perdendo a cabeça, que eu acreditava no que uma médium havia me dito, apesar de testemunhar o enterro de James. Houve momentos em que pensei estar ficando louca, tipo as alucinações que tive no banheiro da boate.

Os últimos nove meses haviam se passado num turbilhão de atividades. Meus pais, volta e meia, faziam uma visita para conferir o progresso no Aimee's. Ian também dava uma passada por lá assiduamente, fazendo pausas na edição de suas fotos para isso. Ele inspecionava por conta própria a reforma, alegando que queria garantir que os empregados contratados não se aproveitassem de mim, reduzindo custos e deixando a desejar na qualidade da execução. Disse a ele que era para isso que eu tinha Nadia. Ninguém mexia com ela. Mas sabia que Ian usava isso como desculpa para passar o tempo comigo, então permiti que ele inspecionasse os trabalhos. Gostava de tê-lo por perto.

Quando julho chegou, os funcionários foram contratados e treinados, e os suprimentos, armazenados nas prateleiras. O cheiro forte de tinta e gesso se dissipou, sendo substituído pelos aromas encorpados dos cafés e o perfume de nozes dos pães e doces. Tudo estava no seu devido lugar.

Era uma tarde de sábado, um dia antes da pré-inauguração do Aimee's, quando minha família e amigos testariam o cardápio e minha equipe poderia pôr em prática o seu treinamento. Até então, não haviam tido falhas mais sérias que pudessem adiar a grande inauguração da próxima semana. Bem, pelo menos até aquele momento. Gina, minha gerente de turno e barista principal, pediu demissão. Uma amiga a convidara para dividir um apartamento em Londres. Ela partiria na manhã seguinte.

Faltavam menos de vinte e quatro horas para a pré-inauguração e eu não tinha baristas experientes. Ryan e Jilly tinham sido treinados por Gina.

Caminhei de um lado para o outro ao longo do balcão. O Aimee's era uma cafeteria que servia cafés com pedidos personalizados. Talvez pudesse me virar amanhã sem uma barista principal, mas antes da inauguração oficial eu precisava de alguém que entendesse como misturar os grãos, os xaropes e as especiarias. Precisava de alguém que conhecesse o equipamento e suas peculiaridades. E se alguma coisa desse errado?

O sino sobre a porta soou e Ian entrou. *Ian!*

Salva pelo gongo. Literalmente.

Apressei-me em sua direção.

— Preciso da sua ajuda.

Ele agarrou meus ombros.

— O que aconteceu? Você se machucou? — Seus olhos percorreram toda a extensão do meu corpo.

— Gina acabou de se demitir — expliquei, acrescentando: — Amanhã é a pré-inauguração. — Como se ele já não soubesse.

Um sorriso arrogante abriu-se em seu rosto.

— Você precisa mesmo da minha ajuda. Preparando os cafés, presumo?

— Para de parecer tão convencido. — Ele cruzou os braços e eu bufei. — Está bem, Ian. Eu preciso da sua ajuda. Agora é o momento de você demonstrar todo o seu brilhantismo atrás do balcão de café.

— Criatura de pouca fé, por que duvidas de mim? — Ele se deslocou para a máquina de café expresso como se fosse o dono do pedaço, e eu revirei os olhos. Seu olhar percorreu as fileiras de potes de grãos, xaropes e canecas de café.

Ian passava muito tempo na minha casa desde que nos conhecemos. Nós assistíamos a filmes ou apenas conversávamos. Eu testava novas receitas — ensopados, tortas, pães — e ele fazia o teste de sabor. Certa vez, encontrei-o folheando o meu fichário de receitas de misturas de bebidas. Eu o tinha provocado dizendo que ele não precisava fingir interesse. No dia seguinte, ele apareceu com várias receitas de café dele próprio, então as acrescentei à minha seleção depois de eu zombar de seu paladar amador. Quando os preparei, eles eram estupidamente bons.

Ele me lançou um olhar desafiador por sobre a máquina.

— Você esqueceu do nosso acordo?

Fiz uma careta, lembrando da nossa conversa no dia em que nos conhecemos. A julgar pelas receitas que ele incluiu no meu fichário, havia uma excelente chance de que Ian pudesse preparar um café melhor do que eu.

Hora de eu descer do pedestal.

— Não, eu não esqueci. — Meus olhos se estreitaram. Ele ia perder. — Tudo bem, está valendo, mas eu quero que você prepare essa especialidade. — Inclinando-me por cima do balcão, peguei de volta o meu fichário e o folheei até a página do Latte de Avelã Pangi, que recebeu o nome de uma região na Índia onde a avelã era produzida. Era a receita mais difícil e exigia uma mistura única de grãos e especiarias importados. Gina passou por maus bocados replicando a bebida. Se a porção das especiarias estivesse ligeiramente menor, não produziria o mesmo sabor requintado.

Ian leu as instruções. Ele esfregou as mãos uma na outra.

— Observe e aprenda como se faz, doçura.

Eu resmunguei e apoiei o quadril na beirada do balcão. Ele se movimentou pela estação, selecionando e triturando grãos, em seguida extraindo o expresso. Um líquido escuro e rico gotejou na caneca que ele havia aquecido previamente. Aspirei o aroma inebriante e minha ansiedade diminuiu.

Ian aqueceu o leite e o derramou no expresso com movimentos rápidos de mão. Ele sorriu e me entregou a caneca. Na superfície, havia um coração desenhado com creme. Uma réplica exata do vapor em forma de coração sobre a caneca de café no logotipo do Aimee's.

— Você sabe fazer café artístico — eu murmurei. — Acho que estou apaixonada.

Seus olhos brilharam.

— Experimenta.

Ergui a caneca até o nariz. Avelã, canela e alguma outra coisa.

— Você mudou a receita.

— Beba antes de julgar.

Obedeci, e meu estômago se derreteu com a bebida reconfortante.

— Gengibre... e...?

Ele me fitou com expectativa.

— Cardamomo.

Ele confirmou.

— Isso está bom. — Sorvi outro gole. — Realmente muito, muito bom... puxa vida. Isso é pecaminoso. — Bebi um pouco mais. — Você está contratado.

— Ótimo. Quando começo?

Olhei para ele, tentando descobrir se ele estava falando sério.

Ele dobrou o pano de prato e contornou o balcão.

— Você precisa de um gerente de turno que saiba direitinho o que está fazendo e eu preciso de um emprego.

— E a sua fotografia?

— Eu ainda planejo viajar e exibir o meu trabalho. Não é pelo dinheiro, mas gosto de me manter ocupado entre as viagens. Por que você acha que eu fico de bobeira aqui o dia todo?

— Você está entediado? — perguntei, murchando. — Pensei que fosse porque você gostava de passar o tempo comigo.

Ele resvalou o dedo pela minha bochecha.

— Não fique tão desanimada. Eu gosto de passar o tempo com você. Muito.

Minha pele esquentou da minha testa até o peito. Ele sorriu.

— Eu não pretendo fazer viagens prolongadas por um tempo. Por enquanto, apenas excursões curtas, alguns dias aqui outros ali. Eu vou treinar a equipe para assumir quando eu for embora. O que me diz? — Ele estendeu a mão.

O que eu digo? Sua oferta era salvadora, e eu o veria todos os dias. Não que eu já não o estivesse vendo praticamente todo dia desde que nos conhecemos. Apertei a mão dele.

— Temos um acordo. Deixe-me pegar a documentação de contratação. Volto já.

Enquanto Ian preenchia os formulários, terminei de pendurar as pinturas de James, que era o que estava fazendo antes da ligação de Gina. Quando antes havia oito grandes caixas de pinturas na minha garagem, agora restavam apenas doze pinturas para exibir, sem contar as que estavam penduradas nas paredes de casa. O gerente do armazém de Thomas jamais localizara as obras de arte de James. A polícia também não pôde fazer muita coisa. Eu registrei queixa do sumiço meses após dar-me conta de que elas estavam faltando, e eu não estava inteiramente convencida de que elas tinham sido roubadas. Não havia evidência de entrada forçada, não se revelaram impressões digitais quando a polícia foi lá para colhê-las, e nada mais na garagem tinha desaparecido.

Ian cruzou o salão e segurou a escada.

— Eu não tinha visto essas. São fantásticas.

Desci os degraus depois de pendurar a pintura.

— Elas estavam na garagem. Eu tinha mais, mas não consigo encontrá-las.

— Elas desapareceram no ar? — Ele esticou os dedos bem abertos e emitiu um "*puf!*".

— Isso mesmo. Eu procurei por elas. Fiz também um boletim de ocorrência.

Ian me estudou.

— Sinto muito por isso. Ele era muito talentoso.

— É, ele era. — Eu gesticulei para a parede adjacente. — Aquela ali aguarda pacientemente por suas obras-primas.

— Você vai estar em casa hoje à noite? — ele perguntou, acrescentando quando assenti: — Levarei algumas. Você pode escolher as que quiser e eu as pendurarei logo de manhãzinha.

— Só se você prometer não falar francês enquanto fizer isso.

Ian chegou um pouco antes das oito, logo depois de eu terminar de passar glacê num bolo de mirtilo com limão. Estava aguardando na varanda vestido com jeans e camisa preta. Ele me lançou um sorriso torto. Abri mais a porta a fim de que ele pudesse passar com o transportador de quadros.

— Há outros no carro. Onde posso colocar este? — Eu apontei para a mesa de jantar e ele delicadamente deitou a bolsa na superfície, abrindo o zíper do transportador. — Aqui há três. Duas que você pode exibir. Eu lhe darei uma porcentagem se elas venderem. A outra foto é sua.

— Minha? — Eu me aproximei, ficando atrás dele.

Ele retirou o maior quadro do transportador e me encarou. *Nascer do Sol em Belize*. Fiquei boquiaberta, meus olhos correram para encontrar os dele.

— Para você — ele ofereceu.

— Ian... — Não sabia mais o que dizer. — Pensei que você a tivesse vendido.

Ele balançou a cabeça.

— Eu a retirei do mercado para você. É um presente. — Ele a vinha guardando há quase um ano, esperando o momento certo para me dar.

Meu estômago se agitou. Torci o anel de James antes de tocar a moldura de madeira que possuía um acabamento que simulavam as pranchas desgastadas de um píer. Pensei no preço.

— Não posso aceitar isso.

Ele olhou para as paredes cobertas com as pinturas de James.

— Se não houver espaço aqui, exiba-o no café.

— Ah, não, não é por isso. É muito caro. — Mas meus dedos estavam coçando para tirar a obra de sua mão.

Ele balançou o quadro.

— Você sabe que quer.

— Sim, eu quero. — E significava muito para Ian que eu ficasse com ele. Não podia negar-lhe essa satisfação. — Muito obrigada.

— De nada. — Ele inclinou a foto contra uma cadeira.

— Eu estava pensando nessa foto quando selecionei a paleta de cores do café — confessei. Ele pareceu surpreso e eu toquei seu braço. — Eu amo o seu trabalho.

Uma misteriosa intensidade preencheu seus olhos. Seu maxilar se contraiu.

— Obrigado.

Um estranho desejo manifestou-se dentro de mim e eu desviei o olhar.

— Quer uma cerveja? — Minha voz soou fraca e esganiçada.

Ian respirou fundo, apoiando as mãos nos quadris.

— Quero.

Peguei duas garrafas na geladeira e abri as tampas, entregando uma para Ian. Observei sua garganta ondular a cada gole e eu involuntariamente engoli em seco. Suas narinas se abriram.

— Que cheiro é esse que estou sentindo? — Seus olhos se estreitaram para a bancada. — É bolo?

— Bolo de mirtilo com limão.

Ele me deu um sorriso diabólico.

— Precisa de um testador de sabor?

Fiz uma careta.

— Cerveja com bolo?

— Claro. Por que não? — ele confirmou, vasculhando as gavetas da cozinha. — Prêmio em dobro. — Ele encontrou a espátula. Peguei dois pratos no armário enquanto ele cortava o bolo. O recheio de frutas escorreu do centro.

— O que tem nele?

— Mirtilos. Eu fiz com frutas frescas, não em conserva.

Ele gemeu, depositando uma fatia no prato mais próximo a ele.

— O glacê de cream cheese é feito com coalhada de limão, suco e raspas. Experimente um pouco. — Sem pensar, corri um dedo pela cobertura e o levantei em frente à sua boca. Os olhos de Ian brilharam por uma fração de segundo antes de seus lábios se fecharem ao redor da ponta do meu dedo. Senti sua língua lamber a cobertura e uma corrente elétrica disparou no meu ventre. Meus olhos se arregalaram. *Oh, Deus*. Que sensação deliciosa aquela.

Puxei meu dedo de seus lábios selados. Um suave estalo ressoou pela cozinha e Ian riu, um ruído grave e sensual. Minhas bochechas flamejaram, mas não ardiam tanto quanto a corrente escaldante que fluía profundamente dentro de mim.

Ele me observou, avaliando a minha reação. Lentamente, ele deu uma mordida do bolo empapado em mirtilo. Mais uma vez, a ondulação de sua garganta chamou a minha atenção e minha própria garganta ficou seca.

— Esse bolo não tem pra ninguém, é matador — ele murmurou, lambendo o glacê dos lábios.

O corpo de Ian estava perto demais. Uni os joelhos bem juntos para evitar cair em cima dele. Muitas vezes me perguntei qual seria a sensação de estar envolvida por seus braços, sua língua dançando com a minha da forma como ele havia feito com a cobertura na ponta do meu dedo. Eu sabia que seria diferente de qualquer outra coisa que eu já sentira antes. Seu toque seria diferente do de James. Talvez ainda melhor.

Mas Ian era um amigo, e eu havia deixado claro desde o início que era tudo o que ele era para mim, apesar da minha atração por ele.

Eu pisquei para me acordar do devaneio e me virei.

— Então, o que mais você trouxe?

Ele apoiou seu prato sobre a mesa e retirou mais duas reproduções emolduradas do transportador, apoiando-as nas costas do sofá. *Manhã Brumosa*, uma foto de um bosque de choupos-brancos, a qual, segundo ele, havia sido tirada em Sierra Nevada, e *Areias do Crepúsculo*.

— A foto de Dubai. — Dei um sorrisinho discreto.

Ian me olhou com ar desconfiado.

— Que foi?

— Você me prometeu uma história. Qual é a *dessa* foto?

Ele fez uma careta.

— Eu odeio camelos.

— Só isso?

Ele cruzou os braços.

— Eles também me odeiam. Bem, aquele ali me odiava. — Ele apontou para o último camelo da fileira. Ian pegou sua cerveja e afundou no sofá, dando tapinhas na almofada ao lado dele. Sentei-me, enfiando as pernas embaixo do corpo. Ele estendeu o braço ao longo das costas do sofá. — Montar animais não é o meu passatempo preferido.

— Ah, sim. As mulas no Peru.

— Isso mesmo. — Ele deu um gole na cerveja. — Foi um longo passeio tentando encontrar a duna perfeita para a foto. Em toda duna que passamos antes dessa da foto aquele camelo me jogava no chão. Quanto mais íngreme a inclinação, melhor para ele, porque aí eu rolava lá para baixo, depois tinha que subir tudo de volta. Ao fim do dia, eu era um saco de areia ambulante. Estava no meu cabelo, nas roupas e... — ele sorriu pertinho da boca de sua garrafa — você captou a ideia. O equipamento da minha câmera também não saiu muito ileso.

— Ai, caramba.

— Vou lhe dizer. Foi uma viagem cara. Não farei isso novamente tão cedo.

— E os choupos-brancos?

Ele depositou sobre a mesa sua garrafa com cerveja até a metade e me encarou.

— Outra história para outro dia. — Seu olhar pousou em meus lábios e minha pele retesou-se. A sala ficou totalmente silenciosa, exceto pelo zumbido do ar-condicionado, o ocasional som de um carro passando na rua e nossa respiração misturada. A eletricidade que senti entre nós antes na cozinha retornou, carregando o espaço. Ela atuava como um ímã, atraindo-nos um para o outro. Devagar, quase que cautelosamente, ele se inclinou na minha direção. Minhas pálpebras se fecharam devagar e os lábios se apartaram.

— Não — sussurrei, quando seus lábios pairavam acima dos meus.

Ele se deteve, mas não se afastou.

— Eu realmente gosto de você, Ian — ouvi-me admitindo.

Uma risada grave retumbou em sua garganta. Dava para sentir seu sorriso no sutil distúrbio do ar entre nós.

— Isso é uma coisa boa — ele murmurou.

— Estou realmente atraída por você, também. — Umedeci os lábios. — Mas...

— Mas? — ele questionou quando hesitei.

Senti um arrepio subindo por minha coluna. Engoli em seco. Quando eu não disse nada, ele se afastou. Sua testa se franziu e ele esfregou o lábio inferior lentamente.

Deixei minha cerveja ao lado da dele e fui até a lareira, parando embaixo do retrato de noivado. Eu precisava colocar certa distância entre nós para dizer o que eu precisava dizer.

— Eu quero que você saiba que eu... — Meu rosto esquentou com um profundo rubor. Engoli em seco. — Eu quero você. Eu sinto que algo está rolando entre nós.

Seu dedo permaneceu em seu lábio. Seus olhos brilharam.

Balancei a cabeça, detendo-o quando ele fez menção de vir até mim.

— Não, não faça isso. Me ouça. Eu não posso prosseguir com isso. Na verdade, eu não vou. Não enquanto... — Eu hesitei e inalei profundamente, reunindo coragem. Ian havia se tornado um amigo tão bom quanto Nadia e Kristen com o potencial de ser muito mais que isso. Eu confiava nele e descobri que era muito fácil conversar com ele sobre quase qualquer coisa. Qualquer coisa exceto minhas dúvidas a respeito da morte de James.

Ian sabia por quanto tempo James e eu namoramos, e como fora difícil para mim de repente ver-me sozinha. Cada um de nossos sonhos e planos havia sido despedaçado num átimo como um para-brisa em um acidente de carro. Incontrolável e explosivo. Enquanto eu recolhia as peças, Ian ria comigo sobre algumas das histórias que compartilhei sobre meus anos com James. Em outras ocasiões, ele me ofereceu seu amplo e sólido peito para chorar. Se havia alguém que merecia saber a verdade sobre o que me atormentava, esse alguém era Ian.

— Se você descobrisse que alguém que você perdeu ainda está vivo, mas você não tivesse ideia de onde essa pessoa está, o que você faria?

As linhas de expressão em seu rosto se aprofundaram. Ele inalou bruscamente, pausando antes de responder.

— Eu vasculharia cada canto da Terra.

Apertei os lábios numa linha fina e assenti com veemência. Talvez devesse ser isso o que eu precisava fazer, e eu começaria por Puerto Escondido, México.

Ian inclinou a cabeça, me estudando.

— O que está acontecendo?

— Tenho razões para acreditar que James ainda está vivo — soltei.

As sobrancelhas de Ian dispararam para o teto. Ele sacudiu levemente a cabeça.

— O quê?

— Acho que James ainda está vivo — sussurrei.

— Como? Por quê? — Ele balbuciou atabalhoadamente. — Você não o enterrou?

Eu assenti.

— Mas nunca vi seu corpo.

— Isso não significa que... — Ele parou e esfregou o rosto com ambas as mãos. Inclinando-se para a frente, apoiou os cotovelos sobre os joelhos. — Por que você acha que ele está... — Ele circulou a mão no ar, incapaz de proferir as palavras.

— Por que eu acho que ele está vivo? — perguntei a ele, girando no dedo o meu anel de noivado. — É uma história bem improvável.

— Você acha que eu não vou acreditar em você. É por isso que não me contou.

Concordei com a cabeça.

— Você contou a alguém?

Balancei a cabeça, girando o anel ainda mais rápido no dedo.

Observamos um ao outro durante um tenso momento até que ele suspirou profundamente e estendeu um braço na minha direção.

— Venha aqui. Conte-me tudo.

Agarrei os seus dedos e o deixei me puxar para o sofá. Ele não soltou a minha mão, descansando nossos dedos unidos em sua coxa enquanto olhávamos um para o outro. Ele esticou o outro braço nas costas do sofá. Antes que perdesse a coragem, contei sobre a médium no funeral de James, que dirigi até a casa dela e deixei minha carteira cair na rua na pressa para ir embora. Contei-lhe que ela tinha enfiado o cartão de visita do resort Casa del Sol na minha carteira quando a devolveu.

— Você acha que James está vivendo nesse hotel?

Levantei um ombro.

— Sinceramente, não sei o que pensar. — Mas expliquei a ele que, quando ponderei sobre as advertências de Lacy, as estranhas visões no banheiro da boate, as pinturas de James terem desaparecido, além do fato de eu não ter visto o corpo que Thomas alegou ter trazido do México, questões se levantaram. Embora eu quisesse que Ian compreendesse por que ele e eu não poderíamos ser mais do que amigos até que eu eliminasse as minhas dúvidas, parte de mim precisava que ele me tranquilizasse dizendo que aquelas dúvidas eram justificáveis.

Ian quedou em silêncio por vários minutos e eu me mexi inquieta no lugar.

— Você acha que eu sou maluca por acreditar nessa médium.

— Você acredita nela? Olhe, Aimee — ele começou a falar antes que eu pudesse respondê-lo, aproximando-se de mim no sofá. Nossos joelhos pressionaram-se um no outro. — Eu não acho que seja muito improvável acreditar mais no que um estranho lhe diz do que naqueles em quem você confia, principalmente quando você está vulnerável e em luto. Isso é da natureza humana. Escuta, tenho uma história para compartilhar. — Ele aconchegou-se mais para trás no sofá e me puxou para o seu lado. — Durante as minhas viagens, eu vi umas coisas bastante esquisitas, coisas que até hoje tenho dificuldade em acreditar. Há coisas lá fora que não podemos explicar. Até hoje não consigo entender como a médium que o meu pai contratou me encontrou.

— Sério? O que aconteceu?

Ele brincou com o cabelo que caía pelo meu ombro.

— Minha mãe tinha alguns problemas da cabeça. — Ele tocou com seu dedo indicador na minha têmpora, como que para reforçar o que havia dito. — Ela desaparecia por longos períodos. Papai não era muito presente também. Mas, uma vez, quando eu tinha nove anos e ainda estávamos morando em Idaho, fui eu quem desapareceu. Fiquei perdido por cinco dias antes que papai me encontrasse. Como a polícia não estava fazendo progressos, ele contratou uma médium para ajudar. Ela me contou que a magia revelou a ela onde eu estava escondido. Jamais me esquecerei da aparência dela, dos cabelos louros tão longos e claros que eram quase brancos. Ela também tinha uma coloração de olhos muito estranha. Achei que fosse um anjo.

— Um anjo — eu repeti. Claro e celestial como Lacy. Meu pescoço formigou.

— Engraçado... — Ian balançou a cabeça e olhou de soslaio para mim. O canto de sua boca ergueu-se em um meio sorriso. — Nunca contei isso a ninguém.

Fiquei feliz por ele ter me contado. Fez com que eu me sentisse melhor em relação à minha própria experiência, menos maluca.

Ele roçou o dorso de sua mão ao longo da minha bochecha e espiou o retrato do noivado.

— Você e James ficaram juntos por muito tempo. Eu entendo como deixá-lo para trás deve ser difícil para você. Apenas me prometa que não está usando a médium como desculpa para evitar se apaixonar outra vez. — Seu olhar me encarou com intensidade. — Porque eu já me apaixonei por você.

Capítulo 14

Ian estava esperando na entrada do café quando cheguei, às 5h do dia seguinte. Ele organizou suas fotos na parede e eu admirava seu trabalho, satisfeita por ter tido razão. *Nascer do Sol em Belize* combinava perfeitamente com a decoração do café.

Ele desceu a escada.

— Por que você está sorrindo?

— Eu sabia que sua foto ficaria bem aqui.

Ele jogou o martelo na caixa de ferramentas.

— Minhas fotos *sempre* ficam bem — ele retrucou, e lhe dei um falso tapa no ombro.

Quando a equipe chegou, atualizei-a sobre Gina, apresentando Ian como substituto. Além da minha chef, Mandy, com quem eu trabalhara no The Goat, e meus baristas, Ryan e Jilly, eu tinha quatro garçonetes e um garçom. Na pré-inauguração, apenas Emily e Faith estavam trabalhando. Cerca de dez minutos antes da abertura, reuni todos. Hoje seria um test-drive, para avaliar o ritmo de trabalho, experimentar o menu e aparar arestas. Somente amigos e familiares haviam sido convidados, então estava me sentindo em casa.

Eu estava orgulhosa do layout e da decoração do café, satisfeita com o menu que Mandy e eu criáramos e extasiada com a ampla seleção de cafés que iríamos servir. Então, através das janelas, vi os meus pais parados do lado de fora e senti um nó na garganta de nervosismo.

— Olhe para mim — Ian sussurrou no meu ouvido.

Eu me virei. Seus olhos adquiriram uma expressão carinhosa e ele segurou minha bochecha.

— Tudo vai dar certo. Você vai se sair bem.

Assenti rápido.

Ele olhou para o relógio e sorriu.

— Está na hora.

— Tudo bem — confirmei com a cabeça, meus lábios apertados numa linha fina.

Ele destrancou as portas e eu congelei.

— Espere!

Ele ergueu uma sobrancelha e eu enxuguei as palmas das mãos nas minhas coxas. James deveria estar aqui. Ele gostaria de participar disso. De certa forma, não parecia justo que fosse Ian a estar ao meu lado nessa ocasião. Mas não o queria em nenhum outro lugar que não fosse aqui, próximo a mim. Peguei na mão dele.

Ele apertou meus dedos.

— Está tudo bem. Estou com você a cada passo do caminho.

Era exatamente o que eu precisava ouvir. Respirei fundo e abri as portas, recepcionando familiares e amigos. Uma lufada de vento explodiu no meu rosto, carregando a voz de James.

Você conseguiu, Aimee.

A pré-inauguração não poderia ter corrido melhor. Ian foi um gênio no comando da máquina de café expresso, preparando as misturas tão rápido quanto os pedidos eram feitos. Ryan e Jilly não conseguiam acompanhar sua rapidez, mas ainda estavam aprendendo. Ian serviu amostras personalizadas para Emily e Faith distribuírem entre os convidados, adicionando ainda mais itens ao meu menu já extenso. Os bolinhos fritos de abobrinha e o panini de frango tailandês com vegetais mistos de Mandy estavam sensacionais.

Eu observei Emily servir meus pais e meu coração acelerou.

— Relaxe — Ian murmurou por trás de mim.

Inspirei profundamente. Ele cheirava a sândalo e sabonete, com uma pitada de canela misturada.

— Eles passaram a vida no ramo dos restaurantes.

— Assim como você. — Ele massageou meus ombros. — Pare de torcer seu avental.

Eu larguei o tecido que amassava nas mãos fechadas.

— E se eles não gostarem da comida? E se Emily derramar água no colo deles? E se...?

— Eles são seus pais. Vai lá falar com eles.

Respirei fundo.

— Tem razão. — Sem pensar, fiquei na ponta dos pés e lhe dei um rápido beijo nos lábios. Parecia algo natural, mas surpreendeu a ambos. Por um momento, nos encaramos, atordoados. Ian se recuperou primeiro. Ele tocou o polegar no meu lábio inferior e então deixou o braço pender.

— Desculpe. — Eu torci meu anel.

— Não precisa.

Olhei para os meus pais. Ian empurrou-me em sua direção.

— Vai.

Arrastei uma cadeira sobressalente de uma mesa vazia e olhei por cima do ombro. Ele me deu um sorriso que fez meu estômago revirar antes de voltar para a máquina de café expresso. Sentei-me entre mamãe e papai.

— E aí? — perguntei, respirando fundo. — O que vocês estão achando?

Os olhos de papai estavam marejados e os meus imediatamente brilharam. Ele abriu um sorriso.

— Estou tão orgulhoso de você!

— Esses bolinhos estão deliciosos — disse mamãe, depois de uma garfada. — Repasse a Mandy esse meu comentário.

— Mesmo? Vocês gostaram? — Eu me inclinei para trás na cadeira. — Graças a Deus. Estava tão nervosa!

Mamãe partiu seu bolinho.

— *Obrigada* por contratar Mandy. Depois de demitirmos todos, fiquei preocupada. Muitos deles estavam conosco há anos. Eram como da família. — Ela acarinhou o meu braço. — Seu café é adorável.

Coloquei minha mão sobre a dela.

— Deu um bocado de trabalho.

— Você se saiu perfeitamente bem. — Seu olhar encheu-se de ternura. — A forma como você se recuperou após o ano passado. Seu pai e eu... — Ela parou e esfregou os olhos, acenando com a cabeça para o meu pai.

— Nós sabíamos que você conseguiria dar a volta por cima, garota — papai terminou por ela.

Mamãe tomou um gole de água.

— Por que Ian está na máquina de expresso?

— Gina se demitiu ontem.

Ela cantarolou, observando Ian.

— Que conveniente...

Papai bateu nas minhas costas.

— Uma das agruras de se ter o próprio negócio. Acostume-se. Gina não será a última funcionária a se demitir sem aviso prévio.

Ian deve ter sentido o peso de nossos olhares. Ele levantou a cabeça e saudou.

Logo depois, Nadia chegou com Mark, o corretor de imóveis comerciais que conhecera na exposição de Ian. Aquele que tinha uma esposa. Franzi o cenho quando os vi juntos.

— É um negócio — ela confessou.

— Em um domingo?

— Ele quer abrir um restaurante e eu estou mostrando o trabalho que fiz aqui.

Levantei minhas mãos, como se dissesse "não sou eu que vou duvidar".

— Se você está dizendo...

— Nós não estamos tendo um caso — ela insistiu. — Ele acabou de se separar da esposa.

Olhei para Mark, que conversava com Nick, mas seus olhos estavam em Nadia, com uma expressão de adoração. Sem dúvida, ele estava interessado em Nadia e eu disse isso a ela. Eu também queria que ela encontrasse a felicidade.

Nadia observou Mark. Uma pontinha de sorriso apareceu quando Mark apertou a mão de Nick.

— Namorar Mark pode não ser uma má ideia — eu a encorajei. — Depois que ele estiver divorciado, é claro.

Kristen estava ocupada, tirando fotos.

— Eu as enviarei por e-mail para você. Use-as no seu site, ou imprima para o mural dos clientes. Você tem um mural dos clientes, não? — Ela olhou ao redor.

— Acho que é melhor eu tratar de arrumar um — eu rabisquei um breve lembrete no bloco de notas que eu carregava no avental. Minha lista de tarefas estava crescendo.

Algumas horas depois, passeei pelo salão de refeições, parando de mesa em mesa para perguntar sobre a comida e o serviço. Encontrei Thomas sentado sozinho em uma pequena mesa no canto. O mesmo lugar onde James e eu costumávamos ficar no Joe's Coffee House. Eu me sentei em frente a ele. Havia pesar em seus olhos enquanto admirava as pinturas de James.

— Ele era talentoso. Ele ficaria honrado por você exibi-las.

— Eu queria ter outras. — Aquelas pinturas não eram o melhor trabalho dele.

— Eu queria encontrar os quadros para você.

Uma pergunta foi se formando em minha mente e, à medida que tomava corpo, fiquei horrorizada por não ter pensado em formulá-la antes.

— Thomas — comecei cautelosamente —, sua mãe não pegou as pinturas, não é? — Talvez ela desejasse ter algo de James para recordação, ou pior, quisesse as pinturas destruídas. Phil poderia tê-las roubado. E quanto a Thomas? E se havia sido ele quem as levou e ficara envergonhado demais para admitir que havia removido as caixas da minha garagem? Eu estava arrasada, praticamente berrando, na ocasião em que lhe pedi para procurá-los.

— Eu duvido. Ela nunca se interessou pela arte dele.

Soltei a respiração que estava segurando. Se por um lado eu estava aliviada por ser provável que ela não estivesse em posse dos quadros, também ficara muito desapontada. Se estivessem com Claire, pelo menos eu saberia onde eles tinham ido parar.

— Você se importa em perguntar para ela?

Ele fez que não com a cabeça e sugou o café. Puro, sem creme. Então, ele sorriu, sua expressão melancólica.

— Você conseguiu muito em um ano.

Olhei ao redor do café, tomando ciência do burburinho. O barulho das panelas na cozinha. Mandy gritando ordens. Ian moendo grãos. O silvo e o vapor da máquina de café expresso. Olhando para as minhas mãos, meus dedos tremiam, removendo sujeira imaginária das unhas.

— Eu ainda sinto ele, aqui — pressionei minha mão acima dos seios. — O que torna difícil acreditar que ele está morto. Ainda me sinto assim, mesmo depois de um ano. Você acha... — comecei, hesitante, olhando-o por baixo dos cílios. Respirei fundo e despejei minha pergunta antes de perder a coragem. — Você acha que o corpo que enterramos pode ser de outra pessoa?

Thomas estremeceu. Seus olhos se estreitaram por um breve segundo antes que a tensão recuasse como o oceano antes de um tsunami.

— Não — ele disse com calma demais. — Era de James.

Minha pergunta o perturbara, o que não me tranquilizou nem um pouco.

— Desculpe. Esqueça que eu perguntei.

Ele balançou a cabeça.

— Eu sinto o mesmo, Aimee.

Eu ainda apertava os lábios e assenti com a cabeça.

Ele afastou a caneca.

— Obrigado pelo café. Estava bom.

Levantando-se, ele alisou os vincos nas calças.

— Fico feliz que Joe tenha reconsiderado sua candidatura. Eu sabia que você faria um excelente trabalho com esse lugar.

Meus olhos se estreitaram quando fiquei de pé. Como ele sabia que Joe me dera uma segunda chance? Eu não chegara a falar nada com Thomas sobre Joe inicialmente ter rejeitado a minha candidatura. Ele havia reconsiderado antes de eu ter tido a chance de ligar para Thomas e pedir-lhe para ser cossignatário.

Thomas olhou por cima do meu ombro e seu rosto endureceu. Segui seu olhar e não vi nada fora do comum, apenas pessoas na fila para fazer pedidos e a porta se fechando atrás de alguém que acabara de sair. Seu rosto estava vermelho quando eu tornei a me virar para ele.

— Você está bem?

— Tudo bem — disparou. — Pensei ter reconhecido alguém. — Ele empurrou a cadeira e saiu depois de um rápido adeus.

Limpei a mesa dele. Emily, então, interceptou-me no caminho para a cozinha.

— A mulher da mesa oito me pediu para lhe dar isso. — Ela me entregou um cartão-postal e apressou-se a servir outro convidado.

A mesa oito estava vazia. Quem estava lá tinha ido embora. Olhei para o cartão-postal e meu mundo desabou. Era a propaganda de uma galeria de arte no México, chamada El Estudio del Pintor. Na frente, havia o desenho de um pincel com a ponta mergulhada na familiar tinta azul-caribe que James usava para assinar os quadros e, embaixo, a imagem de uma das pinturas desaparecidas de James. *O que era aquilo, caramba?*

Um baque alto ressoou na cozinha. Cabeças se levantaram, olhando naquela direção. Coloquei o cartão no bolso do avental e corri para lá. Minhas mãos tremiam violentamente enquanto eu me agachava no chão, ajudando Mandy com os pratos quebrados. Enquanto limpava, eu deixava cair mais peças no chão do que as despejava no lixo.

Mandy me afastou para o lado com impaciência e eu me desculpei e fui para o banheiro. Eu deslizei pela porta trancada, com a respiração pesada enquanto assimilava o choque. Com os dedos trêmulos, retirei lentamente o cartão-postal do bolso e olhei. O suor brotou na minha testa ao longo da linha do cabelo. Como aquilo era possível?

— Aimee! — Emily bateu na porta. — Você está aí?

Eu me sobressaltei.

— Sim. Só um momento.

— Mandy precisa de você na cozinha.

— Diga a ela que eu já estou indo pra lá — eu gritei.

Deslizei o cartão de volta no avental e varri a enormidade do que aquilo significava para o fundo da mente. Por ora. Eu tinha que me concentrar em superar esse dia.

Na tela de plasma de setenta e cinco polegadas na biblioteca dos Donato, o lançador do Mets de Nova York preparava-se para arremessar no estádio AT&T Park de São Francisco. Era a última chance de virada do time contra os Giants, com corredores em todas as três bases. Os Mets estavam com três de vantagem. O lançador arremessou a bola em direção ao *home plate*. Ela cortou o ar a cento e quarenta e oito quilômetros por hora e foi rebatida pelo bastão de Barry Bonds. *Crack!* A bola sobrevoou o campo e caiu na luva de couro de um fã na arquibancada, duas fileiras atrás da mureta de proteção. *Home run*!

James e Thomas pularam de seus assentos. Eles gritaram e comemoraram, batendo as palmas um no outro ao alto.

— Fim de jogo! — Thomas bateu as mãos. — Hora de pagar a aposta.

Edgar Donato praguejou. Ele se inclinou de lado em sua poltrona de couro e puxou a carteira do bolso. Ele sacou dali duas notas de cem dólares.

— Já mencionei, Aimee, como fico desapontado que nenhum dos meus filhos tenha permanecido fiel ao Mets?

— Sim, senhor, mencionou. Mais de uma vez. — Nós compartilhamos um sorriso. Os Donato se mudaram para Los Gatos vindos de Nova York. Thomas e James rapidamente transferiram sua lealdade para os San Francisco 49ers e Giants.

Edgar deu uma nota a cada um dos filhos, e Thomas e James tocaram os punhos. James inclinou-se, encaixou meu rosto nas mãos e me deu um estrondoso e úmido beijo nos lábios.

— Vou bancar um jantar para nós dois, querida, no fim desta semana.

— Parece um bom plano. — Eu sorri contra sua boca.

James endireitou-se e meteu o dinheiro no bolso da frente.

— Você terá que me encontrar em Palo Alto. Tenho exames nesta semana, então não conseguirei voltar aqui.

Edgar acendeu um charuto e o tabaco ardeu num tom laranja vivo, enquanto ele atiçava a chama com tragadas curtas.

— Diga-me, Aimee — ele falou, exalando a fumaça do pulmão –, você já pensou direito no que vai fazer depois do ensino médio?

— Sim, senhor, já. — Mudei de posição na extremidade do sofá para encará-lo na poltrona ao meu lado. A graduação seria em seis semanas. Eu estava nervosa, ansiosa e empolgada. — O senhor já sabe que eu estarei no De Anza College nos próximos dois anos, para que eu possa continuar ajudando os meus pais no The Goat, mas, depois disso, eu planejo candidatar-me à California Culinary Academy em São Francisco, e concluir meus estudos lá.

— Bom planejamento da sua parte. — Edgar assentiu, com as mãos cruzadas nos joelhos. A fumaça do charuto ondulava para cima, criando uma tela nebulosa entre nós. — Você estará pronta para assumir o controle quando os seus pais se aposentarem.

James revirou os olhos. Era a mesma história com Edgar. Os pais tinham a responsabilidade de deixar um legado para a sua prole, que, por sua vez, tinha a responsabilidade de estar pronta para assumir esse legado.

— Imagino que essa seja a ideia — concordei.

— Acho que ela deveria abrir seu próprio restaurante depois que se formar.

James pegou o meu copo vazio e foi até o bar. Atrás de mim, ouvi o estalo do lacre da lata e o gás chiando quando ele me serviu outra Coca-Cola.

— Eu não sei. — Dei de ombros. — Talvez eu tenha o meu próprio lugar algum dia. Antes disso, meus pais precisam de mim.

Thomas seguiu James para o bar e serviu-se de outro uísque.

— Se você abrir um restaurante, vou comer lá todos os dias.

Eu ri, olhando Thomas por cima do ombro.

— Você vai ficar gordo.

Thomas ergueu a garrafa de uísque na direção de Edgar, que assentiu.

— Eu gosto da comida que seus pais fazem no The Goat — disse Edgar.

Olhei para ele estupefata.

— O senhor já comeu lá?

— Várias vezes.

Meus pais nunca mencionaram que tinham visto os pais de James lá. Tinha a impressão de que o pub estivesse aquém dos gostos dos Donato.

Claire entrou na sala e anunciou:

— Marie irá servir o jantar em alguns instantes.

— Ótimo — Thomas olhou para o relógio. — Tenho que chegar em casa e preparar uma proposta para a conta Cahaya Teak. Eu voo para a Indonésia na terça-feira.

Thomas recentemente se formara na Universidade de Stanford. Aos vinte e dois anos, já gerenciava várias das maiores contas das Empresas Donato. Passos ecoaram pelo corredor.

— Phil, querido! Eu não esperava vê-lo — Claire exclamou, seu rosto se iluminando. — Você vai se juntar a nós para o jantar?

Todas as cabeças se voltaram para Phil, que entrou no recinto. Ele abraçou Claire, sussurrando em seu ouvido. Seus olhos examinaram a sala até chegarem ao senhor Donato.

— Preciso dar uma palavra com você, Edgar — disse ele, saindo do abraço de Claire.

Edgar levantou-se, puxando os vincos nas calças.

— Depois do jantar.

— Você matou o acordo Costas — acusou Phil, ignorando a solicitação de Edgar. — Por quê?

O rosto de Edgar ficou vermelho. Seus olhos se estreitaram em Phil.

— É domingo. Eu disse, vamos discutir isso mais tarde.

— Não! Vamos discutir isso agora — Phil explodiu. Saltei no meu assento.

James se retesou, endireitando a espinha. Thomas estreitou os olhos.

Phil adentrou mais a biblioteca, parando atrás do sofá, onde se postou atrás de mim.

— Você ignorou os meus telefonemas a semana toda.

Sua voz explodiu em meus ouvidos. Eu me levantei e fui para o bar. James e eu trocamos olhares alarmados.

— Costas era um negócio vantajoso. As Empresas Donato teriam obtido um enorme lucro.

— A que custo? — O tom de Edgar rivalizava com o de Phil. — Eles estão confeccionando móveis com árvores de castanha do Brasil. Todas as nossas verificações de antecedentes e pesquisas confirmam que sua madeira não é proveniente de florestas sustentáveis. É obtida ilegalmente.

— Isso é conversa fiada. Converse com eles. Vou colocar o presidente da empresa na linha.

— Não perca seu tempo. As Empresas Donato associam-se apenas a fabricantes de móveis com consciência ambiental. Costas não é um deles. Fim da discussão. - Edgar apanhou o charuto no cinzeiro e o copo de uísque que Thomas havia enchido de novo. Ele dirigiu-se para a porta, deixando Phil plantado no meio da sala.

— Não ouse me deixar falando sozinho! — Phil berrou quando Edgar alcançou o limiar. — Eu não terminei!

Olhei para James, que estava rígido ao meu lado. Percebi que havia mais naquela discussão do que uma conta cancelada.

Phil apontou o dedo para Edgar.

— Você não tinha o direito de encerrar a negociação sem antes me consultar.

— Como CEO, eu tinha todo o direito!

— Você me fez parecer um idiota.

Edgar riu.

— Você faz isso sozinho. Quer mudar a percepção que as pessoas têm de você nas Empresas Donato? Quer que eu considere você para o cargo de presidente? Então, pare com suas práticas imprudentes. Pare com os acordos arriscados. Aí sim poderemos conversar, pois não vou deixar você arrastar a companhia junto quando você se ferrar. Do contrário...

— Do contrário o quê? — Phil sorriu com desdém. — Você vai entregar a companhia para o frouxo do Thomas? Ele não tem pulso para ser presidente. Nossos clientes vão pintar e bordar com ele. As Empresas Donato precisam de um líder que tenha coragem de fazer negócios arriscados se quisermos que a companhia cresça de verdade. — Ele cutucou James com o dedo. — E está claro que Jimbo também não pode ser o presidente. Ele prefere passar seu tempo pintando flores e trepando com a vadia dele.

Eu engasguei, mortificada. James esmagou a lata de refrigerante que segurava. Nunca o vi parecer tão transtornado.

Phil lançou um olhar alucinado por toda a sala, arfando, contemplando nossas expressões de espanto. Sua vista pousou em James, que o fulminou com os olhos. A expressão de Phil mudou para a incredulidade. — Eles ainda não sabem? Todos esses anos você escondeu isso deles? — Ele riu, uma gargalhada rouca e grave. — Surpreendente. Você é muito melhor em guardar segredos do que eu pensava. Parabéns, Jimbo. — Ele bateu palmas, exagerando os movimentos.

— Phil, não... — comecei.

— O que significa — sua cabeça virou-se velozmente para mim — que ela ainda não sabe sobre nós. — Ele apontou o dedo para James, depois Thomas, e, então, para o próprio peito.

— Fecha. A merda. Da boca — advertiu-o James.

— James, do que ele está falando? — Claire perguntou. Seu rosto havia empalidecido. — O que ele quis dizer sobre você ainda estar pintando?

— Isso significa que o seu filho não quer nada com as Empresas Donato — Phil respondeu por James. — Ele quer pintar lindas imagens, e ele tem pintado desde o dia em que você pediu que ele devolvesse o presente de Aimee. — Ele cruzou os braços sobre o peito. — Ele é muito bom, na verdade. Na pintura, quero dizer. Não tenho ideia se ele é bom na cama com a namorada.

Fiquei passada, não conseguia sequer me mover. Por que ele estava sendo tão cruel e grosseiro? E como ele sabia que James era talentoso? Será que ele vira as pinturas? Vasculhei minha memória, perguntando-me se ele algum dia chegara a entrar na casa de meus pais. Não me lembrava de meus pais terem comentado coisa alguma sobre Phil sequer ter passado por lá.

Mas, apesar do choque causado pela declaração de Phil, pude enxergar por trás de suas palavras insensíveis. Ele estava com raiva e ferido e descontava isso em nós.

Ele olhou para mim com uma inclinação zombeteira da cabeça.

— Talvez você possa nos esclarecer sobre sua vida sexual...

— Phil! — Claire exclamou, horrorizada.

James partiu para cima dele, mas Thomas agarrou James pela cintura e o conteve.

— Ele não vale isso. Nunca valeu.

— Saia da minha casa — exigiu Edgar.

Phil girou para ele.

— As Empresas Donato deveriam ter sido minhas! — ele berrou.

Saliva chovia de sua boca.

— Era meu direito inato. Meu! — Ele saiu da biblioteca como um furacão, batendo as portas atrás dele tão forte que elas ricochetearam e voltaram a se escancarar.

— Phil! — Claire foi atrás dele.

James estava furioso. Ele se desvencilhou de Thomas. Eu me sentia péssima por James. Suas pinturas rivalizavam com as belas obras de arte que adornavam as paredes de seus pais, e ter um talento que ele apreciava exposto de uma forma tão cruel o feria profundamente. James jamais perdoaria Phil.

Edgar caminhou até a janela. Ele enfiou as mãos nos bolsos e olhou para além do quintal.

— Então, você é um artista?

James franziu os lábios, o rosto tenso.

— Suas pinturas são dignas de galeria de arte, senhor Donato — observei quando James não disse nada. Sua cabeça se moveu na minha direção, com os olhos soltando faíscas. — É verdade, James — sussurrei com veemência.

— É isso o que você quer fazer com sua vida? — Edgar perguntou a James. Ele parecia derrotado.

— Eu não sei que diabos eu quero. — Ele saiu da sala tempestuosamente.

— Talvez devêssemos deixá-lo pintar — Edgar murmurou para o seu reflexo na janela. Ele encolheu os ombros e olhou para mim.

— Claire nunca se interessou pela ideia. Ela não queria que os meninos tivessem hobbies que pudessem inspirar uma carreira em outro lugar senão nas Empresas Donato. E eu concordei em apoiá-la, os garotos querendo ou não trabalhar lá. O bisavô deles fundou a companhia. Todos os filhos de cada geração trabalharam na empresa. E assim seria com os filhos dela. — Ele se virou outra vez para a janela. — Apenas outro arrependimento com o qual eu tenho que viver.

Thomas se aproximou de mim. Ele esfregou a parte superior do meu braço.

— Você está bem?

Olhei de Thomas para o corredor além do limiar da biblioteca e de volta para Thomas.

— Phil é um idiota — disse Thomas, explicando como Phil estava sob muita pressão para apresentar resultados. — Nós dois estamos disputando a posição de presidente que meu pai deixou vaga depois que tio

Grant... você sabe, o pai de Phil... faleceu. Como você ouviu, Phil não tem tomado decisões empresariais das mais sábias ultimamente.

Assenti com a cabeça, sem prestar atenção de fato no que Thomas estava falando.

— Eu deveria ver como James está.

Pedi licença, saí da sala e procurei por James, encontrando-o em seu carro, com o motor ligado. Eu deslizei para o banco do passageiro ao lado dele. James arrancou com o carro assim que a minha porta se fechou. Os pneus cantaram no asfalto. Eu me embaralhei para colocar o cinto de segurança. James pegou as estradas secundárias, indo em direção ao Skyline Boulevard e nosso prado, o lugar especial aonde íamos para ficar sozinhos um com o outro.

A raiva de James transpirava na mudança brusca da engrenagem. Ele dirigia o carro pelas curvas em U, aumentando a velocidade. Agarrei a maçaneta da porta.

— Não vale a pena ir ao prado para fazer sexo se batermos o carro antes mesmo de chegar lá.

James reduziu a velocidade. O canto de sua boca retorceu num meio sorriso antes de ele praguejar. Ele bateu a mão no volante.

— Como diabos ele sabe?

— Quem, Phil? Acho que foi por causa dos nossos bilhetes.

— Nossos o quê?

— Os bilhetes que trocamos na escola. Lembra que uma vez você o pegou mexendo em sua escrivaninha? Eu acho que ele os leu, como você suspeitava. — Eu relatei a ele novamente a história sobre Phil me acompanhando até minha casa vários anos antes.

James me olhou desconfiado.

— Você nunca me contou isso — ele acusou. Ele parou no cruzamento do Skyline e olhou pelo espelho retrovisor.

Um carro parou atrás de nós, faróis altos ligados.

— Sim, eu contei. Você resmungou algo sobre Phil ser um idiota e disse que não queria falar sobre ele. Você nunca gostou de falar sobre ele.

Além disso, você estava mais interessado em colocar as mãos em mim. Lembra? Foi logo após o nosso primeiro beijo.

James abriu um sorriso. Ele me olhou com tesão.

— Disso eu me lembro.

Eu corei.

— De qualquer forma, Phil prometeu guardar o seu segredo, ainda que eu não tivesse admitido que você pintava, para começo de conversa.

— Obviamente, ele não consegue ficar de bico calado. — James virou no Skyline Boulevard. — Eu vou arrebentá-lo da próxima vez que o encontrar.

O carro continuava atrás de nós, suas luzes fortes iluminando o interior do carro de James como um farol para barcos. James praguejou, seu olhar saltando para o espelho retrovisor.

— Maldito idiota, precisa consertar as luzes.

Olhei pelo espelho lateral. O carro estava bem na nossa cola, mal deixando o espaço de um automóvel entre os dois veículos.

— O que não consigo descobrir é como Phil sabe que você é realmente bom.

— Ele viu minhas pinturas?

Sacudi a cabeça.

— Ele nunca entrou na minha casa. Pelo menos não quando eu estava lá. Meus pais também nunca mencionaram nada nesse sentido. Mas também, eles não me contaram que seu pai foi comer no The Goat. Hoje foi a primeira vez que ouvi isso.

James suspirou.

— Bem, agora os meus pais sabem.

Eu me estiquei e acarinhei sua coxa.

— Você já não tem mais quinze anos. Eles não podem mandar você parar de pintar.

— Eu sei. É só que... — Ele esfregou o antebraço. — Eu não queria que eles descobrissem desse jeito.

Isso era novidade.

— Você estava planejando contar a eles?

Ele deu de ombros.

— Eu imaginei convidá-los para uma exposição numa galeria e surpreendê-los. Seria a minha exposição. Talvez eles comprassem uma peça e pendurassem na biblioteca deles. Que diabos, eu lhes daria uma.

Pobre, James. Senti-me mal por ele. Ele desejava mais do que o reconhecimento por seu trabalho. Ele ansiava que seus pais enxergassem suas obras como algo mais do que um mero passatempo.

— Foi uma ideia estúpida.

— Acho uma grande ideia.

— É tarde demais agora — resmungou James. Ele deixou passar o desvio para o nosso prado.

Olhei por cima do ombro.

— Você perdeu a estrada.

— Eu sei. — Seu olhar saltou da estrada para o espelho retrovisor e para trás. Ele dirigiu por mais algumas centenas de metros, depois saiu rapidamente da estrada, deixando o carro que vinha atrás passar.

Abri a boca espantada.

— Parece o carro do Phil.

James esperou até que o carro desaparecesse na curva antes de fazer uma curva em U. Ele voltou ao desvio para o nosso prado. James virou na estrada secundária e apagou as luzes.

— Apenas por precaução.

— Caramba, ele está furioso com alguma coisa se está nos seguindo.

— Eu não sei quem era, mas não vou arriscar. Não quero que ninguém saiba que estamos aqui.

— O que ele quis dizer, mais cedo, sobre vocês três? — Eu perguntei em referência a ele, Thomas e Phil.

Senti James tenso ao meu lado no escuro.

— Tudo bem. Não precisa me contar.

Ele desligou o motor.

— Não é grande coisa. Não se preocupe com isso.

James estava minimizando a situação. Fúria irradiava dele, além de outra coisa mais que eu não consegui definir. Era óbvio que estava preocupado, apesar de me dizer para não fazer o mesmo. Achei que ele acabaria me contando, no seu próprio ritmo, sem pressão.

Ele abriu a porta e a luz interna acendeu. Pisquei enquanto os meus olhos se ajustavam. James sorriu.

— Vamos. Meus pais ficarão desapontados por faltarmos ao jantar, mas tenho que voltar para Stanford nesta noite e estudar. — Seu sorriso se tornou travesso. — Vamos nos divertir.

James pegou cobertores, sua caixa de som portátil Jawbone e o iPod. Segui-o, saindo do carro e pulando uma cerca baixa. Nós vagamos por entre as árvores até alcançarmos uma clareira sob um céu estrelado. Nosso local favorito ficava no cume, com vista para as montanhas de Santa Cruz. Não havia uma única nuvem no céu naquela linda noite de primavera.

James pôs para tocar no iPod "The Way You Move", do OutKast.

Minhas sobrancelhas se arquearam.

— Escolha interessante. Você está feroz esta noite, não?

Ele ajeitou os ombros e sorriu, lento e sexy. Senti um friozinho na barriga.

— Venha aqui, garota. — Ele me puxou para os seus braços e inclinou-se para me beijar. Antes que seus lábios tocassem os meus, seu corpo inteiro se retesou. Ele ergueu a cabeça, olhando atentamente por cima do meu ombro.

Fiquei arrepiada.

— O que foi?

Ele estreitou os olhos e então balançou a cabeça antes de voltar a olhar para mim.

— Pensei ter ouvido algo.

— Um animal? — Olhei por cima do meu ombro e vi apenas sombras, sinistramente imóveis à luz da lua.

— Talvez — disse James. Ele beijou o meu nariz. — Você está bonita.

Eu sorri e me afastei de seus braços, tirando o meu suéter leve pela cabeça. Deixei-o cair no chão. James riu até o som do zíper da minha saia cortar a noite. Seu rosto ficou sério, seu olhar acompanhando a saia descer por minhas pernas e se embolar aos meus pés. Descalcei as sapatilhas e passei por cima da minha saia.

Uma suave e perfumada brisa com cheiro de pinheiro molhado e fumaça de lenha sussurrou contra a minha carne, contraindo a minha pele. Fechei as mãos em punhos.

— Está frio aqui.

— Você é tão bonita.

James fechou a distância entre nós, sua boca pousando forte na minha. As mãos dele rodearam minha cintura, seus dedos mergulhando por baixo do elástico da minha calcinha. Ele a fez deslizar para baixo, caiu de joelhos e beijou minha perna. Respirei fundo, tremendo pelo ar úmido e seus beijos molhados.

Ele jogou a minha calcinha sobre o montinho das minhas roupas e me puxou para baixo. Ele soltou o meu sutiã, beijando a carne exposta e me deitou no cobertor, cobrindo-me com o outro, para me manter aquecida. Ele se despiu rápido e se arrastou para baixo dele comigo, puxando-me para si.

— Eu amo você — ele sussurrou contra a minha boca e me beijou.

— Eu também amo você.

Ele se colocou por cima de mim e escutei o pacote de camisinha sendo rasgado. Ele se moveu, ajustando-se, empurrando-se para dentro, e então ele estava se movendo no meu interior. Envolvi o pescoço dele com os braços e enrodilhei as pernas em torno de sua cintura, acompanhando o ritmo que ele definiu.

— Junto comigo, tá? — ele sussurrou no meu ouvido. Suas estocadas eram profundas, seus movimentos, frenéticos.

— Sempre.

Capítulo 15

Catorze meses tinham se passado desde que James havia partido para o México e um ano desde que eu o enterrara. Em alguns aspectos, eu tinha seguido com a minha vida. Em outros, nem tanto. As roupas de James ainda estavam penduradas em nosso closet. Seu material artístico acumulava pó no estúdio.

Sentei-me na minha mesa, clicando nas imagens que Kristen enviara por e-mail da pré-inauguração desta manhã. Esquadrinhei uma por uma, na esperança de encontrar justo a mulher que eu jamais esperava ver de novo. Havia fotos de familiares e amigos, meus vizinhos e funcionários, dos baristas e de Mandy na cozinha. Ian atrás da máquina de expresso. Ian com os meus pais. Ian com Nadia. Ian em pé ao lado de suas fotos emolduradas na parede. Cliquei em mais fotos. Ian, de novo. Maldita seja, Kristen, por tirar tantas fotos dele. E maldito seja você, Ian, por estar tão bonito em todas elas.

Cliquei na foto seguinte e expirei forte. Lá estava ela, sentada na mesa número oito, no canto onde as paredes que exibiam as pinturas de James e as fotografias de Ian se encontravam. Lacy. Ela segurava o cartão-postal que dera à minha garçonete Emily e estava olhando diretamente para a câmera de Kristen, seus misteriosos olhos azul-lavanda brilhantes e arregalados. Ela não esperava que Kristen tirasse sua foto.

Por que ela partira tão rápido depois de deixar o cartão-postal? E por que não o dera diretamente a mim? Será que Kristen e sua câmera a afugentaram? Será que alguma outra coisa — ou *alguém* — a assustou? Thomas? Ele tinha visto alguém saindo do café, achei que ele conhecia aquela pessoa. Isso alterara completamente o seu comportamento. Ele pareceu-me aborrecido. Talvez a pessoa que viu fosse Lacy.

Apanhei no meu bolso o cartão-postal da galeria de arte. A galeria El Estudio del Pintor ficava em Puerto Escondido, México. O cartão era pequeno, apenas nove centímetros por doze, e a imagem em miniatura da pintura acrílica era ainda menor. Analisei a obra, batendo com os nódulos dos meus dedos contra os dentes. Eu tinha visto aquela pintura anos antes, no jardim de inverno dos meus pais, apoiada no cavalete de James. *Impossível*. A imagem no cartão-postal era uma réplica exata da tela em acrílico *Carvalhos Perdendo as Folhas*, de James, uma pintura das árvores da reserva que ficava atrás da casa de seus pais.

Virei o cartão. A galeria estava localizada na mesma cidade do Casa del Sol, o hotel cujo cartão encontrei na minha carteira quase um ano antes. Puxei com força a gaveta do meio e revirei os papéis até encontrar o cartão de visitas que eu achava que Lacy havia enfiado na minha carteira.

Ao abrir uma nova janela do navegador, acessei o site do Casa del Sol. Nada tinha mudado no site desde a última vez que entrei. Nada no hotel resort parecia incomum. Então, pesquisei por El Estudio del Pintor. Nada. Nenhum site ou link para alguma página. Tentei com vários outros buscadores. Nenhum deles localizou uma galeria de arte chamada "El Estudio del Pintor" em Puerto Escondido, no México, então, digitei o endereço no Google. A imagem de uma fachada surgiu na tela e eu cliquei no link. Na foto, que era do site de uma imobiliária, o prédio parecia antigo, com a pintura rachando e o estuque lascado. Não havia letreiros. A postagem tinha pelo menos dois anos e indicava que a propriedade havia sido vendida. Quem quer que tivesse comprado o lugar abrira recentemente o estúdio, em algum momento nos últimos vinte e quatro meses.

Por que Lacy estava me indicando Puerto Escondido? James tinha viajado para Cancún. Ele havia se registrado no hotel em que havia feito reserva em Playa del Carmen e pescara na costa de Cozumel. Thomas me disse que havia trazido o corpo de James do Estado mexicano de Quintana Roo. Não de Oaxaca.

Se não era esse o caso, por que James mentiria para mim sobre seus planos de viagem? Talvez fosse Thomas quem estivesse mentindo, o que significava que era Lacy quem estava dizendo a verdade o tempo todo.

James ainda estava vivo.

Meu coração bateu forte no peito. Liguei para Kristen.

— Posso passar aí?

Kristen e Nick Garner moravam em Saratoga, a dez minutos de carro da minha casa. Vestida com bermudas e uma camiseta da Hello Kitty, Kristen atendeu à porta. Seu rabo de cavalo chacoalhava no alto da cabeça enquanto ela me conduzia pela casa.

— Nick está na cozinha. Importa-se se eu pedir a ele para se juntar a nós?

Balancei a cabeça.

— Ele conhece Thomas melhor do que nós duas.

— Foi isso que pensei. Aimee — ela parou no corredor e me encarou —, tenho minhas dúvidas quanto a isso. Tudo o que você me contou ao telefone parecia tão...

— Maluco, eu sei. — Ajustei a alça da minha bolsa. Meus dedos estavam tremendo. — Mas preciso descobrir o que está acontecendo.

Ela pousou a mão no meu braço.

— É por isso que você não namora desde que James, hã... desapareceu?

— Isso nunca saiu da minha cabeça.

Ela assentiu para mim com um curto gesto de cabeça.

— Vamos ver o que Nick tem a dizer.

Nick estava em pé em frente à bancada da cozinha servindo para si uma cerveja escura em um copo resfriado. Ele usava uma camiseta e shorts de malhar, e seu cabelo estava úmido. Nick jogava futebol na liga adulta do departamento de recreação da cidade. Parecia que tinha voltado recentemente de um jogo.

Ele me ofereceu uma cerveja e eu recusei.

— Parabéns pela pré-inauguração hoje — disse ele.

— Obrigada. O que você pediu?

— A omelete Mediterrâneo. — Ele deu tapinhas na barriga. — Meu novo prato favorito.

Eu sorri. Transbordando de queijo de cabra, azeitonas curtidas em salmoura e erva-doce e endro frescos, a omelete fizera sucesso.

— Espero vê-lo de volta.

— Sem dúvida. — Ele bebeu sua cerveja, depois esfregou as mãos. — Então, o que você tem?

Peguei na minha bolsa o cartão-postal e o cartão de visitas e os alinhei sobre a bancada.

— Lacy enfiou o cartão do hotel na minha carteira.

Nick arqueou uma sobrancelha.

— É uma longa história — eu disse e apontei para o cartão-postal da galeria. — Ela pediu para a minha garçonete Emily me entregar esse.

Nick levantou rápido a cabeça.

— Ela estava lá nesta manhã?

— Pelo jeito, sim.

— Aimee disse que eu tirei uma foto dela — explicou Kristen.

Nick se endireitou, aproximando-se um pouco da esposa.

— Ela disse alguma coisa para você?

Ela negou com a cabeça.

— Havia muita gente lá. Como nunca a encontrei, não sabia quem era ela.

— Vou mostrar para você como ela é. — Peguei meu celular e rolei as imagens da câmera até chegar na foto de Lacy.

— Eu lembro dela — contou Kristen. — Acho que a assustei quando tirei a foto. Ela foi embora logo depois.

— O nome dela é Lacy Saunders, e acho que ela saiu porque viu Thomas. Ela é uma médium especializada em perfis, mistérios não resolvidos e pessoas desaparecidas — expliquei para Nick entender.

Nick estudou a foto.

— Kristen mencionou que você conheceu essa mulher no funeral de James.

— Eu não colocaria exatamente nesses termos — admiti.

— Lacy a perseguiu pelo estacionamento da igreja — Kristen esclareceu. — Ela disse a Aimee que James estava vivo. Nadia achou que ela era uma charlatã, e eu tenho que concordar com ela.

— Eu também achava, até que notei que a maioria das pinturas de James havia desaparecido, e então eu recebi isso. — Dei tapinhas com o dedo indicando a pintura no cartão-postal. — Receio que Lacy tenha dito a verdade.

Nick esfregou seu ombro direito.

— Não tire conclusões precipitadas. Pelo menos ainda não — ele aconselhou. — O que os policiais disseram quando você denunciou o roubo?

Eu contara a Kristen que havia feito queixa do desaparecimento das pinturas para a polícia quando descobri que elas haviam sumido. Ela deve ter mencionado isso para Nick também.

— Não havia muito que pudessem fazer. Não havia nenhuma impressão digital na garagem, além da minha e da de James. Nenhum indício de entrada forçada, então, não se pode nem afirmar que as pinturas foram roubadas. O máximo que pude fazer foi preencher um boletim de ocorrência. Se alguma coisa surgisse em leilões ou no mercado negro, eles poderiam bater com a descrição.

— Elas podem estar em qualquer lugar a essa altura — deduziu Kristen.

— México? — sugeri.

Nick deu de ombros.

— Europa, Ásia. Na cidade vizinha. Na sala de estar do seu vizinho. — Ele deu tapinhas com o dedo na imagem da pintura. — Se isso é de James, é possível que o dono da galeria tenha comprado a pintura de uma fonte não confiável. Quero saber mais sobre a mulher que lhe deu isso. Não fico à vontade com nenhuma de vocês duas interagindo com ela. Ela é suspeita.

— Eu não tenho muito a acrescentar a não ser que ela vive em Campbell. Há um cartaz no gramado dela anunciando seus serviços de aconselhamento mediúnico. O cartaz também divulga os seus... — eu me detive, olhando de um para o outro.

— Divulga o quê? — Nick apressou-se em questionar.

— Ela lê a palma da mão e cartas de tarô.

Ele fez um som de impaciência antes de seu olhar endurecer.

— Você foi à casa dela?

— Eu não entrei. — Apressei-me em me defender. — Ela me assusta.

— Provavelmente, é melhor ficar longe dela — ele aconselhou.

— Tirando essa vez, foi sempre ela quem me abordou, e não o contrário. Ela ficou me falando coisas sem nexo sobre James. Ou pelo menos pensei que eram sem nexo.

Nick deu outros goles em sua cerveja.

— Parece que ela é doida.

— Por que ela está fazendo tanto segredo? — perguntou Kristen.

Assenti, concordando.

— Eu queria que ela simplesmente viesse e explicasse tudo.

— Há muitas razões para não ter feito isso — conjecturou Nick. — Alguém a contratou para lhe transmitir as informações. Ou, então, para atraí-la até eles. Seja qual for o motivo, eles querem manter a identidade deles em segredo, que é a explicação mais improvável.

— E qual é a mais provável? — perguntei.

— Ela é uma charlatã. Ela joga a isca para você — Nick sacudiu o cartão-postal —, ganha a sua confiança e insinua que tem mais informações. Aí, ela começa a cobrar. Ela a contata com frequência?

Neguei com a cabeça.

— Ela nunca pediu dinheiro.

— Ela não está na posição de fazê-lo. Ignore-a e ela deve sumir.

— E se ela continuar a incomodar a Aimee?

— Consiga uma ordem de restrição.

Mordi meu lábio inferior.

— E se — considerei, insegura em dizer, golpeando suavemente o sapato contra o armário — ela estiver dizendo a verdade?

Nick me encarou com seriedade.

— Eu sinto muito por você, Aimee, sinto mesmo. A morte de James foi difícil para todos nós, principalmente para Thomas. Ele amava o irmão e era extremamente protetor. Não foi fácil crescer com os pais que tinham.

— Eu sei. — Eu assenti, pensando em todos os sacrifícios que James e Thomas fizeram ao longo dos anos.

— Thomas herdou uma empresa caótica que não estou certo de que queria, e dirigi-la suga a vida dele — prosseguiu Nick. — Na verdade, fiquei até chocado em vê-lo na sua inauguração nesta manhã. Ele mal tem tempo de comer. Ele é um homem bom e honesto, que não ficaria de braços cruzados se houvesse alguma dúvida a respeito da morte de James. Se houvesse, ele seria o primeiro a ir para o México em busca de respostas.

Ele expirou, seu rosto suavizando, e apoiou os antebraços na ilha.

— Acho muito difícil acreditar que James não morreu. Por que ele abandonaria a família dele? Por que abandonaria você? Desculpe, Aimee. James está morto.

Meus olhos arderam e eu contive as lágrimas. Nick fez as mesmas perguntas que fizera a mim mesma inúmeras vezes. Embora minha opinião a respeito de Thomas não fosse tão generosa quanto a dele. Não mais. Quanto a Lacy, ela permanecia sendo um mistério. Eu recolhi os cartões e os meti na minha bolsa.

Nick colocou a mão sobre a minha.

— Se isso ajudar em alguma coisa, eu conheço um detetive particular que fez alguns serviços em processos cíveis meus. O nome dele é Ray

Miles, e ele é um pouco... — Nick embromou para concluir. — Bem, não tem como não dizer isso de forma direta. Ele é sinistro... mas muito bom. E também não é barato. Vou enviar para você por mensagem as informações de contato dele. Entre em contato com ele. Ele pode puxar os antecedentes de Lacy, pesquisar sobre essa galeria, talvez descobrir o nome do artista na pintura e onde ela foi comprada. — Nick digitou no seu telefone e, alguns segundos depois, o meu celular emitiu um alerta.

Conversamos por mais alguns minutos antes de eu ir embora. Eu tinha que levantar cedo na manhã seguinte para preparar a inauguração oficial do Aimee's.

No dia seguinte, no fim da manhã, entrei no escritório do café e liguei para Ray. Falamos brevemente sobre a minha situação, sobre como eu queria provas de quem — e o quê — Lacy afirmava ser, se James realmente tinha viajado para Cancún, e onde a galeria em Puerto Escondido obtivera sua pintura. Ray me passou uma estimativa de valores e Nick estava certo. Seu detetive particular era careiro pra caramba, e os trocados em meus cofres estavam se esgotando rapidamente, já que os últimos pagamentos para o empreiteiro e os empregados contratados ainda eram devidos. Como meu problema não era uma questão de vida ou morte que demandasse urgência, era meramente uma curiosidade, Ray concordou em cuidar do meu caso quando eu tivesse o dinheiro. Além disso, ele tinha outros casos nos quais estava trabalhando e não poderia me ajudar nas oito ou dez semanas seguintes. Tempo suficiente para que eu separasse o dinheiro.

Nunca mais vi Lacy. Era como se ela nunca tivesse aparecido. Entrou e saiu da minha vida antes mesmo que eu pudesse compreender por que nossos caminhos se cruzaram. Durante o primeiro mês após a inauguração do Aimee's, Thomas passou por lá para tomar café várias vezes por semana até que suas visitas diminuíram e ele parou de vir regularmente. Quando o via, ele parecia cada vez mais retraído, as bochechas encovadas e o corpo mais magro. As Empresas Donato estavam cobrando o seu preço. Enquanto o falecido Edgar Donato ganhara peso à frente da companhia, Thomas estava visivelmente abatido.

Em meados de outubro, logo após o meu vigésimo oitavo aniversário, eu tinha fundos mais do que suficientes para contratar Ray. No mínimo, suas descobertas me ajudariam a encerrar este capítulo da minha vida. Eu poderia seguir em frente por inteiro, de mente, corpo e alma. Ray confirmou que enviaria um relatório dentro de algumas semanas, e então eu poderia decidir como proceder.

Quando acertamos os detalhes, sentei-me no sofá chenille da sala de estar. Para a minha surpresa, foi Ian quem invadiu meus pensamentos. Seu apoio incondicional no último ano e o aprofundamento da nossa amizade. O sorriso que mexia com algo mais profundo na minha alma e o calor de sua pele sempre que estava perto de mim. Com a ajuda de Ray, eu finalmente poderia dar a Ian o que ele queria. Será que eu queria o mesmo dele?

Sim!

Mas e se Ray encontrasse, de fato, James?

Virei o olhar para o retrato do noivado, James e eu bem juntinhos num abraço sob um céu exuberante, um espetáculo de pôr-do-sol em fulgurantes laranja e vermelho, e comecei a tremer. Meus dedos e joelhos chacoalhavam. Não de expectativa, mas de medo. Se James estivesse vivo, isso significava que algo maior vinha acontecendo à minha volta e eu estava sendo ingênua demais para enxergar.

Capítulo 16

NOVEMBRO

Na terça-feira da segunda semana de novembro, Ray finalmente enviou uma mensagem. Seu e-mail havia chegado nas primeiras horas da manhã, muito depois de eu ter ido para a cama. Eu o tinha lido antes de sair para o Aimee's, e mais dezessete vezes desde então.

Foi por causa desse e-mail que eu ignorei solenemente a atenção que Alan Cassidy me dispensava, sem contar o fato de eu não estar interessada em namorá-lo.

— Aqui está, Alan, o de sempre: um latte de baunilha triplo com baixo teor de gordura e sem creme batido com cobertura dupla de avelã. Vai querer mais alguma coisa hoje? — perguntei, soando mais irritada e impaciente do que pretendia.

Ainda assim ele sorriu.

— Você me surpreende, Aimee. — Ele enfiou a mão dentro do bolso de seu terno feito sob medida e retirou dois ingressos, abanando-os com os dedos. — Jogo do Sharks hoje à noite. Vem comigo?

Dei uma espiada nos ingressos. Essa não era a primeira vez que ele convidava e, conhecendo o Alan, eram lugares na primeira fila. Balancei a cabeça.

— Desculpe, Alan. Mas obrigada pelo convite.

Sua expressão animada se desfez e os ingressos desapareceram igualmente rápido, enfiados dentro do paletó.

— Um dia desses vou encontrar um lugar para levá-la, e você não conseguirá resistir. — Ele me cumprimentou com o seu copo para viagem e dirigiu-se descontraidamente para a saída.

Ian grunhiu atrás de mim, e pensei tê-lo ouvido murmurar:

— Pela madrugada.

Quando eu comecei a preparar outro bule com uma mistura da casa, flagrei dinheiro mudando de mãos entre Ian e Emily. Ian dobrou uma nota de cinco e a deslizou em seu bolso traseiro, e sorriu para mim.

— O que foi isso? — perguntei com rispidez.

Seus olhos se arregalaram. Sentindo-me culpada, pedi desculpas.

— Você me fez perder cinco mangos. — Emily socou o meu braço de brincadeira e passou apressada por mim. Ela apanhou uma lixeira de plástico e começou a limpar as mesas depois da correria da manhã.

Olhei desconfiada para Ian. Ele me deu as costas, puxando uma toalha úmida da presilha de seu cinto, e limpou a máquina de expresso. Ele começou a assobiar. Apertei os lábios. Havia um sorriso de vitória em seu assobio.

— Ian? — interpelei-o.

Ele apontou o queixo para a entrada.

— Alan a convida para sair pelo menos uma vez por semana. Emily está convencida de que você vai ceder um dia desses.

Cruzei os braços.

— Como assim?

— Vai acabar saindo com aquele pobre idiota. — Ele riu como se a ideia parecesse ridícula.

— Alan não é um idiota. Ele é um cara legal. Ele é...

— De fino trato? — Ian completou. Fiz uma cara feia e ele me encarou, os olhos aquecidos de malícia.

— Cala a boca — resmunguei. E daí se Alan pedia café de menininha? Isso não era problema meu. Abri um saco de alumínio de pó de café, rasgando-o, e o aroma animou o meu astral. Respirei profundamente, fechando os olhos. Músculos tensos de ficar de pé durante cinco horas relaxaram.

— Já está começando a ceder?

Meus olhos abriram-se de repente, estreitando-se em seguida para a expressão presunçosa de Ian. A barba por fazer de dois dias salpicando sua mandíbula não ajudava nada a esconder o quanto ele estava satisfeito consigo mesmo, ou como seu sorriso era atraente. As mangas de sua camisa estavam enroladas, deixando os antebraços nus exceto pela fina camada de pelos dourados que combinava com as ondas revoltas em sua cabeça. Ele deu de ombros, com desdém.

— Não importa mais. Eu já ganhei a aposta.

Com uma colher, coloquei pó no filtro.

— Você acha que eu não vou sair com ele?

— Sem chance. — Seus olhos pousaram no meu anel de noivado. — Você não vai namorar. Nem comigo nem com qualquer outra pessoa.

Girei o anel com meu polegar, escondendo o diamante na palma.

— Eu vou sim. — *Alguma hora.*

Ian cruzou os braços.

— Prove. Saia comigo.

Parei de respirar, pega de surpresa. Em todos esses meses que o conhecia, esta havia sido a primeira vez que ele me convidou diretamente.

— Ian, você sabe que eu não posso. — Ainda não. Além disso, eu ainda estava balançada pelo e-mail de Ray.

— Você quer dizer, não *quero*. — Ele voltou para a máquina de expresso.

— Ele está certo, sabe? — disse Nadia atrás de mim. Ela debruçou-se sobre o balcão expositor repleto de tortas e saladas e deu um "olá" com os dedos. Kristen estava ao lado dela. Ambas estavam vestindo roupas de malhar, suas bochechas intensamente coradas pela corrida matinal.

Bati as mãos, tirando o pó de café delas.

— Então, vocês acham que eu deveria namorar?

Nadia inclinou a cabeça na direção de Ian, que estava atendendo outro cliente.

— Ele se preocupa de verdade com você.

Eu já sabia disso. Ian tinha sido muito honesto sobre seus sentimentos em mais de uma ocasião. Eu era o empecilho.

— Ele é um amigo *e* um funcionário.

— Se você diz.

Fiz uma careta. Até eu sabia que era uma desculpa esfarrapada.

— Vão embora. Vocês não vão ganhar nenhum café hoje. — Virei-me para a pia e abri a água. As canecas sujas precisavam ser lavadas.

— Farei o de sempre para você em um minuto, Nadia.

— Obrigada, Ian. — Ela se afastou do balcão.

Traidor, articulei com os lábios para ele e ele soltou uma risadinha.

Nadia pegou um jornal da estante de revistas de cortesia. Ela examinou as colunas na primeira página enquanto caminhava pelo salão do restaurante.

Kristen correu para trás do balcão e inclinou-se contra a beirada da pia.

— Nadia só está preocupada com você. Todos nós nos preocupamos. — Ela me observou lavar uma caneca demasiado suja, manchada de café velho. Uma marca de batom rosa inusitadamente vivo persistia na borda da caneca. Eu esfreguei a mancha com um pouco mais de força, usando o lado abrasivo da esponja.

— O que foi? Você parece agitada — ela perguntou quando eu não disse nada.

Soltei um suspiro exasperado.

— Recebi um e-mail de Ray nesta manhã.

— O detetive particular? O que ele disse?

Chacoalhei a água na caneca e ela acabou escorregando da minha mão, quebrando-se na pia. Praguejei e Ian virou-se rápido na minha direção.

— Você está bem?

— Estou bem — berrei.

Ele esfregou a testa e me observou por um momento.

— Eu estou bem. Obrigada — assegurei com um tom mais suave.

Ele esperou um instante antes de voltar a preparar um café.

— Desculpe — murmurei para Kristen e limpei a pia.

Ela me ajudou a recolher os cacos de cerâmica.

— Ray confirmou que James viajou, de fato, para Cancún. — Mantive minha voz baixa e longe dos ouvidos de Ian. — James fez o check-in em seu hotel em Playa del Carmen. Os artigos de notícias locais sobre um americano desaparecido que caiu no mar, suas reservas para a viagem de barco, seu atestado de óbito... é tudo legítimo. Ray conversou com o proprietário da empresa de turismo e tudo bateu com o que Thomas me contou.

Uma mecha escapou do meu grampo. Afastei o incômodo cabelo do meu rosto. Meus lábios tremiam.

Kristen afagou minhas costas.

— Você tem questionado a morte de James por quase dois anos. Fico feliz que Ray pôde ajudar. Que pôde lhe dar um desfecho.

— Ele também não conseguiu encontrar nada a respeito de Lacy. Não há registros. Ela desapareceu, também. Mudou-se. Agora mora um tal de Douglas Chin em sua casa. É alugada. Além do cartão de visitas, do cartão-postal e da foto de Lacy, eu não tinha mais nada para dar a ele. Eu sou tão idiota. Estou tão fula... Não, eu... — Balancei a cabeça. — Eu estou decepcionada... comigo mesma. Fiquei toda entusiasmada *esperando* que o desaparecimento de James e seu funeral fossem uma farsa.

— E a pintura no cartão-postal? — perguntou Kristen.

— O dono da galeria El Estudio del Pintor é o artista. Ele diz que a pintura é dele e qualquer semelhança com o estilo de outro pintor é mera coincidência. A menos que eu mesma vá pessoalmente à galeria, tenho que acreditar no que Ray me diz, porque não tenho como bancar mandá-lo para lá.

— O que você vai fazer agora?

O que eu deveria ter feito meses atrás.

— Seguir em frente.

— Bem, acho que você está fazendo um excelente trabalho. Você abriu um restaurante e ele é um sucesso — ela encorajou e inclinou a cabeça em direção a Ian. — E quando você estiver pronta para namorar, conheço um cara bem legal que está muito interessado.

Eu sorri.

— Ha, ha.

Ian finalizou a cobertura do moca de Kristen com creme batido e entregou-lhe a caneca.

Apontei com o braço a área de refeição.

— Você pode dizer a Nadia que vou levar o café dela num minuto? O bule está quase pronto.

Kristen riu.

— Ela vai ganhar o café, apesar de tudo?

Apanhei uma caneca da prateleira do alto.

— Ela viria até aqui, pegaria uma caneca e se serviria por conta própria, se eu não fizesse isso. Ignorá-la é inútil.

Era tarde quando cheguei em casa naquela noite. Passara horas limpando o chão do café, as superfícies do balcão e os armários, na esperança de afastar o meu desânimo. Não funcionou. Eu ainda estava deprimida.

Uma caixa havia sido entregue em algum momento durante o dia. Ela repousava no meu capacho. Meti-a debaixo do braço e entrei em casa, largando as chaves no seu local habitual. Então, fui até a cozinha e examinei o pacote. Não havia um endereço de remetente, apenas os dados do meu endereço e postagem de origem internacional. *México*. O carimbo postal que timbrava os selos dizia “Oaxaca, MX”.

Meu coração pulou na minha garganta. Rasguei o pacote, abrindo a caixa. Embrulhado em plástico-bolha havia uma pintura dentro dela. *Clareira no Prado*, uma versão menor da tela em tinta acrílica pendurado na minha parede atrás da mesa de jantar. A tela nas minhas mãos era a original. Eu havia convencido James a pintar o nosso prado numa escala maior porque adorei as cores, a forma como as folhas altas da grama refletiam a luz da manhã. No canto inferior direito, pintado no tom azul-caribe personalizado que James misturara para combinar com os meus olhos, a cor que ele sempre usava para sua assinatura, estavam as suas iniciais: *JCD*.

Minhas mãos começaram a tremer. Virei a tela. Um bilhete estava grudado com fita-crepe na parte de trás, escrito à mão em um pequeno pedaço de papel timbrado com um logotipo de hotel. CASA DEL SOL.

Querida Aimee,

Aqui está a sua prova. O perigo finalmente passou e James está seguro. Pediram-me para procurá-la. É hora de ele saber a verdade. Venha para Oaxaca.

Lacy

James estava vivo? Oh, meu Deus! James estava vivo.

Comecei a tremer descontroladamente, quase deixando cair a pintura das minhas mãos. Gotículas de suor brotavam no meu lábio superior e na sobrancelha. Bile revolvia-se no meu estômago.

Mas que diabos estava acontecendo?

Não há nenhuma evidência concreta de que James ainda esteja vivo.

Atestava o e-mail de Ray.

Não desperdice seu tempo e dinheiro. Não há nenhuma razão para que eu investigue mais a fundo. Recomendo cancelar a busca.

Os fatos que Ray descobriu batiam com a documentação e os registros de James. A morte de James ocorrera exatamente como Thomas havia relatado.

Então, por que cargas d'água a pintura de James estava no México?

Eu enxuguei as lágrimas que percebi estarem se derramando pelo meu rosto e peguei o telefone. Liguei para a única pessoa que compreenderia.

— Alô? — A voz dela soou pastosa de sono.

— Kristen. James *está* vivo.

Depois de reservar um quarto de hotel em Puerto Escondido, passei o restante da noite encarando o teto ou andando de um lado para o outro no meu quarto. Não conseguia dormir. James estava por aí.

Nadia me acordou às 4h06 da manhã seguinte, batendo na porta da frente. Eu caminhei pela casa trocando as pernas com os olhos embaçados pelas duas horas de sono.

— Já era hora — Nadia bufou depois que abri a porta. Ela entrou apressada, passando por mim. — Aposto que você não esperava me ver nesse horário maldito. — Ela parou no meio da sala entre as poltronas de couro. Vestida com um espetacular conjuntinho de corrida Juicy e um cachecol de lã enrolado no pescoço, ela me fuzilou com os olhos.

Fechei a porta.

— Kristen contou para você.

— Ela me ligou algumas horas atrás. Ela ficou acordada a noite toda morrendo de preocupação que você fizesse algo estúpido — seus olhos dispararam para a mala com rodinhas pronta que eu tinha deixado perto da porta da frente —, como viajar de avião para o México sozinha.

Ergui o queixo.

— Você não pode me impedir.

— Oaxaca, México? Não é o lugar mais seguro para se viajar.

— Isso é o mesmo que dizer que todo o Estado da Califórnia não é seguro. — Balancei a cabeça e caminhei até a cozinha. Eu bem que poderia preparar um café. Nem a pau que eu conseguiria voltar a dormir antes do meu voo.

Nadia me seguiu.

— Kristen está muito preocupada. Ela não quer que você vá.

— Então, ela mandou você para me fazer mudar de ideia.

— Ela sabe que você não dará ouvidos a ela.

— Também não estou dando ouvidos a você. — Peguei o pó de café com uma colher e liguei a cafeteira. — Meu voo sai esta tarde. Não me importo com o que nenhuma de vocês tem a dizer. Eu vou. — Eu me dirigi para o quarto.

— Ótimo.

Parei.

— O quê?

Ela avançou na minha direção, seus olhos sem maquiagem estreitando-se para os meus.

— Eu disse "ótimo". Quero que você vá.

— Por quê?

Ela endireitou os ombros.

— Você tem ficado empacada desde que James morreu.

— Não tenho ficado empacada...

— Olha à sua volta! — ela explodiu. Eu me encolhi como se ela tivesse me golpeado. Nadia não era do tipo de sair do sério por qualquer coisinha e para ela estar agindo daquela forma, era óbvio que devia estar muito aborrecida comigo.

— James por todo lado. As roupas dele ainda estão no seu closet. As pinturas dele decoram cada maldita parede. Você precisa seguir em frente.

— Tenho tentado...

— Não o suficiente.

— O restaurante...

Ela abanou a mão, desconsiderando meu argumento.

— Ok, então você abriu um restaurante. Bom para você. Grande progresso no exterior. Mas aqui — ela cutucou o esterno — você está presa. Você é uma verdadeira enciclopédia sobre luto. Você percorreu todos os estágios, menos um. As pessoas morrem, Aimee. Não há nada que você possa fazer, apenas recolher os caquinhos e seguir em frente. Por que você não aceita que James está morto?

— Ele não está morto — objetei com veemência.

Ela apoiou os punhos nos quadris e fechou os olhos. Lágrimas brilhavam em seus cílios.

— Escute, entendo por que você está fazendo isso. Depois que meu pai deixou minha mãe, eu tive muita, mas muita dificuldade mesmo para superar e aceitar o fato de que ele fora embora. Ele havia nos deixado para sempre. Então, eu o deixei ir. Completamente. Cortei-o da minha existência. — Ela cortou com a mão o ar entre nós. — Mas você sabe qual foi o problema com isso?

Eu lentamente balancei a cabeça, hesitante, sem saber onde ela estava querendo chegar com aquilo.

— Passou a ser muito fácil, para mim, despachar qualquer cara que tentasse se aproximar de mim. Eu não confiava neles. Achava que eles também me deixariam. Talvez não naquele dia, ou um mês depois. Mas acabariam me deixando. Eles se cansariam de mim e seguiriam em frente. Então, eu me antecipava e tomava a iniciativa de cair fora, antes que eles tivessem a chance de fazê-lo. — Ela arfava. — Você sabe o que é uma merda nisso tudo?

— O quê?

Ela cruzou os braços firmemente diante do peito.

— Estou solitária. Essa é que é a verdade. Eu admito. Estou realmente sozinha. E eu sei que você também está. Você sempre estará sozinha até conseguir deixar James ir.

Olhei para o chão, piscando rapidamente. Estava sozinha, mas minha situação não era a mesma que a dela.

— Houve mais vezes do que eu posso contar que cheguei perto de encaixotar as roupas de James, seus materiais de pintura. Eles estão cobertos de poeira; faz tanto tempo assim desde que os toquei. — Apontei para o quarto que James usava como estúdio, o que agora eu estava usando como escritório em casa. — Toda vez que eu tento me livrar de suas coisas, algo me impede. Seja instinto de que ele está vivo, ou esperança de que ele apareça na minha porta um dia, eu não sei. Mas esse sentimento está lá, e não posso ignorá-lo. Então, você percebe? Nossas situações não são iguais. Você sabia que o seu pai nunca mais voltaria. Quanto a James, há uma boa chance de ele estar lá, em algum lugar. E eu tenho que descobrir. Eu tenho que saber com certeza.

— É por isso que eu quero que você vá para o México. — Ela apontou um dedo para mim. — Eu quero que você constate como a puta daquela médium manipulou você. Talvez então, uma vez que você se dê conta de que ela está manobrando você, mentindo sobre James, você se permita enterrá-lo de vez. E, finalmente, seguir em frente de verdade.

Fiquei paralisada. Havia a possibilidade muito real de Nadia ter razão. De que Lacy estava me manipulando.

— E se eu encontrá-lo?

— Sério? — Ela ergueu uma sobrancelha. Eu cruzei os braços. Sua expressão era grave. — Supondo que ele esteja vivo: já se perguntou por que ele se manteve afastado?

Assenti. *O tempo todo.*

— Quais são seus planos?

Olhei por cima do ombro dela e cravei os olhos no *Clareira no Prado* de James, a pintura do "nosso lugar". Todo cenário fora reproduzido em tons de verde, capturando nosso prado numa nítida manhã, na transição do inverno para a primavera. Era suave, quente e convidativo. Imaculado, da forma como eu queria lembrar do lugar. Não sórdido, da maneira que o deixamos.

No dia seguinte ao que fui pedida em casamento por James, desisti daquela pintura. Ele ficou furioso e insistiu que ela permanecesse. Tínhamos que fingir que nada acontecera no nosso prado, que Phil não chegara tão perto quanto chegou de destruir nossos sonhos. Por James, a pintura ainda estava pendurada na parede. Pergunto-me se Lacy de alguma forma sabia disso quando enviou a original menor.

— Pretendo dizer a James o quanto o amo. Que sinto falta dele e quero trazê-lo para casa.

— E se ele não quiser voltar para casa?

Meu olhar baixou para o chão.

Ela inspirou fundo e forte.

— Não está planejando ficar lá, está? E o café? Você trabalhou tão duro para chegar onde está! Você vai desistir?

— Não! Eu... — Eu não sabia o que faria. Adorava o meu café e a nova vida que eu construíra, e não podia deixar tudo para trás. Mas também não podia deixar James para trás. Ainda não. Eu tinha que encontrá-lo, e precisava saber por que ele tinha ido embora.

— Tenho que ir para o México.

Nadia me observou por um longo momento. Ela bufou, colocou as mãos nos quadris e balançou a cabeça antes de me envolver num abraço. Ela descansou o queixo no meu ombro.

— Sei que você tem que ir, mas não vá sozinha. Espere um instante.

— Ela atravessou a sala e, abrindo a porta da frente, fez um gesto para alguém fora de vista. Ian entrou, carregando uma bolsa de lona e um estojo de câmera. Ele os largou no chão ao lado da minha mala com rodinhas e me olhou cautelosamente.

Nadia fechou a porta e ficou parada junto a Ian.

— Ele está de mala pronta e preparado para ir, mas precisa saber qual é o seu voo e informações do hotel. — Esbocei uma careta, e ela ergueu as mãos, na defensiva. — Ideia dele. Não minha. Ele se ofereceu para viajar com você.

Gemi. Aquele arranjo era ridículo.

Ian ergueu as duas mãos.

— Não se preocupe. Tudo foi organizado no café. Trish vai substituí-la; ela já está lá agora. Mandy também ajudará.

Trish era a minha outra gerente de turno, mas nunca a deixara como responsável. Era para Ian ficar no meu lugar quando eu não pudesse estar no restaurante. Como poderia deixá-lo no comando se ele fosse viajar comigo?

— Kristen e eu vamos ajudar a abrir e fechar, bem como com qualquer outra coisa que surgir — Nadia se ofereceu. Ela riu, nervosa. — Espero que não haja muitos incêndios para apagar.

Eu mastiguei meu lábio inferior. Meus olhos iam de um para o outro enquanto os dois me encaravam. Ian meteu as mãos nos bolsos do jeans e caminhou até mim. Ele sussurrou no meu ouvido:

— Vamos encontrá-lo.

Franzi o cenho pelo desalento em sua voz. O desejo por mim que eu vislumbrava de vez em quando em sua expressão desaparecera. Eu ansiava vê-lo de novo. Um vazio irradiou do meu peito descendo para os braços.

Ir atrás de James é um erro.

A cafeteira apitou e eu estremeci. Fosse o que fosse que eu estava pensando se dispersou. Baixei os braços.

— Bem então... Espero que tenha se lembrado de seu passaporte.

Mais rápido do que um mágico poderia tirar cartas da manga, Ian puxou o passaporte do bolso traseiro.

— Nunca saio de casa sem isso.

PARTE DOIS

Costa Esmeralda
Puerto Escondido, México

Capítulo 17

Depois de um voo de dezenove horas com duas escalas, fiz o check-in em Casa del Sol, um resort à beira-mar, com vista para a Playa Zicatela de Puerto Escondido, e aguardei no lobby pela chegada do voo de Ian. Era fim de tarde de quinta-feira, dois dias antes do Torneio Internacional de Surfe, algo de que, na minha pressa para efetuar a reserva, eu não havia tomado conhecimento. O torneio era um dos muitos eventos que ocorreriam durante as Fiestas de Noviembre, um mês inteiro de festividades comemorando a cultura e as tradições locais.

O lobby ao ar livre fervilhava de turistas e surfistas, suas pranchas apoiadas contra as paredes ou deixadas no chão junto de outras bagagens. Maletas com rodinhas eram arrastadas pelas lajotas de adobe. Gargalhadas estridentes vibravam no ar carregado de sal. Para além dos portais em arco, as ondas estouravam com estrondo na praia. O cheiro de maresia invadia o lugar, contrastando com o odor acre do corpo de hóspedes cansados da viagem ensopados de protetor solar. Tudo isso desaparecia ao fundo conforme eu me afastava da multidão.

Meus nervos espocavam como fogos de artifício. Senti-me desconfortável no momento em que pisei no avião em San Jose e estava nauseada, com a pele pegajosa, quando o táxi parou no estacionamento do hotel.

Se por um lado eu queria encontrar James, por outro, eu temia justamente encontrá-lo. Sua morte e funeral haviam sido uma farsa. Durante meses, Thomas mentira para mim e James permanecera escondido. Eles haviam permitido que eu e todas as outras pessoas acreditassem que James morrera.

Depois de todo esse tempo, e de tantas mentiras, eu iria querer aceitá-lo de volta?

Eu não tinha uma resposta.

Sentindo-me zonza, eu me apoiei contra uma coluna e continuei esperando Ian, que pegara um voo separado, já que o meu estava lotado. De acordo com sua última mensagem de texto, ele estava em um táxi a caminho do hotel.

Uma mulher com olhos cor de chicória e maçãs do rosto pronunciadas se aproximou. Seus cabelos castanho-escuros derramavam-se em ondas macias sobre os ombros delgados, batendo bem na altura da borda do broche-crachá de gerente do hotel preso na lapela. Na plaquinha com o seu nome lia-se IMELDA RODRIGUEZ, e ela me ofereceu um copo d'água.

— *Hola, señorita.* Bem-vinda ao resort Casa del Sol. — Ela franziu o cenho. — Está se sentindo bem?

Aceitei graciosamente a água e bebi com avidez.

— Sim, estou bem agora. Obrigada.

— O calor é traiçoeiro por estas bandas. A desidratação ataca sem avisar. É melhor beber bastante líquido. — Ela sorriu e me estudou de cima a baixo. — Você está aqui para o *torneo*?

— Pelo quê? — Pisquei perplexa. — Ah, não. Eu não surfo. Nunca surfei. Moro perto do mar, mas não entro nele há um bom tempo. Não desde que... — James morreu. Enterrei o rosto no copo e terminei de beber a minha água, resistindo à tentação de mostrar rapidamente a foto de James. A menção de Lacy sobre o perigo pairava nos recantos da minha mente.

Imelda recolheu o copo vazio das minhas mãos.

— O que a traz a Puerto Escondido, então?

— Arte.

— *Sí*, muito legal — ela concordou. Seu inglês, preciso e articulado, fluía na cadência do idioma espanhol. — Oaxaca tem muito a oferecer. Nossa aldeia tem muita pesca e surfe, mas há algumas galerias.

— Pode me dizer onde esta fica? — Procurei na minha bolsa pelo cartão-postal de Lacy e o mostrei a Imelda.

— Essa é muito boa. Fica bem perto daqui. Dá para ir andando. — Ela apontou através da arcada do lobby para a estrada além do terreno do hotel. — Deixe-me lhe mostrar. *Un momento*. — Ela ergueu um dedo e eu a segui até um quiosque de panfletos próximo ao balcão de atendimento. Ela abriu um mapa de Puerto Escondido e apontou para um ponto entre Playa Marinero e Playa Zicatela. — Nós estamos aqui, e você quer ir aqui. A galeria fica na El Adoquin, uma rua que os turistas apreciam.

Ela tocou novamente o mapa com o dedo, em um local diferente.

— Esta é a nossa prefeitura. Haverá música lá esta noite, se você estiver interessada em dançar, e haverá um desfile daqui a alguns dias, se você pretender ficar até lá. As festividades são divertidas.

Apanhei o mapa, memorizando o trajeto e as ruas circundantes antes de dobrar o papel.

— Aqui está o folheto da galeria. — Imelda apanhou um cartão brilhante no quiosque, maior do que o que Lacy me enviara. — O trabalho de Carlos é excepcional.

J. Carlos Dominguez, proprietário do El Estudio del Pintor, não estava retratado, mas a frente do cartão mostrava várias pinturas acrílicas da galeria. Não eram as pinturas desaparecidas de James, mas o estilo artístico era semelhante.

— Carlos expõe outros artistas em sua galeria? — perguntei.

— Um escultor local usa o seu espaço, mas a maioria são trabalhos de Carlos, em acrílico e óleo. Muitos de nossos artistas ficaram bastante conhecidos dentro da comunidade artística *oaxaqueña*. Há alguém que você esteja procurando em especial?

— Um velho amigo.

O sorriso de Imelda vacilou.

Vozes elevaram-se no lobby, atraindo a sua atenção. Hóspedes recém-chegados expressavam seu desagrado com as acomodações. Eles haviam reservado um bangalô e não a suíte júnior.

Imelda voltou-se para mim.

— Boa sorte procurando o seu amigo e aproveite a sua estada. Agora, se me der licença...

Ela se afastou antes que eu pudesse agradecê-la.

Uma mensagem de texto apitou. Ian tinha chegado. Eu o encontrei do lado de fora do lobby de entrada. Suas roupas estavam amassadas e a barba, por fazer. O tempo total do voo para ele, contando as escalas e os atrasos, levara mais de vinte e duas horas. Parecia que um caminhão o havia arrastado por vários quarteirões. Ele acenou quando me viu, seu rosto cansado abrindo-se em um largo sorriso.

Sorri e acenei de volta.

Ele pagou o motorista do táxi e colocou a bolsa da câmera a tiracolo, enquanto, ao mesmo tempo, apanhava sua bagagem.

— Como foi o seu voo? — ele perguntou quando me alcançou.

— Longo — eu disse, suspirando.

— Nem me fale — ele reclamou. Ian estendeu o braço em direção ao balcão de reservas. — Deixe-me fazer o check-in. Fique de olhos nas minhas malas. — Ele as depositou no chão, aos meus pés.

Vários minutos depois, com o cartão do quarto em mãos, ele voltou para o meu lado.

— Preciso de uma cerveja.

Enruguei o nariz.

— Você precisa é de um banho. O café do terraço tem vista para o mar. Vá se limpar. Encontro você lá.

Ele puxou a camisa para abanar o peito.

— Boa ideia.

Vinte minutos depois, eu estava sentada em uma mesa com vista para a praia abaixo. Grandes ondas quebravam nas areias brancas que se estendiam para cada lado do resort. Palmeiras farfalhavam ao longo do perímetro do café. Meu chá gelado chegou ao mesmo tempo que Ian. Ele torceu o nariz para a minha bebida.

— Sério? — Ele ergueu dois dedos para chamar a atenção do garçom. — *Dos cervezas.*

— *Sí, señor.* — O garçom jogou porta-copos sobre a mesa e retirou-se para fazer o pedido no bar.

Ian trocara de roupa, vestindo uma bermuda de linho, uma camisa Oxford amarrotada e chinelos. Seu cabelo enrolava-se em torno das orelhas, ainda úmido por causa do banho. Ele sentou-se de frente para mim, pousando um estojo de câmera na cadeira entre nós, e inalou profundamente.

— Meu Deus, eu amo o México.

Inspirei e só senti o cheiro de Ian. O calor do tesão apoderou-se de mim. Forte e puro. Desviei os olhos sobressaltada, fixando o meu olhar no pátio da piscina.

— Você está bem?

— Sim, estou bem. — Levantei o cabelo do pescoço. Não adiantou muito para me refrescar.

O garçom retornou com nossas cervejas. Empurrei a minha de lado e ergui meu copo de chá quando Ian fez o mesmo com sua garrafa. Ele franziu a testa.

— Não vou brindar com chá.

— Eu não quero álcool no meu hálito quando vir James.

— *Se* você o vir. — Ele deu uma longa golada de sua garrafa e perscrutou meu rosto.

Minha expressão tornou-se desconfiada quando aceitei o óbvio. Ian me queria, tanto quanto eu queria encontrar James. E eu tinha que encontrá-lo, ou, pelo menos, encontrar respostas para as dúvidas a respeito de sua morte. Era a única maneira que eu conhecia para seguir em frente.

Mostrei a Ian o novo cartão-postal. Ele ergueu uma sobrancelha.

— Essa é a galeria?

Assenti.

— Essas pinturas não parecem com as de James?

— Você acha mesmo que James esteve no México pintando durante esse tempo todo? — Ele analisou o cartão e deu de ombros. — O estilo parece próximo. É difícil de dizer. As fotos são muito pequenas.

Olhei para o cartão.

— Eu digo que parecem.

Ele deu outro gole na cerveja.

— Todas as pinturas parecem iguais para mim.

— Como todas as suas fotos parecem iguais às de todos os outros fotógrafos?

Ele devolveu sua cerveja à mesa e fez uma careta.

— Saquei.

Empurrei o cartão de volta para ele.

— James me disse uma vez que todo pintor tem uma característica distinta em seu estilo artístico. Van Gogh pintava com blocos de cor, sem mistura. Monet decompunha as cores para criar a percepção de luz dentro da tinta. A iluminação captada por Kinkade parece tão autêntica que suas pinturas parecem ter luz própria. James também tinha as próprias características.

Ian inclinou-se sobre a mesa.

— Então, o que estou procurando?

— James preferia trabalhar com tinta acrílica. Ela seca muito mais rápido do que a tinta a óleo. Para uma tela grande, ele precisava misturar uma grande quantidade de tinta para assegurar a uniformidade da cor. Uma das cores que ele misturava era um azul esverdeado. Ele a chamava de *Les bleus de mon bébé*...

Ian bufou.

— "O azul da minha garota"?

Rejeitei a gozação com um abano de mão.

— A cor era igual à dos meus olhos.

Ian revirou os dele.

Eu o ignorei.

— James a utilizava para assinar seu nome em todas as suas pinturas. Como esse artista fez aqui. — Dei tapinhas com o dedo em uma mancha azul-caribe em uma das imagens.

Ian apertou os olhos, nossas testas quase se tocando enquanto examinávamos o cartão-postal entre nós. Ele se inclinou para trás e suspirou.

— Tem certeza de que não está forçando a barra para enxergar algo aqui? Não sei dizer.

— Olhe, veja uma das pinturas de James. — Rolei as imagens da câmera do meu celular, parando em uma foto da pintura de Napa Valley, onde a assinatura de James contrastava com os campos de mostarda amarela da tela. Passei o telefone para Ian.

Seu rosto empalideceu, e o olhar dele voltou-se rápido para o meu.

— Onde essa foto foi tirada? Isso é no café?

Minhas bochechas coraram.

— Você não viu essa pintura. Ela está no meu quarto.

— Isso aqui não é uma pintura. — Ele me mostrou rapidamente a tela. Tive um vislumbre de cabelos louros.

— Ah, desculpa. — Devo ter mudado a foto por acidente. — Deixe-me achar a foto certa.

— Quem é essa mulher? — Ele me mostrou de novo a tela.

Era a foto que Kristen tirara de Lacy na pré-inauguração do café.

— Ela é a conselheira mediúnica que me contou sobre James. O nome dela é Lacy.

— Você quer dizer Laney. Quando ela esteve no café?

— Na pré-inauguração. Kristen tirou a foto dela.

Ian levou a mão à boca. Ele olhou fixamente para a foto, os olhos se estreitando.

— Não acredito que não a vi.

— Ela não ficou muito tempo. — Olhei para ele, desconfiada. — A propósito, o nome dela é Lacy Saunders.

Ele balançou a cabeça.

— Laney. Elaine Saunders. É ela a médium especializada em perfis que meu pai contratou. Há anos venho tentando localizá-la.

Fiquei boquiaberta.

— Ela é o seu anjo! Por que ela mudaria de nome?

— Simples. Ela não quer ser encontrada. — Ele me devolveu o telefone. — Manda para mim essa foto?

Concordei com a cabeça e toquei alguns ícones.

— Pelo menos, há uma coisa que sabemos sobre ela.

— O quê? — ele perguntou. Seu telefone produziu um ruído com o recebimento da minha mensagem.

— Lacy tem estado aqui. O bilhete dela foi escrito em um papel de um bloco de notas deste hotel. Alguém aqui deve tê-la visto. Talvez o hotel tenha o seu endereço.

— Talvez — ele respondeu com um tom distante. Ele levantou o rosto para a linha do horizonte no oceano, perdido em pensamentos.

A garrafa de cerveja intocada suava ao lado do chá gelado que mal havia sido tocado também. Que se dane. Agarrei a garrafa.

— Vamos brindar.

Ele voltou a atenção para mim.

— A quê?

— A nós, e que nós dois encontremos o que estamos procurando.

Ian me estudou, sua expressão me levando a acreditar que ele não queria que eu encontrasse o que eu estava procurando. Isso significaria que ele perderia qualquer chance de ter algo mais comigo. Bebi apreensivamente. Ele terminou a cerveja e levantou-se, atirando notas mexicanas sobre a mesa.

— Tudo bem, então, vamos encontrar o seu pintor.

Capítulo 18

A Adoquin, o trecho de passagem de pedestres da Avenida Alfonso Pérez Gasga, estendia-se paralelamente à Playa Principal. Fachadas vistosas e de cores vibrantes enfileiravam-se na rua e faixas do festival pairavam no alto. Elas atravessavam a calçada pavimentada de pedra. Artistas de rua ocupavam as esquinas e batiam em tambores de aço. Nós abríamos caminho ziguezagueando em meio aos turistas, meu ritmo acelerando a cada passo.

— Por que a pressa? — Ian perguntou. Ele tirou uma foto de um edifício turquesa raiado por longas sombras projetadas pelo sol que se punha.

— Está ficando tarde. — Virei rápido a cabeça para que Ian me seguisse e continuasse andando. A competição do fim de semana atraíra fãs de surfe do mundo todo. Sotaques sul-africanos misturavam-se com australianos. Os turistas apinhavam-se na rua. Eles comiam, riam e dançavam. E também atrapalhavam o meu caminho.

Ian agarrou o meu braço e me puxou de volta. Ele nos afastou de uma aglomeração de turistas, parando para tirar fotos de dois homens velhos. Eles fumavam charutos na entrada de uma tabacaria. Seus barrigões dependuravam-se, aparecendo por baixo da bainha da camiseta manchada de suor. Eles tinham uma aparência desagradável e provavelmente cheiravam pior ainda.

O que Ian achara de tão fascinante neles e por que se incomodou em registrá-los em uma foto? Ele jamais mostraria essas fotos em suas exposições.

Ian soltou o meu braço e diminuiu o ritmo.

— Desacelere. Olhe ao redor. Há tanto para ver.

— Eu não vim aqui para fazer turismo — eu me queixei.

Ele mascarou o rosto com a câmera e apertou um botão. Uma luz ofuscante brilhou. Eu vi estrelas.

— Merda. — Ele ajustou as configurações da câmera. — Não fiz isso intencionalmente. Parece coisa de novato. — Ele voltou a imagem para ver o resultado e riu, posicionando a tela de visualização para que eu pudesse ver também. — Belo instantâneo tipo cervo-apanhado-pelos-faróis. Combina com você.

— Pare de tirar fotos — esbravejei. A galeria ficava alguns quarteirões adiante, de acordo com o mapa que Imelda me mostrara, e eu queria chegar lá.

— Por quê? A luz da tarde é perfeita.

Eu bufei com impaciência e ele pendurou a câmera ao redor do pescoço.

— Relaxa, Aims. Você está mais tensa do que fio de pipa. — Ele esfregou meu ombro. — Há uma boa chance de a galeria já estar fechada.

Ele indicou com a cabeça o sol declinando no horizonte.

— Acho que acabei de mudar os planos dessa viagem. O tema de minha próxima exposição deverá ser Puerto Escondido, México. Tenho uma competição de surfe para fotografar neste fim de semana. Também quero conseguir algumas fotos de marcos e cultura locais.

— Mas você não exibe fotos com pessoas nelas.

— Talvez não tenha escolha desta vez — disse ele, como se achasse a ideia perturbadora.

Ian tinha planejado usar suas economias para ir para as florestas tropicais da Costa Rica. Em vez disso, sacrificou sua viagem e me seguiu até o México.

Porque ele se importa comigo.

O pensamento me desarmou.

Esfreguei o rosto e suspirei nas minhas mãos.

— Sinto muito.

— Não precisa. Mas prometa que aproveitará a viagem, mesmo que não encontre James. Preciso saber que o meu dinheiro foi bem gasto.

Assenti com a cabeça e baixei os braços. Ian estava certo. Só porque as pinturas de James poderiam estar aqui, não significava que ele também estivesse.

Como Ian sugeriu, respirei profundamente, inalando a fumaça dos charutos e do cheiro de peixe na grelha da barraquinha de tacos do outro lado da rua. Fiz uma anotação mental para adicionar algum toque mexicano ao menu de primavera do Aimee's e deixei o meu corpo se mover no ritmo dos tambores. Um pequeno sorriso recurvou meus lábios.

— Assim está melhor. — Ian devolveu o meu sorriso e preservou o momento com um clique de sua câmera. Dessa vez, o flash não disparou. — Vamos verificar nossa localização. O objetivo de hoje é encontrar a galeria. Amanhã, você poderá abordar Carlos, depois de ter dormido uma boa noite. Não estará tão...

— Tensa como fio de pipa?

— Sim. — Ele baixou a cabeça, olhando a câmera em suas mãos. Ele tentou esconder um sorriso divertido.

Franzi o cenho.

— Você não acha que vou encontrá-lo, não é?

Ele olhou para cima.

— Eu não disse isso.

— Você acha que isso tudo é uma grande piada.

Ele levantou as mãos, na defensiva.

— Ei, espere um segundo. Não tire con...

— Você não quer que eu o encontre.

Ele suspirou pesadamente, olhando para a rua antes de voltar a me encarar.

— Não sei o que eu quero. Eu... — Ele apertou os lábios.

— Você o quê?

Ele passou os dedos pelos cabelos. Continuei a fulminá-lo com os olhos e ele encolheu os ombros.

— Quero te ver feliz. Quero que viva o momento e sorria espontaneamente. Seu rosto inteiro se ilumina. É lindo.

Pisquei, perplexa. Suas palavras me deixaram sem fôlego.

— Você está com aquela expressão cervo-apanhado-pelos-faróis novamente — ele murmurou e começou a andar na direção da galeria.

Olhei atônita para ele. Vários passos à frente, ele parou e se virou.

— Você vem?

— Hã... sim.

Ian tirava fotos enquanto caminhávamos. Eu acompanhava o ritmo de suas passadas, parando quando ele parava, e fazia questão de prestar atenção ao que estava ao meu redor. Ele ajustou as configurações da câmera e apontou a lente para um prédio antigo. Fiquei imaginando o que Ian achara de interessante no tijolo cru e rachado, então, perguntei a ele sobre o seu trabalho. Em resposta, ele tirou uma foto minha.

— Pare! — dei um gritinho e tentei agarrar a tira da câmera.

Ele se desviou com uma torção do corpo, rindo.

— Não parei desde o dia em que comecei. O que faz você pensar que eu pararia agora?

Segui-o quando ele atravessou a rua, olhando para outro alvo.

— Como você começou? — Ele me contara certa vez que, desde que podia se lembrar, sempre estivera interessado em fotografia.

— Meu pai era fotógrafo de esportes. Peguei emprestado sua câmera sem pedir. Tirei fotos de insetos no quintal. — Ele me deu um olhar tímido. — Tirei um monte de fotos dessas. Isso foi antes que as câmeras digitais se tornassem corriqueiras, então, quando ele revelou o filme, metade do rolo era de insetos. Eu estava esperando um castigo daqueles quando ele descobrisse. Em vez disso, ele me deu sua câmera.

— Ele te deu a câmera? — Imaginei aquelas câmeras caras que eu via os fotógrafos esportivos usarem, com lentes tão grandes que era necessário um suporte para manter a câmera estável. — Quantos anos você tinha?

— Oito. E, sim, meu pai me deu a câmera dele. Isso lhe deu a desculpa para comprar um novo equipamento no qual estava de olho — explicou Ian. Então, parou. — Nós chegamos. — Ele apontou para o letreiro pintado no prédio ao nosso lado.

Olhei para o meu reflexo na vitrine dianteira do El Estudio del Pintor. Estava tudo escuro lá dentro. Como Ian suspeitava, a galeria estava fechada. Busquei cegamente a mão dele quando minhas pernas começaram a tremer. O olhar de Ian encontrou o meu no reflexo da vitrine e ele apertou a minha mão.

— Está tudo bem, Aims. Estou com você a cada passo. – Ele esticou o pescoço para espiar pela quina do prédio da galeria.

— Acho que a entrada fica fora do pátio.

Ele me puxou com ele e abriu o trinco de um portão de ferro forjado. As dobradiças desgastadas pelo tempo rangeram. Plantas em vasos e flores tropicais enchiam o pequeno pátio. Buganvílias escalavam as paredes, as trepadeiras salpicadas de flores magenta com textura de papel buscando o sol. Água escorria de uma fonte de cerâmica esmaltada, afogando o ruído da rua.

Dois outros comerciantes compartilhavam o pátio, um luxuoso ateliê de cerâmica e uma agência imobiliária, que tinha uma porta aberta. Bati na porta de vidro da galeria, acima do aviso pendurado do lado de dentro.

— O que diz o aviso?

— Senti-me inspirado. Fui pescar, pintar ou correr. Volto em breve ou, provavelmente, mais tarde — Ian murmurou. — Taí, me identifiquei com esse cara.

Pressionei o nariz no vidro, do jeito que uma criança faz numa loja de doces, colocando as mãos em torno dos olhos para barrar a luminosidade. A galeria não tinha sequer a metade da de Wendy, mas a arte em exposição era de tirar o fôlego.

— As pinturas são lindas. — Suspirei contra a porta, embaçando o vidro. Telas pintadas com diferentes tintas... óleo, acrílica e aquarela... cobriam duas paredes. Marinhas, crepúsculos e o que presumi serem paisagens locais. Havia alguns retratos misturados entre eles. Do meu ângulo, não conseguia ver o que estava na parede ao meu lado, e a vitrine que dava para a avenida principal ocupava toda a parede da frente. Havia também esculturas sobre pedestais de madeira espalhadas aqui e ali no centro da galeria.

Uma pequena mesa de madeira estava encostada num dos cantos opostos, atulhada de tubos de tinta, pincéis e papel. Apoiado sobre ela, um cavalete pequeno. Aquilo me lembrou da mesa de artesanato que eu tinha no meu quarto quando era pequena. Por trás de uma escrivaninha bagunçada, pilhas de jornais e livros amontoavam-se contra a parede.

— Me pergunto se Carlos ainda voltará hoje — eu disse contra a porta, embaçando o vidro novamente. Limpei a superfície com meu antebraço.

Ian olhou ao redor do pátio.

— Espere. Deixe-me verificar. — Ele desapareceu dentro da agência imobiliária.

Voltei minha atenção para a galeria e estudei as pinturas. Apesar dos diferentes meios pictóricos, o estilo era semelhante. Tinham sido executadas pelo mesmo artista. De onde eu estava, não conseguia ler a assinatura do artista nas telas.

Afastei-me da porta e esfreguei a parte de trás do meu pescoço, que estava molhada de suor devido a uma mistura de nervosismo e calor. Através da janela do escritório imobiliário, assisti a Ian conversando com a funcionária, mas o murmúrio da fonte do pátio abafava as vozes. Eu queria saber quando Carlos retornaria e também o nome do artista dessas pinturas. E, em especial, verificar a tonalidade do pigmento da assinatura azul da obra de arte apresentada no panfleto da galeria.

Voltei para a frente do prédio, a fim de examinar as peças em exposição na vitrine. Havia a escultura de uma gaivota mergulhando numa onda, uma aquarela emoldurada na qual o artista havia assinado seu nome com os mesmos tons esmaecidos do sol nascente pintado no papel texturizado, e uma pintura acrílica com uma assinatura em azul. Estudei as pinceladas na tela. Por mais que quisesse acreditar que James a pintara, não tinha certeza. Havia semelhanças, mas também grandes diferenças. Ao contrário das pinturas lá de casa, em que a técnica tinha sido controlada e sutil, as pinceladas nessa tela eram erráticas e despreocupadas. *Liberadas* foi a palavra que me veio à mente, mas o resultado final era uma criação tão magnífica quanto as obras na parede em minha casa. Além disso, a assinatura era tão errática quanto o estilo. Ou tinha muito pigmento verde misturado no azul ou a tonalidade do vidro da vitrine alterava a cor. Eu precisava entrar para dar uma olhada melhor.

Ian contornou o prédio, falando enquanto atravessava o portão de ferro forjado.

— A corretora imobiliária disse que Carlos tem o hábito de fechar cedo. Ele está treinando para uma maratona. Celine, é o nome da corretora, viu-o sair vestindo aqueles shorts de corrida bem curtos. – Ele ergueu as mãos, apertando o ar com os dedos, como se fossem pãezinhos.

Meus olhos se arregalaram e ele pigarreou.

— Foi a imitação dela, não minha. Só estou demonstrando.

Revirei os olhos.

— Celine não acha que ele volte hoje, então vamos tentar novamente amanhã. Pela manhã, ok? O aviso na porta diz que ele abre "lá pelas dez" — ele citou o que leu.

Apertei os lábios e concordei distraidamente. A expressão em seu rosto ficou desanimada com minha falta de entusiasmo. Ele puxou minha manga direita.

— Vamos, Aims, você deveria estar contente. Está um passo mais perto de resolver "o caso do noivo desaparecido".

Lancei-lhe um olhar exasperado.

Ele apontou para a vitrine com o polegar.

— Descobri, porém, que esta é a galeria. O estúdio de Carlos fica no andar de cima. Ele dá aulas de arte lá.

Percebi que Ian me observava, mas não conseguia tirar a atenção da pintura acrílica na vitrine. Talvez, se a encarasse o suficiente, a cor da assinatura mudaria. Será que a iluminação era inadequada ou era eu que estava me forçando a ver algo que não estava lá?

Ian mudou de posição, inquieto.

— O que há de errado?

Toquei no canto inferior da vitrine.

— O azul não combina. Eu esperava... — Minha voz faltou. Esperava o quê? Que encontraria James pintando loucamente, que me agradeceria por encontrá-lo e que iríamos para casa?

Que raio de sonho mais sem noção era esse.

Desabei no banco de madeira abaixo da vitrine.

Ian sentou-se devagar e calmo ao meu lado e passou o braço em volta do meu ombro.

— Você terá suas respostas amanhã.

Ele olhou para o relógio e indicou com a cabeça o mercado a meio quarteirão de distância.

— Vamos comprar algo para comer e umas cervejas. Daí a gente leva tudo para a praia e fica lá, admirando o pôr do sol.

Peguei-me sorrindo.

— Mais fotos?

Ele sorriu.

— Pode apostar que sim.

— Vai você e compre a comida. Eu espero aqui. — Não estava pronta para sair dali. Encostei na vitrine e coloquei meus óculos escuros.

Ian deu uns tapinhas na minha perna.

— Volto logo. — Ele se levantou e foi embora, porém, a meio caminho na rua, ele correu para trás. — Não faça nada idiota — ele gritou.

Eu o despachei com um gesto e fiquei observando os transeuntes por trás da segurança de meus óculos escuros. Meu telefone zumbiu com uma nova mensagem, uma das muitas em espera numa fila de mensagens de texto e de voz sem resposta que eu recebera nas últimas vinte e quatro horas. Peguei o telefone da minha bolsa de ombro.

Outro texto de Kristen.

Me liga!

Examinei os remetentes. A maioria das mensagens de voz era de Kristen. Eu deveria ouvi-las. Eu deveria tê-la ouvido *antes* e não ter vindo. Será que, no fundo, o que eu desejava era uma decepção final?

Percorrendo suas mensagens de texto, examinei as mais recentes.

Não posso acreditar que esteja voando para o México. Chegou bem?

Onde está hospedada?

Como é Puerto Escondido?

Já encontrou alguma coisa?

Você encontrou ELE?

Havia uma mensagem de voz da minha mãe. “Por que o México, Aimee? James está morto. Você está perseguindo fantasmas. Estamos preocupados com você. Por favor, volte para casa.”

Liguei para Kristen. Ela atendeu no segundo toque.

— Oh. Meu. Deus! Não posso acreditar que você se mandou mesmo. Que diabos tinha na cabeça? Droga, seus clientes estão me olhando estranho. Peraí, deixe-me ir para o seu escritório.

Ouvi o rumorejo de suas roupas enquanto ela entrava no escritório e fechava a porta.

— Oi para você também — eu disse quando ela voltou ao telefone.

Kristen respirou fundo.

— Estou chateada por você não ter dado ouvidos a Nadia. Você confia demais em Lacy. Por Deus, você nem conhece essa mulher! E se ela for uma assassina? Você pode ser a próxima vítima. Por que você foi?

— Você sabe que eu precisava. Além disso, Nadia concordou.

— Ela *o quê?* — Kristen soltou um palavrão. — Ela deveria convencê-la a desistir dessa ideia.

— Ela não lhe disse?

— Não! Ela deixou de lado esse detalhezinho de *menos* importância quando me disse que tínhamos que ajudar no café. — Ela fez uma pausa e imaginei que estava apertando a ponta do nariz como sempre fazia enquanto pensava. — Caramba, você está bem?

— Estou bem.

— Onde você está agora?

— Sentada em um banco na frente do El Estudio del Pintor.

— E...?

— E nada. A galeria está fechada. Temos que voltar amanhã de manhã. Ian está comprando o jantar e estou esperando-o. Como está o café?

— Lotado! Movimentado, mas isso é bom, certo?

— É maravilhoso — falei, com saudade da rotina.

— Vai me ligar amanhã? Não, espera, eu vou ligar para você. Mantenha contato, está bem? Estou preocupada com você.

Nós nos despedimos e guardei o telefone. Fiquei olhando as pessoas passeando, parando na vitrine da galeria para espiar lá dentro. Outros caminhavam apressados, olhando para baixo, como se ignorassem a energia festiva em torno deles.

Desacelere. Olhe ao redor. Há tanto para ver, tanto para absorver.

Ian estava certo. Eu estava correndo para uma linha de chegada e não conseguia aproveitar o trajeto da corrida. Quanto tempo havia desperdiçado com James?

O cartão-postal e a pintura não provavam que ele estava vivo, então tentei procurar respostas em locais em que elas provavelmente não existiam. Como a tinta azul na assinatura e as pinturas que se assemelhavam ao estilo de James. Tudo era parecido, mas não exatamente igual.

Como o homem correndo na minha direção. Ele me pareceu semelhante a James enquanto desacelerava para um ritmo menos puxado e, afinal, uma caminhada vigorosa. Ele consultou o seu relógio esportivo. O suor encharcava sua camiseta de treino sem manga, colando o tecido em seu peito. Um iPod estava preso ao seu braço, o fio enrolando em suas costas até os fones nos ouvidos.

Pus-me de pé com as pernas bambas quando ele se aproximou.

— *Hola* — ele disse, sorrindo enquanto passava.

Olhei para ele boquiaberta.

Ele parou e puxou o fone da orelha direita.

— *¿Está usted bien?*

Eu não disse nada. Apenas olhava para ele fixamente.

Seus olhos me examinaram de cima a baixo.

— Americana? — ele perguntou num sotaque carregado. — Você está bem? Parece que viu um fantasma.

Perseguindo fantasmas.

Meu coração estava aos pulos. O sangue escoou de meu rosto e eu não conseguia me mover. Senti-me tonta, cambaleando ligeiramente.

Ele se aproximou, curvando-se de leve para espiar os meus olhos mascarados pelas lentes escuras através de seus próprios óculos de sol com proteção lateral.

— Posso ajudá-la em algo? — Suas palavras eram calorosas e exóticas. Pronunciadas com facilidade.

Aquilo era loucura! Ele estava bem aqui. Todo esse tempo. Por tanto tempo. Pela porra de dezenove meses!

Uma tempestade de perguntas irrompeu dentro de mim, mas eu só pude dizer o seu nome.

— James.

Ele endireitou o corpo em toda a sua altura, exatos um metro e oitenta e seis centímetros. Um sorriso largo, muito familiar, espalhou-se pelo seu rosto.

— Entendo. Eu sou o fantasma. — Ele estendeu para mim uma palma brilhando de suor. — Eu sou Carlos.

Capítulo 19

Desabei no banco.

— Por que foi embora? — gritei. — Puta merda, James, eu enterrei você!

Um desejo esmagador de socá-lo e ao mesmo tempo abraçá-lo intensamente guerreavam dentro de mim.

Ele permaneceu distante quase um metro de mim, virando a cabeça como se estivesse procurando alguém. Ele limpou o suor da testa com o dorso da mão e franziu o cenho para mim.

— Por que... Por que você está me olhando dessa forma? — Ele me encarava como se nunca tivesse me visto antes.

Toque-me.

Eu solucei.

Me abrace.

Solucei novamente, minha garganta buscando por oxigênio. Inspirei, vez após outra. Respirações curtas e convulsas distendiam os meus pulmões. Não conseguia exalar.

Oh, meu Deus, não consigo respirar!

Bati no meu peito.

Ele se agachou diante de mim. Seus lábios se moviam, mas eu não conseguia compreender as palavras. Sacudi-o pelos ombros. *Toque--me, James!*

Ele o fez, agarrando os meus pulsos. Seus lábios se mexeram novamente.

O quê?

Acalme-se, ele articulou com os lábios.

Concentrei-me em seus lábios, naqueles lindos lábios.

— Por favor, *señorita*, acalme-se.

Senti uma mão atrás da minha cabeça, forçando meu rosto entre os meus joelhos. Estrelas explodiram atrás das minhas pálpebras. Meus pulmões de repente voltaram a funcionar. Sorvi o ar salgado do mar e o aroma dele. Meu Deus, o cheiro dele. Meu James.

Sua mão se afastou gentilmente da minha cabeça. Ele levantou seus óculos escuros e minha respiração engatou. Os olhos de James estavam fixos em mim.

— Isso mesmo. Foque. — Ele sorriu. O sorriso de James.

— James — eu sussurrei. A felicidade explodiu dentro de mim. — Eu o encontrei.

Ele balançou a cabeça, mas conservou o sorriso no rosto.

— Foque em mim. Ouça a minha voz. Inspire. — Ele inalou, as narinas se alargando, e imitei-o. — Muito bem. Agora expire, lentamente. — Seu polegar roçou o meu pulso direito, diretamente sobre a artéria ulnar. O toque delicado transformou meu braço em gelatina.

— Feche os olhos e escute a minha respiração — ele instruiu, e minhas pálpebras deslizaram para baixo. O mundo escureceu e os sons da rua desapareceram. Éramos somente nós dois, como costumávamos ser. A mão forte e larga que segurava a minha parecia-se com a de James. Sua respiração soava como a de James, o ritmo constante e relaxado, do mesmo jeito que era quando ele acordava ao meu lado de manhã.

Mas ele não soou como James quando me disse para abrir os olhos. Sua voz era suave e forte, mas o tom incomodou meus nervos exauridos. Sob o sotaque carregado, o som era mais grave, mais rouco. Envelhecido.

Seus cabelos castanho-escuros estavam puxados para trás, presos por um elástico. Uma cicatriz rosada descia em um corte que ia de sua sobrancelha esquerda até a maçã do rosto. Sua constituição física estava mais delgada, mas seus maneirismos pareciam os mesmos, como a forma como ele inclinava a cabeça para examinar o meu rosto.

Engoli em seco.

— James?

Ele sorriu.

— Não, desculpe.

Meu lábio estremeceu.

— Sou eu, James, Aimee. Não me reconhece?

— Gostaria de reconhecer. Você não é alguém facilmente esquecível. — Ele riu.

Fiz uma careta e ergui os meus óculos de sol.

— Droga, James, olhe para mim.

Ele o fez. Por uma fração de segundo, a confusão atravessou seus olhos antes de desaparecer. Não houve reconhecimento algum, apenas preocupação.

— James? — eu choraminguei.

— Meu nome é Carlos. Acho que me confundiu com outra pessoa.

Estava boquiaberta diante do homem agachado na minha frente e ele inexpressivamente voltou a olhar para trás. Ele não sentiu nada por mim. Não me conhecia.

Uma lágrima escorreu e Carlos pressionou delicadamente o polegar contra a maçã do meu rosto, enxugando-a. Achei o toque repulsivo. Aquele homem era um estranho.

Ele apontou com a cabeça em direção à galeria atrás de mim.

— Esta é a minha galeria. Você quer água ou alguma outra coisa? Um telefone?

Eu precisava cair fora dali. Precisava me recompor, pensar sobre o que fazer a seguir.

Vá para casa.

Estava totalmente desiludida.

— Está acompanhada de alguém?

— Não — respondi automaticamente. Então, assenti, apontando para o mercado. — Meu amigo, Ian. Ele está fazendo compras.

Ele ficou de pé e ofereceu sua mão.

— Quer que eu a acompanhe até o mercado?

— Não, obrigada. — Levantei-me sem a ajuda dele.

— Você vai ficar bem? — Seus olhos dançaram sobre mim.

Não lhe dei uma resposta porque não tinha uma. Sentindo-me derrotada, perdida e confusa, afastei-me de James. Ou de Carlos. Ou de quem quer que fosse aquele indivíduo.

Ian me encontrou na seção de hortifrúti. Ele piscou como se estivesse surpreso em me ver e não tinha certeza do motivo de eu estar ali. Eu segurava um morango em cada mão, rolando a fruta entre meus dedos. O olhar de Ian pulou das minhas mãos para o meu rosto. A preocupação nublou o seu olhar.

— O que houve, Aimee?

Minha boca contorceu-se para baixo.

Ele passou o cesto de compras para a outra mão.

— O que aconteceu?

Meu lábio inferior começou a tremer e eu abaixei as mãos. As frutas despencaram no chão e eu desmoronei.

Ian largou o cesto de compras e me tomou em seus braços. Chorei abertamente contra o seu peito. Não queria que ele me soltasse.

Em Playa Marinero, deitados sobre um cobertor de lã que Ian comprara de um vendedor de rua, assistíamos ao pôr do sol. O orbe flamejante baixava no horizonte contra um pano de fundo em tons de laranja e rosa que coloriam o céu. Ondas beijavam gentilmente a costa.

Ian devorou seus tacos de peixe, murmurando como estava faminto a cada mordida desferida. Entre um taco e outro, ele apanhava a câmera e tirava fotos da cena vívida que se desenrolava diante de nós. Eu revolvia a minha salada, afastando vagens e abacates, tendo perdido o apetite há muito.

— Esses tacos estão incríveis. O Aimee's precisa de algo assim no cardápio. É o molho, acredito eu. O chipotle dá um toque especial — Ian disse, suas palavras abafadas pela boca cheia de peixe e tortilha. Franziu a testa quando fechei a tampa do meu recipiente para viagem. — Não vai comer?

— Talvez depois. — Apoiei o queixo sobre os joelhos dobrados e flexionei os pés na areia. Os grãos, aquecidos pelo sol na superfície, eram mais frios alguns centímetros abaixo. Eles faziam cócegas enquanto escorriam por entre os meus dedos dos pés. Tentei sentir o toque de James no roçar da areia, ou ouvir sua voz na brisa. Pela primeira vez desde que o enterrara, não senti nada. Nunca me senti tão sozinha.

Ian apontou o mar com o queixo.

— As ondas não são tão fortes aqui. O que você calcula, uns trinta, sessenta centímetros de altura? Lá na praia em Zicatela, perto do nosso hotel, onde acontecerá a competição de amanhã, li que as ondas podem chegar a nove ou doze metros. — Ele enfiou um terço de seu taco na boca e balbuciou com a boca cheia: — Caraca, isso é loucura.

— Hmm. — Fechei os olhos, absorvendo os últimos raios de calor do dia, porque meu coração parecia congelado.

Percebi que seu braço se esticou na minha frente, fazendo sombra no meu rosto.

— Seguindo ali pela praia, na Playa Principal, está vendo todos aqueles barcos de pesca? Uma mulher no mercado me disse que podemos escolher o nosso peixe diretamente dos barcos, observar os homens limpá-los e segui-los até o restaurante onde prepararão o jantar. Isso, sim, que é fresco. Devíamos conferir isso antes de voltarmos para casa.

Casa. Sem James.

Ian comeu seu último taco em silêncio, enquanto eu rememorava os últimos eventos na minha cabeça. Quando ele terminou, ouvi-o limpar as mãos e colocar o recipiente de comida de lado. Então, senti que ele estava me estudando.

— Você tem certeza de que era James? — ele perguntou pela quinquagésima vez.

— Sim. — *Não.* Dei de ombros e murmurei contra os meus joelhos: — Não sei. Carlos se parecia com ele. Bom... mais ou menos. Seu rosto tinha uma cicatriz. — Deslizei um dedo ao longo da minha têmpora até a maçã do rosto.

Ian mirou a lente da câmera para a lasquinha radiante ainda visível onde o oceano negro encontrava o céu que escurecia. Ele apertou o botão.

— Se fosse James, teria reconhecido você. Deveria haver alguma reação da parte dele.

— É o que se presume — eu disse em um tom desprovido de emoção. — Talvez ele esteja com amnésia.

— Nesse caso, ele ficaria mais curioso a seu respeito. Ele se perguntaria se você era alguém do passado dele.

— Ele não agiu nem um pouco como se tivesse tido uma perda de memória. Era como se ele fosse uma pessoa completamente diferente.

Ian paralisou. Seu olhar me atravessou.

Eu me inclinei para trás.

— O que foi?

Ele balançou a cabeça.

— Nada.

Ele se virou para o horizonte e segurou a câmera contra o rosto, mas não disparou nenhuma foto. Parecia perdido em seus pensamentos, a quilômetros de distância das areias da costa de Puerto Escondido.

Capítulo 20

El Estudio del Pintor. não abriria nas próximas duas horas, mas eu passara os últimos vinte minutos estudando Carlos como eu faria com suas pinturas. Fiquei do outro lado da rua, observando-o através da grande vitrine frontal da galeria. Ele reorganizava os quadros na parede. De vez em quando, parava para analisar as mudanças, levando as mãos atrás do pescoço ou esfregando distraidamente os antebraços. Igualzinho a James.

A certa altura, Carlos retirou-se para a sala dos fundos e, então, eu me inclinei contra um poste de iluminação e esperei a galeria abrir. Os turistas caminhavam preguiçosamente em direção à praia, carregando toalhas e cheirando a protetor solar. Eu fingia estar lendo um romance de bolso.

Outros vinte minutos se passaram e nenhum sinal de Carlos. Cheguei ao fim das duzentas e oitenta e cinco páginas que eu tinha olhado rapidamente, à velocidade da luz. Minha paciência também estava no fim. Guardei o livro e atravessei a rua, indo em direção à galeria.

A placa de "fechado" que Ian traduzira na noite anterior ainda estava dependurada no vidro da entrada, mas eu entrei assim mesmo. O sino acima da porta soou e eu prendi a respiração, aguardando Carlos. Ele não apareceu, então dei uma volta pelo lugar. Será que encontraria as obras de arte de James roubadas?

Parei diante de uma tela acrílica na parede oposta e estudei as iniciais do artista, *JCD*. O pôr do sol da pintura me lembrava o quadro *Half Moon Bay* de James, mas a assinatura não era exatamente como a de James. O ângulo das iniciais era muito inclinado.

Terminei de circular pela sala, terminando na mesa nos fundos. Os livros que se amontoavam contra a parede abrangiam muitos gêneros e épocas, de Stephen King a Shakespeare, romances com títulos em espanhol e grandes volumes de arte em inglês. As revistas *Runner's World*, *Outside* e *Sport Fishing* estavam empilhadas em três torres separadas.

Espalhados sobre a mesa, havia formulários de pedidos, várias edições do jornal local e uma coleção de canecas de café sujas. Um panfleto detalhava as oficinas de arte de Carlos, que iam desde técnicas iniciais a uso avançado do pincel.

— *Ya cerramos* — surgiu uma voz atrás de mim. *Estamos fechados.*

Girei e encarei Carlos.

Ele congelou na passagem da porta para a outra sala. Um sorriso lentamente tomou forma em seu rosto.

— *Hola, señorita.* — Ele adentrou a sala principal. — Eu estava pensando se a veria de novo. Aimee, não é? — ele perguntou, mudando de idioma.

Assenti e meti o folheto no meu bolso traseiro.

Terebentina e óleo de madeira permeavam o ar entre nós, vindos do pano sujo que Carlos usava para tirar a tinta seca de seus dedos. Ele usava jeans folgados e uma camiseta com a estampa do *torneo* de surfe do ano anterior, e estava com os pés descalços.

Descalço, ligeiramente bronzeado e sexy.

O calor flamejou pelo meu peito e pescoço, alastrando-se mais rápido do que um incêndio.

Eu havia passado os últimos quarenta e cinco minutos espionando, mas não me preparara para tê-lo ali diante de mim, das ondas em sua cabeça à curva das sobrancelhas e o dorso do nariz. O osso havia sido quebrado uma vez. O alinhamento não estava correto.

— Ainda achando que sou o seu James? — ele perguntou em um tom bem-humorado.

Pisquei atônita

— Sinto muito. Você se parece tanto com ele...

Os olhos de Carlos brilharam.

— Ele deve ser um cara muito bonito.

— Ele era. Quero dizer, é.

Sua expressão tornou-se desconfiada.

— Como está se sentindo hoje?

— Melhor, obrigada. — Observei aleatoriamente a galeria. — Você é muito talentoso. Onde estudou?

— Sou autodidata, em grande parte. Algum tempo atrás, fiz cursos em um instituto ao norte daqui.

— Há quanto tempo sua galeria está aberta?

— Dois anos. — Ele esfregou forte uma mancha de tinta teimosa em sua palma direita.

Olhe para mim! Lembre-se de mim!

— Há quanto tempo você está em Puerto Escondido? — ele perguntou.

— Vários dias.

— O que a traz aqui?

— Estou procurando um amigo. Perdemos o contato.

Ele enganchou o pano na presilha do cinto.

— Você encontrou esse amigo?

Eu ficara remoendo essa mesma pergunta na minha cabeça a noite toda. Mal tinha dormido.

— Não, não encontrei. Por enquanto, não.

Ele me deu um sorriso.

— Espero que o encontre.

Espero que ele se lembre de mim.

— Eu também.

Sobre o ombro de Carlos, vislumbrei uma pintura que parecia uma que James não havia terminado. Uma mulher alegremente posicionada à beira do mar. A cena de Carlos era iluminada e colorida em comparação com a de casa. A pintura acrílica de James havia sido pintada com tons de cinza e marrom, a mulher mergulhada em desespero.

— Posso lhe mostrar uma coisa? — Enfiei a mão na minha bolsa pendurada no ombro procurando o meu celular. Queria encontrar uma foto da pintura de James e comparar o estilo artístico dele com o de Carlos. Deslizei pelas imagens da câmera e parei na minha foto de noivado. Minha mão fraquejou, deixando a foto ali parada, encarando-me de volta.

— O que você tem aí? — Carlos espiou por cima do meu ombro.

Dane-se. Mostrei a tela para ele.

— Este é o James. Consegue enxergar como você se parece com ele?

Carlos franziu o cenho e segurou a minha mão para aproximar o telefone do rosto dele. Ele estudou a tela e eu o estudei, aguardando uma reação. Uma careta, uma sobrancelha levantada, uma leve dilatação em suas pupilas. Qualquer coisa que me dissesse que ele havia sido pego escondendo algo.

Ele não revelou nada.

Oh, James. O que aconteceu com você?

Ele ergueu os olhos do telefone e me deu um sorriso triste.

— James era importante para você.

Eu assenti, minha garganta apertada.

— Tem uma semelhança, não tem? Nosso nariz é diferente, no entanto. Eu tenho uma testa mais alta, também. — Seus olhos se enrugaram. — Ou talvez sejam as entradas do meu cabelo.

Olhei da foto para Carlos e de volta para a foto. Ele tinha razão. Seu nariz era mais fino, apesar de provavelmente tê-lo fraturado. Deixando de lado o nariz, o cabelo e as cicatrizes, Carlos e James eram idênticos.

Ele girou de repente a cabeça para a outra sala.

— Eu tenho que terminar de emoldurar. Tenho pedidos para atender. Então, a menos que você queira olhar alguns dos meus outros trabalhos... — Ele parou de falar e franziu a testa. — Vou vê-la de novo?

Ele teria mais do que isso. Eu queria assistir-lhe trabalhar, da mesma forma que costumava fazer com James, então, precisava de um motivo para ficar por lá.

Suas oficinas! A ideia pipocou na minha cabeça e eu puxei o folheto do meu bolso.

— Eu adoraria fazer uma de suas aulas de arte.

O canto de sua boca se contraiu.

— É mesmo?

— Elas parecem emocionantes.

— Já pintou antes?

Mordi o lábio inferior.

— Pintura com os dedos conta?

Ele riu.

— Não, não conta. Além disso, minhas oficinas são em dias de semana. Amanhã é sábado, e você mesma disse que ficará aqui apenas mais alguns dias.

Fiquei desapontada, mas botei a cabeça para funcionar. Eu precisava de uma desculpa para vê-lo novamente, algo crível e não forçado. Algo que não me tornasse uma mulher maluca perseguindo o cara que se parecia com seu falecido noivo.

Carlos sacou o pano e enrolou as extremidades entre os dedos.

— Vamos fazer o seguinte. Encontre-me aqui amanhã, às dez. Nós faremos a Oficina de Fundamentos Básicos se você me prometer almoçar comigo depois. Que tal, está bom assim?

Sorri.

— Está maravilhoso. — Um calor irradiante se alastrou dentro de mim. No dia seguinte, pela hora do almoço, eu já teria descoberto se Carlos era James.

Esquadrinhei o mar de gente na cafeteria do hotel na praia. Ian tinha dito que iria me encontrar, mas não o vi. Meu telefone vibrou com uma nova mensagem de texto.

Olhe atrás de você.

Eu me virei. Ian acenou de uma mesa para dois, próxima à extremidade do deque.

— Passou direto por mim — ele disse quando me sentei na cadeira de frente para ele.

Virei-me no assento e olhei em volta. A praia estava lotada, principalmente na faixa de areia mais ao longe, onde os adoradores do sol observavam corajosas almas sobre pranchas enfrentarem a Pipeline Mexicana.

— Eu não fazia ideia de que chegaríamos no meio desse caos.

— Nem eu. Não é demais?

Indiquei com a cabeça o laptop sobre a mesa.

— Como diabos você está conseguindo fazer alguma coisa?

— Tenho uma capacidade incrível de bloquear o barulho. Dá uma olhada. — Ele apertou algumas teclas e virou o laptop para mim. Na tela, a imagem de uma enorme onda curvando-se sobre um surfista escapando por pouco do tubo de água que ia se estreitando. Ian tinha editado a foto para que as cores saltassem. A luz do sol cintilava no turquesa vívido da água.

— Dei o nome à foto de *A Pipeline Mexicana,* por motivos óbvios.

— É incrível. Quando você a clicou?

— Nesta manhã, antes que o sol estivesse muito forte. Você tinha que ter visto a água, Aims. Essas ondas são insanas. Estou chutando entre quatro metros e meio a seis de altura. E os tubos são profundos, dificultando mais ainda a vida dos surfistas. — Com os olhos arregalados de emoção, Ian falava com as mãos. Ele demonstrava o movimento das ondas e como elas arrebentavam na praia. Ele virou o laptop para si e seus dedos voaram ágeis sobre o teclado. — Tenho ajustado as fotos, escolhendo quais usarei na minha próxima exposição.

Peguei uma batata frita fria de seu prato. Ele me olhou por cima da tela.

— O que você tem feito? Não me diga. — Ele ergueu a mão, sua palma plana. — Você encontrou Carlos e conseguiu fazê-lo confessar que ele é James.

— Ha. Ha. Nada engraçado, mas, sim, eu me encontrei com ele. — Roubei outra batata frita.

Ian empurrou o prato para mim.

— Você deveria ter me falado. Eu queria ir com você.

Ele já tinha ido para a praia quando acordei esta manhã. Como ele não retornou até eu terminar o café da manhã, fiquei impaciente e fui andando até a galeria sozinha.

— Eu estava perfeitamente segura.

Ele franziu o cenho.

— Como você pode ter certeza? Você admitiu ontem à noite que não tinha certeza se Carlos é James. Até onde você sabe, ele poderia muito bem ser um assassino em massa.

Revirei os olhos.

— A crer em você e Kristen, estarei morta amanhã de manhã.

— Se você continuar fugindo para encontrar estranhos.

— Ian...

Ele ergueu as mãos.

— Não vou me desculpar por ser cauteloso. Prometa que você terá cuidado. Pelo menos, deixe-me saber quando você sair... apenas por precaução.

Mastiguei outra batata frita encharcada de gordura.

— Está bem.

— Obrigado. — Ian suspirou, aliviado. — Então, me diga o que aconteceu.

— Passei quarenta e cinco minutos bancando a detetive e espionando do outro lado da rua até entrar e falar com Carlos.

— E...?

— E nada. Não consigo descobrir. Carlos é mais magro e bronzeado. Até o cabelo dele é mais claro do que o de James.

— Explicação simples. Sol e envelhecimento.

— Verdade. Seu cheiro é familiar, e alguns de seus gestos de mão são os mesmos. Seu rosto é diferente, nariz mais fino, maçãs do rosto menos pronunciadas. — Quase como se ele usasse uma máscara. — De qualquer forma — eu dei de ombros —, eu tenho mais alguns dias, então, vou usar esse tempo para conhecê-lo. Eu me inscrevi numa oficina de arte que ele ministra.

Ian bufou.

— O que foi?

— Você? Pintura? — Ele riu, digitando no teclado.

— Cala a boca — resmunguei e comi outra batatinha. — Se ele for mesmo James, tem que haver uma razão pela qual ele não me reconhece, você não acha? Ele deve ter amnésia. O que mais pode ser? Uma sensação dentro de mim me diz...

— Que você está com fome? — Ele fez sinal para uma garçonete que vinha passando afobada e interrompeu a trajetória ao lado da nossa mesa e apontou para mim.

— Um hambúrguer, por favor. Com um monte de batatas fritas. — Eu sorri para Ian.

— E para beber? — Ela perguntou, soando preocupada, enquanto seu lápis riscava o seu bloquinho.

— Ela vai tomar uma cerveja — sugeriu Ian.

— Vou querer um *mai tai*.

Ian comemorou e bateu a mão na mesa.

— Traga dois.

— Mais alguma coisa para você? — perguntou a garçonete. Seus olhos espiaram seu laptop. Ela apontou com o lápis para a tela. — Essa é Lucy?

Ian parou, seu olhar indo de mim para a nossa garçonete, Angelina, de acordo com o que estava escrito no seu broche.

— Você a conhece? — ele perguntou, sentando-se mais ereto em sua cadeira.

— Ela me lembra a amiga de Imelda Rodriguez. A senhora Rodriguez é a gerente do hotel — ela esclareceu quando Ian franziu a testa. — Lucy esteve hospedada aqui há várias semanas, e a mulher na foto se parece com ela. Ela vem muito para cá. — Gritaram do bar. Angelina olhou por cima do ombro.

— Eu já volto com suas bebidas.

— O que foi isso? — eu perguntei depois que ela saiu.

Ian me mostrou a tela do laptop. Exibia a foto de Lacy que eu enviara para ele pelo celular. Ian editara a imagem, aumentando a definição da imagem de Lacy... Laney... Lucy, ou seja lá como se chame. As fotos de surfe não eram as únicas imagens que Ian estivera ajustando. Ele me olhou de modo significativo.

— Continue a dar ouvidos às suas sensações.

Meu estômago resmungou, ecoando o sentimento de Ian.

Capítulo 21

Fui à praia depois do almoço, enquanto Ian procurava Imelda. Ele queria informações sobre Lacy e insistiu para encontrar a gerente do hotel sozinho. Ele não explicaria por que precisava localizar Lacy — a quem ele se referia como Laney —, apenas que ela poderia ajudá-lo a encontrar algo que ele havia perdido. Se Ian descobrisse o paradeiro de Lacy, ele prometeu me fornecer suas informações de contato. Eu queria saber onde ela conseguira a pintura de James, *Clareira no Prado,* e quem havia pedido a ela para me encontrar.

Um jovem casal desocupava suas espreguiçadeiras quando me aproximei. Estavam em lua de mel. O anel de diamante da mulher cintilava ao sol. Ela sorriu enquanto passava, envolvendo o braço em torno da cintura do homem. Eu os observei se afastarem, ciente de que eu estava girando meu anel de noivado ao redor do dedo. Sabonete e o tempo haviam tirado o brilho do metal precioso.

Joguei minha bolsa de praia e uma toalha sobressalente na espreguiçadeira extra a fim de guardar o lugar para quando Ian se juntasse a mim mais tarde e, em seguida, ajustei o guarda-sol para expor minhas pernas e cobrir o rosto. O mês de novembro era frio onde eu vivia e o sol mexicano da tarde era quente e convidativo.

Multidões se aglomeravam no ponto mais distante da praia por causa do torneio. Os alto-falantes divulgavam avisos de tempos em tempos e

Red Hot Chili Peppers tocava ao fundo. Nem uma coisa nem outra suplantavam o volume das ondas que quebravam violentamente na costa. Elas rugiam como trovoadas.

Um garçom entrou no meu campo de visão, bloqueando o Pacífico. Pedi uma jarra de água gelada com dois copos e outro *mai tai*. Acomodando-me na espreguiçadeira, li um livro para passar o tempo. O encontro de Ian deveria terminar em breve e eu não veria Carlos até a manhã seguinte.

O garçom retornou com a minha água e o coquetel e dispôs as bebidas na mesa de madeira entre as espreguiçadeiras. Meu celular apitou com uma mensagem de texto recebida enquanto eu assinava a conta para o número do meu quarto.

— *Gracias, señorita* — ele disse quando lhe devolvi a conta. Em seguida, caminhou penosamente pela areia escaldante até outro hóspede do hotel que tomava sol nas proximidades.

Beberiquei o *mai tai* e chequei meu telefone. Outra mensagem de Kristen.

Não se esqueça de me ligar ou eu vou para o México! Reservando a passagem em 3, 2...

Liguei para ela de volta. Ela atendeu no primeiro toque.

— Graças a Deus, você ainda está viva.

— Firme e forte. Meu café ainda está em pé?

— Claro. Por que não...? — Ela bufou. — Está tudo bem. Eu estou bem. Nadia está bem. Então, sim, estamos todos bem, incluindo Alan.

O senhor Café de Menininha. Esfreguei a testa.

— O que tem ele?

— Ele veio ao café esta manhã para pedir o de sempre e ficou decepcionado por você não estar aqui. Ele está realmente interessado em você.

— Que legal — falei com voz arrastada. — Pena que eu não estou interessada nele.

— Seria porque você está interessada em Ian? E, oh, meu Deus! — ela ofegou. — Ele está viajando com você. Imagine só isso.

— Kristen... — eu ameacei-a.

— Ele só tem olhos para você e você finge não notar...

— Eu noto! — exclamei me defendendo.

— Nota? Então faça algo a respeito.

— Eu não posso. James...

Kristen gemeu dramaticamente.

— Olha, Aimee, deixando todas as coincidências estranhas de lado, tenho certeza de que Lacy está mentindo. Volte para casa. Só porque ela enviou a pintura de James do México não significa que ele esteja lá.

— Mas ele está. Eu o encontrei.

— *O quê?* — ela perguntou com voz esganiçada.

— Quer dizer, acho que encontrei. É o Carlos, dono da galeria, mas parece diferente.

— Isso que você está dizendo não faz nenhum sentido.

— É por isso que preciso de mais tempo. Mais alguns dias.

Kristen ficou quieta. Observei os surfistas irem atrás de uma onda que parecia promissora ao nascer, mas que não deu em nada e eles voltaram a se posicionar nas pranchas esperando a próxima.

— Quando você vai voltar para casa? — ela perguntou.

— Meu voo sai segunda-feira de manhã. — Eu me perguntava se James estaria no avião comigo. Poderíamos retomar nossa vida do ponto em estávamos antes? Sem chance. No fundo, eu sabia que as coisas nunca mais seriam as mesmas com James, e isso me deixava quase tão triste como fiquei quando soube de sua morte.

— Tome cuidado — disse Kristen.

Suspirei.

— Pode deixar.

— Oh! — ela exclamou antes de desligar. — Quase esqueci. Thomas veio ao café nesta manhã. Ele perguntou por você. Eu disse que você estava em Puerto Escondido.

Meu corpo se retesou. Endireitei-me e tirei os pés de cima da espreguiçadeira, recriminando-me mentalmente. Eu deveria ter dito a eles para não comentar nada com Thomas.

— Por que você contou?

— Só disse que você precisava de férias. Ele se comportou de maneira estranha ao ouvir isso, começou a me fazer todo tipo de perguntas. Ele queria saber por que você escolhera esse local e se você planejara as férias ou se a viagem foi uma decisão de última hora.

— Você achou que ele estava simplesmente curioso?

— Pode até ser, mas você conhece Thomas. Ele tem andado tão estranho ultimamente.

Ian se aproximou e sorriu quando me viu ao telefone. Gesticulei para ele se sentar e ele jogou de lado a minha toalha, estendendo-se na espreguiçadeira vizinha.

— Ian chegou. Preciso desligar — disse a Kristen, e quando ela me pediu para telefonar para ela, prometi ligar antes do meu voo.

O sol baixava no horizonte, o calor era sufocante. Olhei de esguelha para Ian.

— Teve sorte com Imelda?

Ele balançou a cabeça enquanto despejava água no copo extra. A condensação havia se acumulado na superfície da jarra e pingava na areia.

Eu desejava perguntar sobre Lacy e o que ele perdera. Desejava apoiá-lo da mesma maneira que ele estava me ajudando, e desejava sua confiança. Eu guardaria seus segredos mais profundos e pessoais no fundo do meu coração.

Eu o desejava.

Expeli o ar de meus pulmões com um silvo. Por que eu estava me sentindo desse jeito agora? Que diabos estava errado comigo? James era o homem que eu desejava. Eu estava aqui por James.

— Imelda não tinha tempo para conversar comigo hoje — Ian estava dizendo —, então, marcamos para o final da manhã, amanhã. — Ele bebeu a metade do copo em dois grandes goles. — Ela perguntou sobre você, no entanto.

As minhas sobrancelhas arquearam.

— Sobre mim?

— Queria saber o que você achou da galeria de Carlos.

— Como ela sabe que você está aqui comigo? — Torci o meu cabelo e o prendi num coque bagunçado. — Talvez ela nos tenha visto juntos.

Ian encolheu os ombros.

— Pergunte a ela. Ela a convidou para almoçar amanhã.

— Vou almoçar com Carlos.

Ele me fuzilou com os olhos.

— Tome um drinque com ela depois.

— Que convite estranho. — Enxuguei o suor da testa com um canto da toalha. — Mal falei com ela ontem.

— Ela é a gerente do hotel. Talvez esteja bancando a boa anfitriã.

Encarei Ian com ar severo.

— Não acredita nisso, certo?

— Nem por um instante — disse ele sem hesitação.

Nós nos estudamos mutuamente. Percebi que Ian tinha algo a dizer, mas ele permaneceu calado. Após uns instantes, mudei a posição do guarda-sol e Ian ligou seu laptop. "Pesquisa", ele me disse. Voltei para o meu livro. Trinta minutos ou mais depois, ele reclamou do sol, limpando o suor do pescoço.

— Já que o mar é muito perigoso, vou para a piscina — ele resmungou, levantando-se para dobrar sua toalha. Ele olhou para onde estavam os surfistas e apontou. — Veja! Até os profissionais precisam de ajuda para deixar a zona de arrebentação.

Protegi os olhos com a mão e observei *jet skis* com balsas infláveis de resgate na água a reboque, flutuando nas marolas distantes da orla. Eles estavam lá para dar uma carona aos surfistas até a praia.

Ian desligou o laptop e colocou-o na bolsa. Ele jogou a toalha sobre o ombro.

— Você vem para a piscina?

— Daqui a pouco.

Depois que ele saiu, esfreguei o protetor solar nas pernas. O garçom voltou com um novo jarro de água gelada e eu pedi outro *mai tai*. Acomodei-me na espreguiçadeira e fechei os olhos, deixando o livro aberto sobre a minha coxa.

— Aimee.

Abri os olhos no susto. Espremi-os contra o sol intenso e foquei na silhueta aos pés da minha espreguiçadeira. Senti um material áspero roçando as minhas pernas.

— Sua pele está queimada.

Carlos.

Ele se curvou, bloqueando o sol, e ajustou a toalha sobressalente que colocara sobre mim.

Sentei-me ereta e recolhi as pernas para a sombra do guarda-sol. Carlos virou-se e gritou em espanhol para três homens parados junto à água. Fez sinal para que prosseguissem sem ele. Eles acenaram e continuaram caminhando pela praia em direção à cidade.

Ele indicou minha mesa com a cabeça.

— Pedro prepara ótimos *mai tais*. Como está o seu?

A bebida que eu pedira estava esquecida sobre a mesa, numa poça de condensação. Fiz uma careta. Quanto tempo eu dormira? Tempo suficiente para fritar. Minhas canelas ardiam.

— Pedro é o barman do Casa del Sol — esclareceu Carlos, interpretando errado o meu silêncio atordoado. Ele apontou para a extremidade da minha espreguiçadeira. — Posso me sentar?

— Claro. — Eu me desloquei quando ele sentou, ajustando o meu peso contra o encosto da espreguiçadeira para compensar o dele. Ele sorriu e se inclinou, pegando meu livro na areia. O livro de bolso havia caído enquanto eu dormia. Ele sacudiu a areia do objeto antes de marcar a página em que eu parara e depositar o livro sobre a mesa.

A multidão que lotava as areias mais cedo se dissipara, já que a competição terminara por hoje. Carlos ainda usava a camiseta do torneio do ano anterior, mas substituíra os jeans por uma bermuda de surfista. Sua testa brilhava devido ao calor do sol.

— Estava assistindo à competição? — perguntei.

— Assisti um pouquinho. Os competidores deste ano são bons.

— Você surfa?

— Não nos últimos dois anos. — Ele apontou para o próprio rosto, perto da cicatriz ao redor de seu olho esquerdo. — Estive muito machucado. Minhas maçãs do rosto e nariz foram reconstruídos. Os cuidados médicos nesta região pararam no século passado. Levei um tempo para me recuperar. — Ele me deu um sorriso assimétrico.

Meu queixo caiu. Puta merda! Ele deve ter batido a cabeça forte o suficiente para perder suas lembranças. Apagão total. O acidente e a cirurgia facial explicavam por que sua estrutura óssea era diferente da de James, mas não a perda de memória. Ele não tentara descobrir quem era? Por que não voltou para casa? Ele parecia completamente inconsciente de sua identidade antes do acidente.

Eu estava prestes a interrogar Carlos quando Ian se aproximou. Ele trocara o laptop por uma câmera. Carlos se levantou quando Ian parou ao lado da minha espreguiçadeira. A coxa de Ian roçou o meu braço. Eu tive que me segurar para não me inclinar para mais perto dele.

— Não quis interromper — disse ele.

— Sem problema. — Carlos apontou com o polegar na direção que seus amigos haviam ido. — Tenho que ir.

Ian estendeu a mão para Carlos.

— Eu sou Ian, a propósito.

— *Sí, Ian. El amigo.* – Ele apertou a mão de Ian. — Carlos.

— Prazer em conhecê-lo. — Ian me deu uma olhada antes de dizer a Carlos: — Vi os folhetos de sua galeria. Suas pinturas são muito boas.

— *Gracias.*

— Todas as obras são suas?

Carlos enfiou as mãos nos bolsos laterais.

— Somente as pinturas. As esculturas são de um amigo meu, Joaquin.

Ian cruzou os braços.

— Estou curioso sobre a razão de você assinar as pinturas como JCD. O "J" é de quê?

— Ian... — interferi, achando que Ian fora um pouquinho longe.

O canto da boca de Carlos ergueu-se em um meio sorriso.

— Pergunta muito válida. Meu nome completo é Jaime Carlos Dominguez.

Inspirei fundo. *James Charles Donato*. Meu coração pulsava nos meus ouvidos. As iniciais eram coincidência demais para não significarem nada.

Carlos sorriu para mim.

— Amanhã às dez?

Assenti com uma cabeça, sem esboçar qualquer expressão. Ele sorriu e correu atrás de seus amigos.

— Você está bem? — Ian me perguntou e depois franziu a testa. — Vamos sair do sol. Você parece pálida.

Lancei-lhe um olhar abobalhado.

— Estou bem. — Fiquei de pé para vestir minha saída de praia e calçar as sandálias.

Ian forçou meu ombro para baixo.

— Sente-se. Beba um pouco de água. — Ele encheu meu copo, parecendo preocupado. — Devagar — ele alertou, enquanto eu engolia o líquido aquecido pelo sol.

Enquanto eu esperava a tontura diminuir, Ian dobrou minhas toalhas e guardou minhas coisas na minha bolsa de praia. Enquanto caminhávamos de volta ao hotel, ele passou um braço em torno de mim.

— É quase hora do jantar e você precisa se alimentar. Vamos tomar um banho e comer. Por minha conta.

Ele poderia ter me convidado para ir até a lua que eu teria aceitado. Depois de tomar tanto sol e fazer descobertas significativas sobre Carlos, minha cabeça estava pegando fogo e zonza. Apoiei-me contra Ian e ele sustentou o meu peso enquanto voltávamos para o hotel.

Capítulo 22

Quando, depois do banho, Ian passou no meu quarto para me buscar, eu havia colocado um vestido de verão azul que eu sabia que ele gostava. Minhas mãos tremiam enquanto eu fechava os pequenos botões do corpete. Deixei os dois de cima abertos, depois, decidi desabotoar mais um. Dei mais uma olhada no espelho para conferir como eu estava e me admirei com a calma que eu aparentava, apesar dos batimentos acelerados do coração. Embora o sol da tarde houvesse me deixado um tanto tonta, não pude deixar de pensar que o jantar daquela noite se assemelhava a um encontro romântico. Meu primeiro encontro de verdade na vida. James e eu já tínhamos muita familiaridade um com o outro quando ele me levou ao cinema como namorados. Nós nos conhecíamos havia anos e já assistíramos a muitos filmes juntos.

Ian bateu no quarto e eu me sobressaltei, girando para olhar para a porta. Agarrando a maçaneta, escancarei a porta. Ela bateu na parede.

— Epa! — Ian bateu a palma da mão contra a porta para impedir que ela acertasse as minhas costas. Ele usava uma camisa preta com gola em V, uma calça cáqui justa e chinelos. Ele cheirava incrivelmente bem: a banho recém-tomado e perfume leve, praiano.

Ele sorriu, sua boca se curvando num dos lados. Isso o fez parecer sexy demais para o nosso jantar ser apenas uma noite casual entre amigos.

A alça da câmera atravessada em seu peito chamou minha atenção. Estava torcida. Endireitei-a com dedos trêmulos.

Ele apertou minha palma contra o peito.

— Relaxa.

— Não consigo. — O quarto começou a girar. Olhei para o seu peito e me inclinei contra ele.

— Olhe para mim — ele disse num tom rouco. Nossos olhares se encontraram. — Vamos esquecer o café e a próxima exposição. Esqueça a Laney-Lacy e o motivo de estamos aqui. Esta noite somos só nós dois, ninguém mais. Podemos fazer isso?

Concordei com a cabeça, incapaz de desviar os olhos dele. Havia algo em sua voz, na cadência suave de suas palavras. Pensei em mais do que Ian apenas me beijando e me perguntei como seria ele nu sobre mim. Como seria sentir a sua pele sob a camisa? Meus dedos se fecharam sobre o algodão.

Deus, devo estar com insolação para pensar assim.

Ian entrelaçou os meus dedos com os dele e me puxou para o corredor.

— Você está com o rosto em brasa. Vamos tratar de jantar, você precisa comer.

Ele fizera reservas no restaurante do resort no terraço ao ar livre do segundo andar. A vista dava para o deck da piscina. Nós fizemos nossos pedidos e, depois que a garçonete saiu, ficamos em silêncio. Fiquei observando-o inspecionar seus utensílios, espetando os garfos no guardanapo e verificando se a faca era afiada. Ele estava tão nervoso quanto eu, e achei isso incrível. Eu sabia que ele nutria sentimentos profundos por mim, mas ainda assim ele viajara meio mundo para me acompanhar, enquanto eu ia atrás de outro homem.

Eu vasculharia cada canto da Terra.

As palavras de Ian ecoaram na minha cabeça. Ou ele era muito estúpido ou estava muito apaixonado por mim.

Olhei ao longe.

— No que você está pensando? — ele perguntou calmamente.

Um rubor aflorou nas minhas faces. Limpei a garganta.

— Estou pensando em você. Em nós. Em por que você está aqui — admiti com audácia. — Por que veio comigo?

Ele me encarou pelo que pareceu uma eternidade.

— Perdi uma pessoa muito querida para mim porque não a segui. Estava com raiva e machucado, então deixei-a ir. Mas assim que a minha raiva desapareceu, percebi que não era culpa dela me machucar ou ela não evitar ser quem era. Porém, aí já era tarde demais. Ela já havia partido há muito e eu não fazia ideia de onde ela estava.

Ele voltou sua atenção para o mar, a brisa balançando seus cabelos. Não me ocorreu sentir ciúmes dessa mulher que ele carregava no coração. Sua dor parecia muito profunda e antiga. Em vez disso, estava doida de vontade de correr os dedos pelas ondas em sua cabeça para consolá-lo.

— Quem era ela?

— Minha mãe. — Ele se inclinou para mim, cobriu minha mão com a dele. – Por causa dela, aprendi a não abrir mão tão facilmente das pessoas que eu quero na minha vida. Amigos, pessoas com quem eu me importo muito. — Seu polegar acariciou os meus dedos. — Eu me importo com você, Aimee. Mais do que pensa.

Senti o impacto de suas palavras. Elas subiram pelo meu braço que ele tocava, elétrons carregando minha pele.

— Fico contente que esteja aqui. E fico contente que tenha me convidado para jantar. Está muito bom.

Ele puxou uma mecha extraviada de cabelo para trás de minha orelha.

— Aposto que a comida não se compara à sua, mas estou feliz por estar aqui com você.

— Nosso jantar ainda não chegou e você já está falando mal da comida.

Ele riu.

— Eu como muito fora por causa das minhas viagens. Mas, nos últimos meses, você tem me dado refeições caseiras para eu levar para casa todo fim de tarde. Fica difícil eu querer experimentar outra coisa quando já tenho o melhor. — Sua expressão tornou-se sombria, um reflexo de tristeza perceptível à luminosidade suave das velas. — Será uma pena se não voltar ao café. Seu talento é muito bom para ser desperdiçado. Ele precisa ser exibido.

— Assim como as suas fotos?

Ele assentiu.

— Há magia em suas receitas. Acho que você realizou o que se propôs a fazer. Você criou uma experiência de café única e seus clientes retornam porque as refeições e as bebidas que prepara os fazem se sentir bem. Da mesma forma que *Nascer do Sol em Belize* faz você querer ir para lá. Os verdadeiros artistas provocam uma resposta emocional por meio do seu trabalho. Você, Aims, é uma artista.

Eu corei e inclinei a cabeça. O elogio de Ian me deixara com vontade de sair cantando e dançando, mas seu receio me preocupou.

— Não vou abandonar o meu café.

— E o Carlos? — perguntou ele. — É muito provável que ele seja mesmo James. E se ele não quiser deixar o México? Você ficará com ele?

Ian não escondia o seu medo. Estava lá em sua expressão, na contração de seus ombros. Ele estava com medo de me perder.

— Espero que não chegue a isso. — Mas eu sabia que acabaria tendo que fazer uma escolha.

A garçonete chegou com a nossa comida e, depois de comermos e Ian pagar a conta, ele examinou a câmera, ajustando a lente e as configurações. Fiquei observando a ondulação do reflexo da lua no mar, com os cliques e bips da câmera de Ian como trilha sonora ao fundo. Um leve sorriso tocou os meus lábios. Eu sempre associaria esses sons a ele. Naquela noite, havíamos concordado em não falar no café nem na fotografia dele, mas, mesmo assim, conversamos sobre nossas profissões e isso não me incomodou. Eu adorava sua paixão por seu trabalho. Eu adorava...

Ian tirou uma foto minha. O flash espocou, dispersando os meus pensamentos.

Eu pisquei.

— Por que fez isso?

— Você é linda. — Ele estudou a imagem digital. — Você estava admirando o mar e gostei da sua expressão. Era serena.

— Ah. — Dobrei o guardanapo no meu colo.

— Eu nunca vi essa expressão em você antes e quis capturá-la.

Ele me mostrou a imagem. Só pude dar uma rápida olhada antes de ele desligar a câmera, mas tive a sensação de parecer uma pessoa desconhecida naquela foto.

— Como estão ficando as suas imagens? — Ele não tirara muitas fotos de paisagens, apenas da cultura e da atividade local. Além de fotos de pessoas.

— Não tão ruim quanto pensei.

— Isso porque você é realmente bom.

Ele encolheu os ombros.

— Nem sempre gostei do meu trabalho.

As emoções se agitavam em seu semblante. Uma inquietação permanecia nas linhas finas acima das maçãs do rosto. Acariciei seus dedos com o polegar.

— Mas acho que o seu trabalho gosta de você. Você encontra beleza onde outros não a enxergam. Ou melhor, escolhem ignorar. Você tem um dom.

Ian grunhiu. Ele voltou a colocar a tampa na lente.

— Algumas pessoas aqui concordaram em ser meus temas e me deixaram exibir suas imagens. Tudo bem se eu exibir fotos que tirei de você?

Inclinei-me para trás.

— De mim?

— Eu não as venderia. Não poderia vender você — Ian disse quase que como uma reflexão tardia. Ele colocou a câmera de lado. — Vou pedir que Wendy lhe envie um formulário de liberação quando chegarmos em casa. — Ele apontou meu prato vazio. — Você terminou?

Assenti.

— Ótimo. Vamos procurar uma encrenca para nos meter. — Ele sorriu de modo travesso e eu ri.

Nós fomos ao lounge tomar um coquetel. Uma banda mariachi tocava em um pequeno palco que se abria para o pátio da piscina. Ele brilhava sob um dossel de luzinhas natalinas brancas.

Ian agarrou meu braço, arrastando-me para a pista de dança, e eu soltei um gritinho.

— É tarde demais para me dizer que você não gosta de dançar — ele disse, suplantando o som dos trompetes.

— Eu nunca disse que não gosto de dançar — gritei perto de seu ouvido. — Eu amo dançar. É a música. É tão... tão...

— Animada?

— Tipo polca!

Ele ergueu os braços curvados, batendo palmas por cima do ombro esquerdo antes de mudar para o direito, seus movimentos exagerados. Rindo, eu o imitei, girando num círculo os braços erguidos. Minha saia esvoaçava em torno das coxas. Ele tirou uma foto quando me aproximei.

— Pare! — repreendi e tentei agarrar sua câmera. Ele se moveu para fora do meu alcance.

Finquei os punhos nos meus quadris.

— Tínhamos um acordo. Livre-se dessa coisa.

— Espere aqui. – Ele foi até o bar e conversou com o barman, entregando-lhe a câmera e dinheiro. O barman guardou a câmera e meteu as notas no bolso.

A música desacelerou. Os metais passaram para notas sedutoras. O dedilhar das cordas de violão produziam um ritmo que instigou um balanço em meus quadris. Ian se aproximou e nossos olhares se encontraram na pista de dança. Meus lábios se entreabriram. A intensidade e a determinação em seus olhos me mantiveram imóvel no meu lugar. Ele diminuiu a distância entre nós e me tomou nos braços. Um arrepio percorreu minha pele, e também algo parecido com fome. Aproximei-me mais dele.

Suas mãos subiram pelo meu corpo, dolorosamente lentas, até que ele tomou meu rosto entre elas. Ian passou o polegar pelos meus lábios e depois me beijou. Foi sensual, sôfrego e terno, tudo ao mesmo tempo.

Nós nos deslocamos pela pista de dança, nossos corpos em sincronia. A música tornou-se mais alta, nossos lábios mais ousados, as línguas emaranhadas. Então, lembrei-me de onde estávamos e por que eu estava ali.

— O que estamos fazendo? — arfei em sua boca. — O que você está fazendo comigo? — Eu quase não conseguia acompanhar meus pensamentos.

— Beijando você — ele murmurou contra os meus lábios. — Amando você.

Ele me beijou como nenhum outro homem me beijara, e até aquele momento, eu tinha sido beijada por um único homem que importava. Mas isso fora há muito tempo e tinha dificuldade de lembrar da sensação daqueles beijos.

Meus pensamentos se bagunçaram. Fiquei confusa com o que Ian estava fazendo comigo. Estava confusa sobre o que sentia em relação a ele. E estava confusa sobre ele. Eu deveria afastá-lo. Em vez disso, eu o abracei.

Suas mãos se moviam pelas minhas costas, frenéticas. Seus lábios estavam em toda parte, minha mandíbula, meu queixo, a extensão da minha garganta. Sua língua rastreou a pulsação em meu pescoço, tornando-me hiperconsciente de cada centímetro de pele. Foi demais. Afastei minha boca.

— Por que está fazendo isso? — ofeguei. — Por que agora?

Seus lábios deslizaram por minha bochecha. Ele beliscou-me a orelha.

— Eu não podia competir com um cara morto. Você o idolatrava.

— Não o esquecerei — gritei, desesperada. Eu me sentia fora de controle.

Ian enterrou os dedos no meu cabelo e me fitou com olhos ardentes.

— Ele está vivo, Aimee. Em carne e osso. *Com isso*, eu posso competir.

— Isso não é um jogo, Ian. Não sou uma espécie de prêmio.

Seu olhar endureceu.

— Você nunca poderia ser um prêmio. Você é muito mais do que isso para mim. Você merece muito mais do que se permite sentir.

Eu estava me sentindo bem. Se apenas o olhar de Ian já me deixava a ponto de explodir com as sensações que provocava dentro de mim, que dirá a maneira como ele tocava a minha pele, como sua boca devorava os meus lábios... O que estava acontecendo comigo?

Afaste-o. Concentre-se na razão de você estar aqui.

— Você é meu empregado — eu disse frouxamente.

— Então, eu me demito. — Sua boca desceu forte na minha. Ele gemeu. Ou será que fui eu?

Arrastei os dedos em seu peito quando me senti fraquejar, enquanto eu ia caindo, deixando-me levar. Para longe de tudo seguro e familiar. *Meu Deus, estou aqui por James.* Eu o empurrei, interrompendo o beijo.

O olhar dele, sombrio e tormentoso, cravou-se no meu. Ele se expôs todo para mim.

— Ian...

— Eu amo você.

— ... não.

— Me ame, Aimee.

Meu mundo desmoronou.

— Eu não posso. — Explodi em lágrimas e corri para fora do lounge.

Encontrei um canto escuro no lobby e afundei numa poltrona de vime. Tinha o coração acelerado e o meu sangue latejava. Ian não havia rompido o muro que eu erguera em torno de mim. Ele o explodira com dinamite. Mandara-o pelos ares em mil pedaços. Ele me fizera *vê-lo.*

Uma movimentação no lobby chamou a minha atenção. Era Ian que se dirigia para os elevadores, com uma expressão amargurada. Estava subindo para o quarto dele e havia esquecido a câmera.

Saltei da poltrona e voltei para o bar, convencendo o barman a me entregar a câmera. Voltei ao meu canto no lobby, incapaz de resistir à vontade de dar uma olhada nas fotos digitais. Elas eram fenomenais, singulares instantâneos de vida capturados em cores vívidas. Cada imagem tinha uma história a contar, incluindo a minha.

Olhei para a foto que Ian tirara no jantar e vi alguém que eu não reconheci. Na verdade, alguém que eu não via há muito tempo. Eu. Agradavelmente à vontade. Com a guarda baixa. Uma mulher apaixonada.

O ar escapou dos meus pulmões. Meu estômago se contraiu. Sacudi a cabeça em negação, mas a verdade escancarada ali na foto me encarou de volta. Quando Ian tirou a foto, eu estava pensando no quanto eu amava a sua paixão por seu trabalho. No quanto o amava.

Oh, Ian.

Desliguei a câmera e corri para o quarto dele, batendo forte na porta. Ele a escancarou e fiquei sem fôlego. Ele me olhou sério, sem camisa, com a calça do pijama baixa, pendurada em seus quadris. Não tive dúvidas.

— Posso entrar? — Mostrei-lhe a câmera.

Ele abriu ainda mais a porta e a manteve aberta depois que entrei. Passei a alça sobre a cabeça, mas não lhe entreguei a câmera. Ainda não.

— Olhei suas fotos — admiti.

Gargalhadas altas e roucas ecoaram no corredor. Hóspedes festeiros retornando para os quartos tarde da noite. Com um puxão, Ian deixou a porta se fechar e cruzou os braços, flexionando os músculos do pescoço. Ele não estava nem um pouco feliz.

Engoli em seco.

— Desculpe, mas uma vez que comecei não consegui parar. Sei que você não gosta de exibir retratos. Algo sobre isso faz você se sentir desconfortável. Percebi isso. Mas seu trabalho é incrível, mais do que brilhante.

Umedeci os lábios e ousei me aproximar um passo.

— Elas mexeram comigo.

Ele fez um gesto para que eu lhe passasse a câmera.

Dei mais um passo.

— Você mexe comigo.

— Aims — ele rosnou. — Não posso fazer isso. Não posso ficar com você e ser afastado em seguida. Prefiro que continuemos só amigos se você não me quer de outro jeito. Me dê a câmera.

Deixei-a na poltrona ao meu lado.

— Não vou te afastar.

Nós nos encaramos fixadamente. Seu maxilar se contraiu. Foi o único aviso que tive. Num segundo, ele estava perto da porta; no outro, seu corpo estava totalmente pressionado contra o meu. Seus dedos mergulharam no meu cabelo e sua boca aterrissou na minha. A tempestade que eu despertara nele mais cedo assumiu o comando.

Minhas mãos subiram por seu peito e curvaram-se ao redor de seu pescoço e cabeça. Não queria que ele terminasse aquele beijo. Suas mãos desceram por meus ombros e costas. Ele abriu o zíper do meu vestido. O tecido flutuou para o chão e ele o seguiu, baixando a minha calcinha. Então, ele se pôs de pé na minha frente e eu não pude parar de tocá-lo. O plano suave de seu peito, o mergulho raso na parte inferior das costas. Ele era rijo onde eu era macia, forte onde eu era frágil. Ele era meu amigo e não consegui evitar de me apaixonar por ele.

Ele tomou meus seios nas mãos, arrancando um arquejo de mim, e nos direcionou para a cama, até eu me sentar na beirada. Ele caiu de joelhos e pousou as mãos nas minhas coxas, separando as minhas pernas. Eu estava aberta a ele, exposta, e seus olhos buscaram os meus. Uma última chance de parar. Uma última chance de dizer a ele que aquilo não era o que eu queria. Ele não era quem eu queria.

Mas eu o queria. Todo ele.

Assenti. Ele gemeu um som gutural e inclinou a cabeça. Urrei com o toque de sua língua, a carícia de sua boca. Agarrei sua cabeça, puxando-o para mim e desfalecendo de prazer. Então, parou.

Meus olhos se abriram. Ian estava diante de mim, baixando a calça do pijama. Não havia como negar o quanto ele me queria.

Ele subiu no colchão e me arrastou até os travesseiros, colocando seu peso sobre mim. Ele alcançou a mesa lateral, abrindo a gaveta.

— Ian! — exclamei.

— Estou aqui, querida — ele sussurrou no meu ouvido.

Ouvi o som da embalagem de plástico sendo rasgada. Ele se virou, ajeitou-se e me penetrou completamente.

— Eu amo você — ele disse e, então, começou a se mover. Eu me agarrei a ele, mal acompanhando todas as sensações provocadas sobre mim, dentro de mim.

— Goze para mim, Aimee. Eu vou junto. — Ele passou a me invadir com mais força, e eu o senti tocando a minha alma. — Liberte-se, garota.

Assim o fiz, mergulhando numa queda livre, estremecendo, e Ian estava lá para me segurar.

Abri lentamente os olhos e contemplei o quarto. O quarto de Ian. Eu estava deitada de bruços na cama, ouvindo-o respirar. Achei o ritmo constante de sua respiração reconfortante e imaginei acordar ao lado dele todas as manhãs. Um leve sorriso dançou nos meus lábios.

Era muito cedo, apenas um fiapo de luz vazava pela sacada meio aberta e eu estava desperta por completo. Dormira profundamente durante a noite, o melhor sono que havia tido em meses. Ian fizera amor comigo até altas horas, fazendo coisas com o meu corpo que nunca imaginei possíveis, e coisas com o meu coração com as quais nunca sonhara. Ao rememorar, meu corpo todo se aqueceu sob o lençol.

Então, a realidade se infiltrou no quarto, e a euforia do ato sexual da noite anterior de amor evaporou como água em uma chapa quente. Eu traíra meus sentimentos por James. Eu me traíra.

As lágrimas escorriam dos cantos dos meus olhos enquanto eu me levantava da cama, tomando cuidado para não sacudir o colchão. Não ousei olhar para Ian. Não me atrevi a espiar quão lindo eu imaginava que ele era pela manhã, amarfanhado pelo sono e sexy. Vulnerável.

Vesti minhas roupas, catei as sandálias e depois saí do quarto. Mas antes que a porta se fechasse, dei uma olhada furtiva. Ian me observava com uma expressão confusa e senti meu coração se fragmentar em dois. Uma parte para James. A outra, deixei com Ian.

Capítulo 23

Cheguei a El Estudio del Pintor quinze minutos antes da aula porque estava cansada de vagar pela praia. Deixei o hotel antes que Ian viesse à minha procura. Eu o magoaria, e não estava preparada para lidar com a noite anterior.

Tudo, porém, me lembrava do que havíamos feito. Minha saia roçava os lugares que ele tocara, ainda sensíveis da noite anterior. O ar salgado tinha o sabor de sua pele, e a brisa que acariciava o meu pescoço parecia com seus beijos.

Ian me levara a alturas que eu não tinha sido ousada o suficiente para escalar com mais ninguém. Então, eu me soltei como ele pediu e o convidei para entrar no meu coração.

Mas esse não era o seu lugar, muito embora eu soubesse que o deixara entrar muito antes do México. Meu coração deveria estar reservado para James. Ele era a razão de eu estar aqui.

Uma jovem me cumprimentou quando entrei na galeria. Ela ergueu os olhos cor de café e colocou de lado o romance de bolso que estava lendo.

— *¡Hola! ¿Cómo está?*

— *Muy bien, gracias* — respondi com um sorriso de desculpas. — Sinto muito. Não falo espanhol.

Seus olhos se arregalaram.

— Você é a bela americana de quem Carlos me falou.

As minhas sobrancelhas se ergueram e apontei para o meu peito.

— Eu?

Ela riu.

— *Sí!* Eu provavelmente não deveria ter dito nada, mas Carlos mencionou mais de uma vez que você viria nesta manhã. — Ela contornou a mesa e apertou minha mão. — Eu sou Pia. Trabalho no turno do sábado porque ele nunca está aqui aos sábados. — Ela enfatizou o "nunca" agitando as mãos. — *Sí*, você deve ser importante para ele.

Interessante.

— Por que acha isso? — Passei minha bolsa para o outro ombro. Meus dedos tremiam. Estava ansiosa para ver Carlos e também nervosa.

— Os sábados são para pintar e — ela enrugou o nariz — correr. Ele corre. Muito.

— Ele não está treinando para uma maratona?

— Ele lhe contou? — ela perguntou, incrédula, e então me avaliou da cabeça aos meus pés calçados com sandálias. — Carlos não consegue entendê-la. Você deseja ter aulas de arte, mas não gosta de pintar. Acho que ele não consegue entender por que não consegue tirar você da cabeça. — Ela bateu um dedo contra a própria têmpora. — Como não?

Olhei-a perplexa.

— Não entendi. O que você quis dizer?

Ela apertou os olhos.

— Por que quer pintar? Você gosta de Carlos, não é?

— Ele é um excelente pintor. — E eu gostava dele, sim. Não, eu o amava. Eu deveria ter deixado a câmera de Ian no bar, daí então eu não teria ido ao quarto dele. *Meu Deus!* Eu ainda usava o anel de noivado de James.

— Carlos é um excelente pintor — dizia Pia. — Mas nunca aos sábados. *Sí*, ele gosta de você. Estou tão feliz por ele! Ele ficou tão triste depois que perdeu... — Ela bateu na testa e riu. — *Ei, ei, ei...* Já falei demais, como de costume, mas gosto de você, por isso, ficarei quieta. Carlos está no andar de cima.

Ela apontou para a porta.

— Volte para o pátio, entre pela porta à esquerda e suba a escada.

— Obrigada — eu disse. — Foi um prazer conhecê-la.

— Divirta-se — ela gritou, enquanto a porta se fechava atrás de mim.

Atravessei a porta que Pia me indicara e subi a estreita escada. Ela desembocava numa sala inundada de luz natural. Claraboias pontilhavam o teto. Janelões se abriam para a rua lá embaixo e o mar azul era uma linha fina acima dos telhados. Trabalhos em diferentes meios — pastel, óleo, acrílica, nanquim e carvão — decoravam as paredes. Fileiras de cavalete preenchiam a sala, dispostos como carteiras numa sala de aula, de frente para outro cavalete. O de Carlos.

Chamei o nome dele. Não obtive resposta. Onde ele estava?

Eu não tinha ideia do que esperar. Não gostava de pintar, mas queria passar um tempo com ele. Eu o estudaria, bem como a forma como pintava. Será que ele também era canhoto? Ele organizava os seus pincéis pela largura e textura das cerdas? James fazia isso.

Ao longo da parede sul havia três portas. A primeira estava aberta, revelando um armário abarrotado de tubos de tinta, pincéis, latas de terebintina e telas em branco. Tentei a porta do meio e vi que estava trancada. Sentindo-se a própria Cachinhos Dourados da historinha dos três ursos, procurando o quarto "ideal" que Carlos ocupava, testei a terceira porta. Ela se abriu. O aposento era ainda mais iluminado do que a sala principal e eu apertei os olhos, ajustando-me ao brilho. Havia um cavalete no centro, ao lado de uma mesa cheia de tubos de tinta e trapos sujos. Latas de alumínio, vidros de conserva e canecas acomodavam pincéis e espátulas. Pilhas de telas, algumas terminadas, outras com cenas abandonadas a meio caminho da conclusão, encontravam-se encostadas à parede adjacente. O estilo lembrava demais o de James. Eu soube no mesmo instante que elas haviam sido pintadas por Carlos. Aquele era o estúdio particular dele.

Penetrei mais fundo o recinto e parei de chofre. Senti um frio repentino no estômago, queimando da mesma forma como o esôfago faz quando engolimos muitas raspinhas de gelo de uma vez. Apoiadas contra a parede dos fundos, atrás da mesa e fora do ângulo de visão da porta, as pinturas desaparecidas de James.

Puta merda!

Como elas chegaram aqui? Quando chegaram aqui?

Girei a cabeça ao redor. Tirando as pinturas mais recentes de Carlos ao meu lado, todas as outras pertenciam a James. Todas, exceto o retrato de mulher da tela no canto mais distante do quarto. Ela me hipnotizava com seus olhos azuis-caribe.

Meus olhos.

Devia haver uma dúzia de pinturas dessa mesma mulher, fora de vista, a menos que se adentrasse totalmente o aposento. Eu duvidava de que Carlos convidasse visitantes para seu estúdio. Ele não queria que as pessoas vissem essas pinturas.

Estudei de perto a mulher na primeira tela. Os olhos amendoados e sobrancelhas bem delineadas se pareciam com os meus, mas o tom de azul das íris estava ligeiramente diferente. Voltei-me para a tela seguinte. Ela tinha sido pintada de um ângulo diferente, como se Carlos a observasse de cima. As tonalidades do cabelo e dos olhos ainda se assemelhavam às minhas.

Fui passando as telas como pastas num arquivo. A coloração da figura ia se distanciando da minha quanto mais fundo na pilha e mais antiga a data na tela. Cada pintura era diferente da seguinte, como se Carlos pudesse visualizar a mulher, mas não conseguisse alcançar a combinação perfeita de cores. Os retratos eram réplicas imperfeitas de mim. Assim como a tinta nas assinaturas não era exatamente a mesma mistura de azul que James usava.

Por que Carlos estava me pintando se ele não se lembrava de mim? Por que negou que era James?

O suor banhava o meu corpo. Finas mechas de cabelo colavam-se à parte de trás do meu pescoço. Com o caos instalado em meus pensamentos, meu olhar vagou de pintura em pintura pelo quarto, indo pousar na tela ajustada no cavalete. Era outra versão de mim. Esta tinha olhos idênticos aos meus, tanto na forma como na cor.

Porque Carlos havia visto os meus olhos!

Pensei ter imaginado sua confusão no outro dia quando tirei os óculos escuros, suplicando que ele se lembrasse de mim. Sobre a mesa, havia um recipiente plástico de tinta misturada. Desenrosquei a tampa e um soluço me escapou. Carlos finalmente acertara. Era o azul-caribe de James.

Oh, James! Eu encontrei você.

Reparei coisas aleatórias ao redor da sala. Tubos de tinta espremidos no meio como tubos de pasta de dente. Pincéis limpos ordenados por largura e textura das cerdas. Ferramentas e suprimentos posicionados do lado esquerdo do cavalete porque ele era canhoto. Assim como James.

Água correu no quarto ao lado, aquele com a porta trancada. O ruído de maçaneta destravando, o chão rangendo, então Carlos apareceu na entrada do quarto em que eu me encontrava. Ele hesitou e piscou atônito.

Apontei para a tela no cavalete.

— Você se importa de me explicar isso?

Ele contraiu a mandíbula e seus olhos se estreitaram no recipiente de tinta que eu segurava. Seu estúdio provavelmente estava fora dos limites permitidos aos estudantes e a minha presença ali o pegara desprevenido. A porta destrancada, no entanto, me convidara a entrar ali, permitindo-me dar uma olhada na figura que o assombrava, imagem de uma vida da qual ele não se lembrava ou tinha escolhido esquecer.

Minhas mãos se retesaram em torno do recipiente de tinta. E se James não quis se casar comigo? E se ele escolhera a arte em vez de mim? E se as demandas dos negócios de sua família o houvessem forçado a desistir de tudo, inclusive de mim? Ele roubara suas próprias pinturas, forjara sua morte e se afastara. Para começar do zero.

Eu tinha certa consciência de que esses pensamentos não acrescentavam nada. Não faziam sentido, exceto por um: James não me queria.

Meus olhos se arregalaram com essa percepção e, então, dezenove meses de angústia despencaram em cascata pelas minhas bochechas na forma de lágrimas grandes e gordas.

Carlos esfregou o rosto com as duas mãos. Seu olhar contornou a sala, finalmente descansando em mim.

— O que há de errado?

— Nada — praguejei profusamente. — Tudo! Estou confusa. — Enxuguei rudemente minhas bochechas contra os ombros. — Estou feliz por tê-lo encontrado e triste porque você me deixou. *Porra!* — Fiz uma careta para ele. — Que diabos você está fazendo aqui, James?

Ele se enrijeceu.

— Não sou James.

— Então, explique isso — Apontei o dedo para a minha imagem no cavalete.

— E aquilo ali. — Apontei para as telas de James apoiadas contra a parede. — Pode me dizer por que nenhum desses cenários fica no México? Você sabia que esses lugares são na Califórnia? Não acha isso estranho?

Seus olhos se arregalaram ligeiramente.

— Em primeiro lugar, este é o meu estúdio. É particular. Em segundo lugar, essas pinturas não são da sua conta.

— São sim, se você está me pintando! — explodi.

— Não é você! — Ele retrucou. — Eu não conhecia você até dois dias atrás. Ela é... — Ele praguejou, virando o cavalete e apontando o dedo para a tela. — Sonho com aquela mulher quase todas as noites. É o mesmo maldito sonho, uma vez após a outra, e... — Sua voz diminuiu e ele desviou o olhar.

Ele estava desconcertado, talvez com vergonha. Talvez ele estivesse furioso consigo mesmo, lembrando que nada daquilo era da minha conta.

— Nunca contei a ninguém sobre ela. Nem mesmo... — Ele parou e balançou a cabeça.

— Já se perguntou por que você sonha com ela? — questionei-o.

— Constantemente.

— Você tentou encontrá-la?

Suas narinas inflaram.

— Ela não existe.

— Ela existe! — Bati no meu peito. — E está bem aqui.

Seus olhos endureceram. Senti a turbulência por baixo de seu exterior forte, a raiva por eu ter invadido seu domínio privado, misturadas com incerteza. Agarrei-me a esta emoção e segui seu olhar até onde ele encarava fixamente a pintura no cavalete. A mulher o desnorteava.

Ergui o recipiente de tinta azul.

— A primeira vez que você misturou esta cor foi em Stanford, uma correspondência exata da cor dos meus olhos. Você queria algo em cada pintura que o lembrasse de mim. Eu sei, é piegas, mas nunca nos separamos por mais de alguns dias. Quando você foi para a faculdade, foi difícil para nós não nos vermos todos os dias. Você usou essa cor como sua tinta de assinatura, como fez em suas pinturas que estão na galeria no andar de baixo. Esta é a cor que tem tentado misturar. — Balancei o recipiente, chacoalhando a tinta espessa em seu interior. — Você só conseguiu finalmente obter esta tonalidade porque você, como Carlos, viu os meus olhos.

Ele me vislumbrou como se estivesse me vendo pela primeira vez. Seu olhar vagou por cada centímetro do meu corpo, subindo para o meu rosto. Ele não disse nada. Coloquei de volta na mesa o recipiente de tinta.

Carlos engoliu em seco.

— O que aconteceu com ele?

Raspei minha unha na mesa de madeira e respirei fundo.

— James foi para Cancún numa viagem de negócios, levar um cliente para pescar. Houve um acidente no barco e ele desapareceu. Seu irmão levou os restos de James para casa depois que seu corpo foi localizado.

A cerimônia fúnebre foi no dia que seria o do nosso casamento, dezessete meses atrás. — Eu me virei para a janela e olhei para o mar ao longe, por cima dos telhados baixos.

— Por que ainda o está procurando se ele está morto? — perguntou Carlos atrás de mim. — Por que aqui, se ele morreu do outro lado do país?

— Tive motivos para acreditar que você não morreu, e eu recebi... informação... de que você estaria aqui.

Virei-me para ele.

— Não sei exatamente o que aconteceu com o seu rosto para que pareça diferente, e não sei o que aconteceu com sua memória para que tenha me esquecido, mas encontrei você. Localizei as pinturas desaparecidas e vi as pinturas que fez de mim. Você é James. Simplesmente não sei como ajudá-lo a se encontrar novamente. Você não tem nenhuma lembrança de nós dois? Nada mesmo?

Ele balançou a cabeça.

— Então você vai voltar para casa comigo? Talvez um ambiente que lhe seja familiar reavive suas lembranças, ajude você a recuperá-las?

Ele ficou quieto, com os lábios apertados. Mas eu sabia que sua mente estava trabalhando a toda. Estaria tentando se lembrar? Procurando por algo familiar em mim?

— Por favor, diga alguma coisa — implorei.

Ele fechou os olhos por um momento, apagando a incerteza e as perguntas que vi refletidas neles.

— Sinto muito por sua perda, mas não sou James. Não posso ser. Eu tenho uma vida aqui, amigos. Família. Minha irmã Imelda...

Engasguei de surpresa.

— Imelda Rodriguez?

— Você a conhece?

— Sei quem ela é — gaguejei, assombrada com a maneira como os pontos estavam se conectando. O que estava acontecendo?

Pense, pense, pense. Esfreguei minhas têmporas.

Carlos cruzou os braços sobre o peito e inalou bruscamente.

— Acho que você deveria ir embora.

— O quê? Por quê?

— Você precisa sair. Agora — ele ordenou.

Mantive-me no lugar pelo espaço de dois batimentos cardíacos. Ele não se moveu nem mudou de opinião, teimoso como sempre fora. Como ele não falou mais nada, atravessei o aposento e parei na porta.

— Não sei o que Imelda lhe disse, mas ela não é sua irmã. Você tem um irmão, e o nome dele é Thomas. Você também tem uma noiva.

— Você está errada.

— Neste caso, estou absolutamente certa.

Fugi de Carlos e corri para a praia. Precisava clarear minha mente. Desabando na areia, virei o rosto para o vento, esperando que a brisa carregasse para longe a dor. A dor da rejeição, a dor da traição e a dor por tudo o que perdemos.

Capítulo 24

Pouco tempo depois, voltei para o resort e pedi um *mai tai* e duas doses de tequila no bar da praia. Bebi os três e desmoronei numa espreguiçadeira perto da água, onde aguardei o entorpecimento. Estraguei tudo com Carlos e sacaneei solenemente Ian. Carlos não queria me ver novamente e não havia dúvida em minha mente de que Ian estava louco de preocupação, procurando por mim. Dormir me pareceu muito melhor do que lidar com a confusão que criei.

Virando-me de bruços, passei os dedos pela areia, afundando a mão até o pulso na areia mais fria abaixo. Os nós dos meus dedos amassavam os grãos macios no mesmo ritmo que eu usava para preparar massas, e o meu cérebro calibrado de álcool me transportou para a cozinha do Aimee's. Fiquei ao lado de Mandy, rindo, planejando o menu do dia enquanto sovamos a massa para os pães da manhã. O ar da praia, impregnado de sal, lembrava o cheiro do sal marinho que salpicávamos nas massas dos salgadinhos, a areia entre meus dedos tão delicada quanto a textura sedosa da massa deslizando sob as minhas palmas. Como a massa que minha mãe me ensinara a preparar quando eu era pequena. E com o pensamento em mamãe, minha mente viajou de novo. Voltei para a cozinha dela, onde o cheiro de torta de maçã recém-assada permeava o ar enquanto eu me sentava em um tamborete ao lado de um menino que um dia eu conheci. Ele polvilhara cristais de açúcar sobre a minha cabeça. Pó mágico da memória. Ele me disse que eu jamais o esqueceria.

Quem dera isso fosse verdade para ele também.

Chorei, apertando os punhos, a areia escorrendo por entre os meus dedos como massa. Logo meus gemidos diminuíram, o entorpecimento se apoderou de meu corpo, e eu caí no sono.

Quando acordei, lerda e desorientada, subi os degraus para o hotel com a intenção de ter mais algumas horas de sono no meu quarto. Não conseguia pensar direito, e, no momento, evitar meus problemas parecia ser o melhor plano.

Atravessei a área da piscina em direção ao lobby principal.

— Aimee!

Estremeci. Ian atravessou decidido o pátio. Acelerei o passo. Ele avançou e bloqueou o meu caminho.

— Você foi embora.

Olhei para o seu peito, evitando seus olhos.

— A noite passada nunca deveria ter acontecido.

— Mentira! — Ele passou as duas mãos pelos cabelos e baixou a voz. — Olhe para mim. Por favor.

Levantei o rosto. O sentimento de rejeição espalhava-se sobre o dele e chorei por dentro. Eu fizera isso com ele. Quase estendi a mão, mas me detive.

— Foi um erro, Ian. Sinto muito. Esqueça que aconteceu.

— Foi a melhor noite... — Ele engoliu em seco e olhou por cima do meu ombro. Suas narinas inflaram antes de ele voltar a me encarar. As linhas em seu rosto se aprofundaram. — Eu nunca esquecerei.

Nem eu. Mas eu tinha que terminar o que eu comecei. Precisava de respostas sobre James.

— Você estava com ele?

— Não posso dar prosseguimento a isso agora, Ian. — Fiz um gesto entre nós. — Estou aqui por James. Sempre foi sobre James.

— E quando será sobre Aimee?

Cerrei os dentes. Isso era *sobre mim.*

— Venha aqui. Tenho algo para lhe mostrar. – Ele me pegou pela mão e me levou até uma mesa sombreada por um ombrelone. Seu laptop estava aberto. Ele puxou uma cadeira para mim e sentou-se ao meu lado.

Ele afastou o laptop e inclinou a cadeira para me encarar.

— Encontrei as pinturas desaparecidas de James — desabafei.

Ele respirou fundo e forte.

— Elas estavam no andar de cima da galeria, no estúdio particular de Carlos. — Arranhei com a unha a pintura descascando no braço da cadeira. — Ele não se lembra de mim e age como se ele não tivesse perda de memória. Me ofereci para ajudar e ele me mandou embora. Também disse que Imelda é sua irmã. Não entendo o que está acontecendo com ele.

Ian esfregou a palma da mão para a frente e para trás em seu queixo. — O que eu lhe contei sobre a minha mãe?

Inclinei-me para o encosto da cadeira.

— O que ela tem a ver com James? — Ian fixou os olhos em mim. Eu me reclinei mais fundo na minha cadeira. — Você não me disse muita coisa. Só que sua mãe tinha problemas de saúde mental.

— Ela tinha TDI, transtorno dissociativo de identidade, o que costumava ser conhecido como múltiplas personalidades. Mamãe tinha duas. Sarah, a identidade dominante, era minha mãe. Também havia Jackie. – Ian alisou as mãos na bermuda, deslocando-se no assento. — Ela me apavorava. De certa forma, mamãe era muito parecida com Jekyll e Hyde. Eu nunca sabia quem encontraria em casa depois da escola.

— Jackie machucou você?

— Não fisicamente, mas ela me odiava e odiava o meu pai. Jackie não se considerava casada, então, ela sempre saía e sumia, às vezes por dias, em certos episódios. Tinha que me virar sozinho se meu pai estivesse fora da cidade a negócios.

— Sua mãe devia se sentir péssima por abandonar você assim.

— Ela se sentia, sim, depois que eu lhe contava o que ela fizera ou lhe mostrava fotos.

Franzi a testa.

— Ela não se lembrava?

— Sarah não tinha lembranças dos períodos em que Jackie era a personalidade dominante, e Jackie desconhecia Sarah por completo. Lapso de memória total, de ambos os modos. Simplificando, Sarah e Jackie eram duas pessoas diferentes. Elas também falavam de maneira diferente.

Segurei a mão de Ian.

— Isso deve ter sido horrível para você.

Ele me deu um sorriso agridoce.

— Minha mãe é a razão pela qual não faço retratos. Ela me pedia para tirar fotos dela sempre que Jackie aparecesse. Ela queria saber como Jackie era, como ela se vestia e penteava o cabelo. O que ela fazia. — Minhas fotos sempre captavam o pior de Jackie. Mamãe odiava essas fotos, e eu odiava a pessoa que via nelas. Você percebe muito mais detalhes em uma imagem ampliada na parede do que numa imagem miniaturizada de amostra. Incluindo as merdas que as pessoas tentam esconder. Transparecem nos olhos.

— O que aconteceu com ela?

— Não sei. — Ele olhou além do meu ombro, mas o que via de verdade eram as imagens internas de suas lembranças. — No dia em que Laney me encontrou, eu havia ficado sozinho por uma semana. Mamãe e eu fazíamos compras. Nós estávamos morando em Idaho, na época. Você pode dirigir por quilômetros e não ver nada além de campos. Quando estávamos parados num cruzamento de duas rodovias, no meio do nada, foi-se Sarah e Jackie assumiu. Ela olhou para mim pelo espelho retrovisor e disse duas palavras: "Sai daqui". Ela não precisou dizer mais nada. Saí daquele carro o mais rápido que pude, sem pensar que não tinha como voltar para casa. Tudo o que eu queria era ficar longe dela. Laney estava no restaurante onde meu pai e a polícia que me procurava se encontraram para estudar um mapa da área. Tentavam descobrir onde eles ainda não haviam procurado. Laney estava lá com sua própria família e se ofereceu para ajudar o meu pai. A polícia riu quando ela afirmou ser médium, mas papai estava aberto a toda ajuda que pudesse conseguir. Ela o levou diretamente a mim. Eu estava imundo e morrendo de fome, escondido em uma vala de drenagem. Não queria que Jackie me encontrasse. Mamãe voltou para casa dois dias depois de mim. Papai procurou um especialista, esperando suprimir Jackie. O médico lhe explicou que mamãe havia sido severamente abusada quando criança, o que ele acreditava ser a causa de seu TDI. Num nível emocional, ela conseguiu se desvencilhar do trauma. Quando nasci, Jackie chegou meses depois. A mudança entre as identidades tornou-se cada vez mais frequente ao longo dos anos. O médico disse a papai que criar uma criança era muito estressante. Mamãe precisava nos deixar a fim de haver alguma esperança para o caso dela. Eu não a vi mais desde então.

— É por isso que você está procurando por Lacy... Quero dizer, Laney — concluí. — Você quer que ela ajude você a encontrar sua mãe.

Ian assentiu.

— Eu sinto falta dela.

Apertei seus dedos.

— Espero que você a encontre.

— Algum dia irei encontrar. — Ele retirou a mão e bateu os dedos na mesa. — De qualquer forma, eu estava pensando no que você disse no outro dia, como Carlos parece desconhecer que há uma perda de memória. Isso me lembrou minha mãe. Ele puxou o laptop para si. — Eu não acho que ele tenha amnésia.

— Você acha que ele tem... Como foi que você chamou? Transtorno dissociativo?

— Não, eu...

— Então, que diabos tem de errado com ele? — perguntei, cada vez mais impaciente. — Tem que ser amnésia. Ele não se lembra de mim.

— Ou do verdadeiro nome dele, ou de qualquer coisa sobre sua vida anterior. Amigos, família, nada. Aposto que Carlos não sabe absolutamente nada sobre James, certo?

— Acho que não.

Ian tamborilou os dedos.

— Acho que ele tem fuga dissociativa.

— Como é que é? Eu não...

Ele levantou a mão.

— Presta atenção. Não posso provar que é isso o que ele tem de errado; é apenas um palpite. Você pode consultar um médico, ou talvez perguntar ao próprio Carlos, mas a fuga faz sentido para mim. A dissociação resulta de trauma emocional severo. Algo aconteceu com James quando ele veio para o México. Seja o que for, a mente dele se desligou e apagou tudo. — Ian bateu no laptop. — É como o que acontece quando um computador falha e o disco rígido apaga toda a informação.

— Então, como posso ajudá-lo?

Os olhos de Ian se suavizaram.

— Eu não acho que você possa.

Pensei no que dissera a Carlos:

— Talvez um ambiente que lhe seja familiar reavive suas lembranças, não é?

— A recuperação da fuga dissociativa não é garantida. Na maioria das vezes, as pessoas recuperam suas memórias horas depois de perdê-las. Às vezes, dentro de alguns dias, e as memórias retornam tão repentinamente quanto desapareceram. — Ian estalou os dedos.

— Mas ele tem estado assim há quase dois anos.

— Há casos em que a dissociação dura anos. Também existem casos extremos em que os sintomas permanecem... bem, indefinidamente. Sinto muito, Aimee. — Ele empurrou o laptop para mim.

Assisti a tela ficar toda preta, o computador hibernando.

— Ele pode nunca mais recuperar as lembranças?

Ian respirou fundo.

— Eu acho que você deve estar preparada para que James possa ficar ausente por tempo indeterminado.

Sacudi a cabeça freneticamente.

— No TDI, duas ou mais personalidades existem, mas elas trocam de lugar — ele explicou. — Esse não é o caso da fuga dissociativa. A identidade preexistente é perdida e uma nova é criada. A menos que alguém diga à pessoa o que está errado, a nova identidade não faz ideia de que é uma substituição. Isso poderia explicar por que James... quero dizer, Carlos... não tentou recuperar sua memória. Ele não sabe que é James, e é um bom palpite que ninguém lhe tenha contado.

Ian apoiou suavemente a mão no meu joelho.

— Aimee, provavelmente James não existe mais. De certa forma, ele está morto.

Afastei a mão de Ian. Ele abriu os dedos antes de descansar a mão na mesa. As emoções travavam uma batalha dentro dele. Dava para ver pela forma como ele fechou o punho e respirou fundo várias vezes. Ele queria me tocar, mas manteve distância. Eu precisava daquela distância para pensar.

Esfreguei a testa.

— Como James pode ter desaparecido se há sugestões dele dentro de Carlos? — Expliquei sobre a tinta de assinar e as visões que Carlos teve. Ele estivera tentando me pintar por meses.

— Não sou um especialista. Não tenho essas respostas.

A teoria de Ian parecia muito surreal e trágica. Eu não estava pronta para desistir da esperança.

— E se ele recuperar as lembranças?

— Aqui é onde as coisas se complicam. Se ele recuperar... e trata-se de um grande "se", já que ele tem estado assim por muito tempo... ele ficará extremamente confuso, especialmente com o intervalo de tempo.

— Que intervalo de tempo?

— Aquele quando James retornar. Quando ele o fizer, Carlos desaparecerá, juntamente com todas as lembranças de Carlos.

Suspirei.

— Ele não terá memória de sua vida no México?

— Para ele, será como se ele a tivesse deixado ontem. Não sei o que mais lhe dizer, mas isso é algo que você deveria pesquisar, ler sobre o assunto. Deixei alguns sites abertos. Ele passou os dedos pelo tela *touch*, despertando o laptop. — E tem mais uma coisa, Aimee...

Olhei por cima do monitor. A expressão de Ian era de cautela quando ele olhou para o lobby do hotel.

— Vá com calma. A fuga dissociativa é a forma de a mente se proteger de algo que não pode processar ou que é muito doloroso. Há uma razão pela qual James foi deixado aqui, longe de familiares e amigos. Alguém não quer que ele se lembre, mas acho que ele já começou a fazer perguntas.

— O que você quer dizer?

— Meu encontro com Imelda foi interrompido. Carlos está lá agora.

Ian afastou a cadeira para se pôr de pé e se despediu.

Levantei-me imediatamente.

— Aonde você vai?

Ele apontou com o polegar por cima do ombro.

— Para o lobby. Pode haver uma chance de eu pegar Imelda quando Carlos terminar.

Agarrei minha bolsa.

— Vou com você.

Ele se interpôs no meu caminho.

— Não acho que seja uma boa ideia.

— Por que não?

Ele segurou os meus braços. Senti como se ele estivesse me distraindo.

— Despejei muitas informações sobre você. Precisa de um tempo para processá-las.

— Preciso de um tempo com Imelda.

— Não se precipite. Você está muito chateada agora.

— Besteira! Ela o violou!

Os olhos dele se arregalaram pelo choque com a minha indignação. Não me importei. Ela roubara quase dois anos da vida de James, de nossa vida juntos.

Ian intensificou a pressão em meus braços.

— Você não sabe se foi isso que ela fez.

— Nem você! — gritei, tentando me desvencilhar das mãos dele.

— Você não está sendo racional. Pense, Aimee. Duvido que Imelda tenha sido a única pessoa que prejudicou James.

Meus lábios se pressionaram.

— Thomas. — Ele tinha que estar envolvido, e eu seria capaz de apostar o Aimee's que durante todo esse tempo ele sabia tanto do paradeiro de James quanto de suas pinturas.

Ian me confirmou com o olhar que concordava. Sua linha de pensamento era semelhante à minha.

A adrenalina corria dentro de mim. Todo o meu corpo tremia. Eu precisava de respostas.

— Preciso conversar com Imelda. Agora mesmo.

— Não se arrisque a assustá-la. Fale com ela quando você se acalmar. — Seus dedos estavam cravados em meus ombros e uma série de emoções nublou a minha expressão. Sentia a necessidade dele de me puxar contra o seu peito e me afastar dali rápido. Para longe do homem que me impedia de ficar com ele.

Ele conseguiu manter distância, conservava os cotovelos flexionados, mas parecia estar a quilômetros de distância de mim. Ele já estava desistindo.

— Sei que é difícil, mas conceda a Carlos um tempo com ela — disse Ian. — Até você aparecer, ele provavelmente não tinha motivos para suspeitar que ele vinha sendo enganado. Use esse tempo para entender com o que você está lidando. Leia os artigos. Faça uma lista de perguntas para fazer a Imelda. Descubra o que vai dizer a Thomas da próxima vez que o vir.

Comecei a andar num círculo apertado. Ele me observou desconfiado.

— Você quer um pouco de água? Vou pegar um copo.

— Não. Nada de água. — Com relutância, olhei seu laptop. A parte sã em mim entendia que eu deveria seguir sua sugestão. Antes, eu devia recuperar o autocontrole, ler; depois, partir para as perguntas.

— Tudo bem, então. Bem... — Ele correu os dedos de qualquer jeito pela cabeça. Seu cabelo dourado de sol ficou arrepiado. — Venha me encontrar quando estiver pronta. Eu a acompanharei até o escritório de Imelda.

Observei Ian desaparecer no lobby e tive que me segurar para não correr atrás dele. Tive um súbito desejo de me afogar na compaixão que ele oferecia livremente, buscando refúgio de toda essa loucura da situação de James. Eu também queria agarrar Imelda pelo pescoço e exigir que ela me contasse que diabos ela tinha feito com James.

Mas isso não me levaria a lugar nenhum, como minhas ações esta manhã haviam provado. Conforme Ian solicitara, não tomaria nenhuma atitude precipitada. Já bastava eu ter me mandado para o México antes de fazer qualquer pesquisa, o que era exatamente o que eu tinha que fazer agora. Eu precisava entender tudo antes de falar com Imelda e confrontar Thomas. Em especial, eu queria estar preparada antes de me aproximar de Carlos; do contrário, ele me mandaria embora outra vez.

Sentei-me na cadeira e despertei o laptop de Ian. As minhas sobrancelhas se arquearam de surpresa. Ele tinha mais janelas do navegador abertas do que eu podia contar, empilhadas uma sobre a outra como panquecas. Pelo que Ian descrevera, a perda de memória de James não foi o resultado de um trauma físico. Era psicológico, algo tão intolerável que ele não conseguia lidar. Sua mente o afastou da situação apagando tudo. Então, como um disco rígido vazio, ele compilou novos dados sob a forma de uma nova identidade.

Carlos.

Ou, mais precisamente, Jaime Carlos Dominguez.

Alguém tinha que ter criado essa vida para ele. Suas iniciais não eram uma coincidência. Pensei em Imelda e o que ela poderia ter dito a James enquanto ele estava perdido e confuso, e com a mente tão vazia que absorveria qualquer informação fornecida. Pensei em Thomas. Por que ele faria algo tão vil como encenar a morte do próprio irmão?

O que aconteceu com você, James?

Examinei os artigos, digerindo-os tão rápido quanto meus olhos eram capazes de devorar as palavras. Cliquei em links, abrindo mais páginas enquanto guardava outras nos favoritos. Pediria para Ian me enviar um e-mail com os links da web e leria tudo de novo mais tarde.

Também li o que Ian havia explicado sobre o estado da fuga, como James teria amnésia completa durante o período de fuga e como esqueceria tudo que conhecera como Carlos quando suas memórias retornassem.

Se elas retornassem.

Li como alguns pacientes, após atravessarem anos em estado de fuga, trabalhavam continuamente para recuperar a identidade original. Esses estavam cientes de que sofriam de fuga. James não estava.

Ou não estava até eu aparecer.

Sua verdadeira identidade não lhe fora revelada. Supus que lhe disseram que era cidadão mexicano, que tinha uma vida em Puerto Escondido, e que se machucara gravemente.

Como num acidente de surfe.

Por que enganá-lo? E como ele veio parar a centenas de quilômetros de onde deveria ter estado? Os seus registos de viagem confirmaram a sua estada noturna em Playa del Carmen, a sul de Cancún.

Eles tinham que ter sido falsificados; dessa forma sua família e amigos acreditavam que James morrera em uma viagem de negócios, longe de onde ele ainda vivia. Ninguém o encontraria.

Uma janela pop-up se abriu, advertindo que restavam apenas dez por cento de carga na bateria. Momentos depois, a tela ficou preta. Eu fechei o laptop e fui para o lobby do hotel. Ian ainda devia estar com Imelda.

Não o vi. O funcionário da recepção me deu um mapa do resort, circulando a ala que abrigava os escritórios de administração.

No final de um corredor fora do lobby principal, eu o encontrei. Ele estava parado ao lado de Imelda, que chorava. Os lábios de Ian se moviam, mas eu não consegui compreender as palavras devido aos soluços desesperados de Imelda. Carlos estava de lado, sozinho. Com a cabeça curvada e o braço apoiado contra a parede, parecia que ele estava tentando se equilibrar em um mundo que havia sido virado de cabeça para baixo.

Corri para ele. Ele levantou a cabeça com ímpeto e eu parei, incapaz de ultrapassar a raiva que emanava dele. Foi como um soco no estômago.

— James?

— Esse não é o meu nome — ele rosnou. Ele endireitou o corpo e passou por mim dando um tranco em meu ombro.

Fui atrás dele.

— Sinto muito! Carlos, escute...

Dedos me seguraram pelo cotovelo, detendo-me.

— Aimee, não...

Eu girei e desvencilhei meu braço.

— O que está fazendo, Ian? Me larga!

— Agora, não. — Ele agarrou meu outro cotovelo. — Agora não é um bom momento.

Ele indicou com a cabeça Imelda, encostada na parede.

— Ela contou tudo a Carlos.

— Tudo? — O que diabos era *tudo*? Lancei um olhar fulminante para Imelda. — Diga-me o que você fez com ele! — Lutei para me livrar das mãos de Ian. — Droga, Ian. Me solta! — Eu estava em um precipício, pronta para pular e torcer o pescoço dela. Meus dedos eram garras apertando o ar. No fundo, eu entendia que estava perdendo o controle da minha sanidade. James, Imelda, Thomas, Lacy... As pinturas desaparecidas de James, a morte encenada... Dormir com Ian, abrir meu coração para ele... Era coisa demais.

Ian continuava a me segurar, suas unhas aparadas cravadas no tecido tenro sob os meus braços. Eu gritei de frustração.

Imelda se encolheu, de frente para a parede.

— Acalme-se — gritou Ian. Ele sussurrou um som reconfortante, tentando me apaziguar.

— Me larga, porra! Não cheguei até aqui para me recostar e esperar que todos se acalmem — gritei. — Já passamos muito do ponto de sermos polidos. Ela teve tempo mais do que suficiente para contar a James: dezenove meses, porra! Quero saber o que está acontecendo. — Eu me contorcia tentando livrar os braços com safanões. Ian começou a me arrastar pelo corredor, para longe de Imelda.

— Puta que pariu, Ian. Me larga!

— Ela tem razão.

Ian e eu paramos de lutar. Em uníssono, olhamos para Imelda. A pressão de suas mãos afrouxou e eu me livrei, esfregando a pele avermelhada e dolorida dos braços para obter alívio.

Imelda afastou-se da parede.

— Deveria ter contado a ele há meses. Eu o magoei; ele está sofrendo horrivelmente. Ele me odeia. — Ela olhou para Ian. A mão dele descansou no meu ombro, pronta para me deter. Eu ainda sentia gana de avançar em Imelda. Ela acenou com a cabeça para ele. — Está tudo bem. Ela precisa saber. E... — Seus olhos se desviaram de Ian para mim. — Eu esperava a sua chegada.

— O quê? — Ian e eu dissemos ao mesmo tempo.

Ian deixou sua mão deslizar do meu ombro e eu me afastei. Imelda me fitou com olhos tristes.

— Venha comigo.

Ela passou por nós e entreguei a Ian o seu laptop, batendo o computador contra o seu peito. O troco pelas impressões digitais que ele havia deixado em meus braços.

— A bateria acabou — resmunguei, indo atrás de Imelda.

— Aimee... — ele disse com ferocidade contida. Parei, mas não me virei. — Estarei no café da praia se você precisar de mim. — Fiz-lhe um breve gesto de assentimento com a cabeça, sem olhar para ele e me afastei.

Capítulo 25

Imelda conduziu-me à praia. Segui-a por entre a multidão de espectadores, dando o melhor de mim para não perdê-la de vista. Passada a área de competição de surfe, diminuí a distância entre nós, caminhando ao lado dela. Continuamos andando ao longo da Playa Zicatela e me perguntei se ela planejava ir a pé até La Punta, um ponto rochoso na outra extremidade da praia, quando ela parou de repente e olhou para o mar.

— Foi aqui que o encontrei.

Segui seu olhar, para além da quebra das altas ondas.

— Lá?

— Não. Aqui. — Ela apontou para a areia a seus pés, seu exótico sotaque acentuado pela emoção. — Eu me deparei com ele durante a minha caminhada de fim de tarde. Ele estava encharcado e vagando pela praia. Confuso e desorientado, exausto. — Ela olhou para mim com uma expressão angustiada. — Havia cortes e arranhões por todo o seu corpo. Seu rosto estava inchado e sangrando como se ele tivesse entrado em uma briga. Não acho que tenha sido isso o que aconteceu.

— Ele não estava surfando, estava?

Ela balançou a cabeça.

— As ondas de Zicatela podem quebrar pranchas e costas. São muito fortes. Você tem que respeitar o mar aqui. — Ela apontou para La Punta. — Acredito que a corrente o tenha trazido para aquelas rochas de onde quer que ele tenha nadado.

Um arrepio percorreu a minha pele. Na minha cabeça, vi James sendo lançado nas ondas, atirado repetidamente contra as pedras enquanto lutava para chegar à costa. Então, lembrei-me das estranhas visões que tive antes de desmaiar no banheiro feminino da boate, logo depois de ter visto Lacy. Será que tinham sido reais?

— O que aconteceu com ele? — perguntei.

— *No sé.* — Os lábios de Imelda curvaram-se para baixo. — Não sei.

Ela olhou de volta para o resort.

— O terreno do hotel pertenceu à família do meu falecido marido por muitas gerações. Ele herdou a terra depois que nos casamos e iniciamos planos para o hotel. O resort era seu sonho e tornou-se o meu também. Passamos três anos pegando empréstimos e guardando nossas economias para este hotel. Era tão bonito. *Magnífico.* — Seus lábios se esticaram para um sorriso trêmulo, então seus olhos foram tomados pela tristeza. — Meu marido teve um ataque cardíaco seis meses depois que abrimos. Ele morreu nos meus braços. Eu herdei tudo... Um hotel que eu não sabia como tocar sozinha e credores em cima de mim.

Ela cruzou os braços e esfregou os cotovelos.

— Quatro meses depois de ele morrer, eu tinha que tomar uma decisão: vender o hotel ou ir embora. Então, vim aqui para pensar. Eu estava pronta para desistir de nossos sonhos. O hotel era tudo o que me havia restado do meu falecido marido. Foi quando encontrei Carlos.

— O que ele disse quando você o achou?

— Ele não sabia o nome dele, de onde era ou como tinha chegado à praia. Vários meses atrás, ele me disse que sua recordação mais antiga foi me ver. Eu o levei à nossa clínica. Os ossos de seu nariz e das maçãs do rosto estavam quebrados. Ele precisava de uma cirurgia facial extensa.

Nossos médicos não possuíam as habilidades necessárias para isso. Eles não sabiam o que fazer com ele. Ele não se lembrava de nada.

— Mas ele havia sido dado como desaparecido — eu disse. — Alguém teria descoberto quem ele era.

Seus olhos baixaram, evitando me encarar. Ela circulou os dedos ao redor dos cotovelos num ritmo nervoso.

— Ele foi dado como desaparecido na costa de Cozumel, então, ninguém iria ligar o homem em nossa clínica àquele que havia sumido a mil e quinhentos quilômetros de distância. Na época em que ele foi dado como desaparecido, a clínica e eu já tínhamos sido pagas para ficar em silêncio.

— Quem pagou vocês? — questionei, apesar de ter as minhas suspeitas.

Ela umedeceu os lábios.

— Poucas horas depois de eu ter internado Carlos, apareceu um americano. Ele disse que era amigo de Carlos, mas achei que era um parente. Eles tinham os mesmos olhos.

Comecei a tremer, embora não estivesse surpresa.

— Thomas.

— Ele me fez uma oferta que não pude recusar.

Desabei na areia. Como Imelda, Thomas me pagara para que eu seguisse feliz com a minha vida. "Desconte o cheque", ele me dissera em mais de uma ocasião. "Abra um restaurante", ele encorajou. E foi o que fiz. Isso me manteve distraída da verdade que ele escondeu.

Imelda sentou-se ao meu lado.

— Isso deve ser muito doloroso para você. Você deveria estar casada, *sí*?

— O funeral dele foi no dia em que seria o nosso casamento.

— Ah, *lo siento* — ela murmurou. Seu tom de voz sugeria um pedido de desculpa.

Fiquei apenas olhando para a areia.

— No começo, Thomas me pediu para ficar de olho em Carlos — prosseguiu ela. — Eu deveria mantê-lo seguro e informar qualquer coisa suspeita.

Levantei a cabeça.

— Como o quê? Ele estava em uma viagem de negócios.

— A vida dele corria perigo. Alguém tentou matá-lo.

Meu coração acelerou furiosamente. Lacy mencionara algo sobre perigo em seu bilhete, mas a ideia parecia absurda. James levava uma vida tão normal.

— Quem estava atrás dele?

— Não sei. Parte do meu acordo com Thomas era não fazer perguntas.

— Por que você aceitaria tal acordo de um estranho? — Seus lábios tremeram e eu suspirei. — Ele quitou o hotel, não é? Valeu a pena? A vida do meu noivo pela sua sem dívidas?

— Eu lhe dei uma nova — ela se defendeu. — Uma melhor.

— Foi o que Thomas disse a você? Pena que você não pode perguntar a James o que ele acha. Ele tinha uma vida boa! — gritei. — Era linda.

— Aqui, ele é livre. Ele não precisa manter segredos.

— Que segredos? Ele não tinha segredos.

Ela me olhou fixo.

— Tem certeza absoluta?

Olhei para o mar, minha mente tão caótica quanto as ferozes ondas. Sementes de dúvida brotaram do fundo do meu estômago e cresceram em videiras espinhosas, emaranhando-se em meus ossos. Não, eu não tinha certeza. Não mais. Se era difícil para James falar sobre Phil e a noite do nosso noivado, então devia haver outras coisas que ele não compartilhava.

— Meu amigo Ian acredita que James tem fuga dissociativa — eu disse.

Ela levantou as sobrancelhas, impressionada.

— Ele está certo. Os médicos acreditam que a perda de memória é psicológica. Thomas queria certificar-se de que Carlos não se lembrasse de nada sobre sua vida anterior, então, nós fabricamos uma nova. Ele trouxe especialistas. Eles reconstruíram o rosto de Carlos. Ninguém o reconheceria. Todo mundo obteria um bom acordo para ficar de boca fechada. O dinheiro fala mais alto do que as palavras por aqui, principalmente se forem dólares americanos. Enquanto eu cuidava de Carlos na minha casa, Thomas construiu a vida dele. Fabricou documentos, certidões de nascimento, carteira de identidade... — Ela me deu uma rápida olhada. — As antigas pinturas de Carlos de sua vida nos Estados Unidos. Thomas fez parecer que Carlos havia chegado recentemente à cidade para abrir sua galeria de arte. Ele era meu irmão adotivo, há muito perdido. Aos olhos do mundo, Carlos era um cidadão mexicano. Thomas acreditava que, quanto mais sólida fosse a vida que criamos para Carlos, menor seriam as chances de suas lembranças retornarem. *Sí*, havia furos na nossa história, mas como Carlos havia encontrado apenas recentemente a mim, sua irmã adotiva, eu não precisava responder a suas perguntas porque eu não tinha como. Quando ele sofreu o acidente de surfe, não fazia muito tempo desde que havíamos começado a nos conhecer. — Ela cuspiu as últimas palavras como se estivesse detestando as mentiras que contara.

Tentei fazer entrar na minha cabeça a rede de mentiras. Não podia imaginar fingir ser alguém que não era.

— Como pôde mentir durante tanto tempo?

Ela apertou os lábios numa linha fina.

— Foi muito difícil no começo. Eu sempre achei que Carlos descobriria a verdade, mas os cheques de Thomas continuavam chegando. — Ela me lançou um rápido olhar antes de voltar a encarar a areia embaixo dos dedos dos pés. — Eles ainda chegam.

Esfreguei o rosto. Oh, meu Deus. Thomas continuava pagando-a.

— Você já tentou alguma vez contar a verdade a James?

Ela corou e olhou para as mãos. Eu reconheci aquela expressão.

— Você se apaixonou por ele!

— Somente como uma irmã ama um irmão! Por favor, compreenda que eu não tinha ninguém — ela se defendeu, suplicando com as palmas abertas. — Meu marido morreu. Meus pais morreram no ano passado e eu perdi meu irmão adotivo quando ele era pequeno. Eu estava sozinha e finalmente tinha alguém. É por isso que lhe dei o nome do meu irmão. Carlos Dominguez. Carlos significa "homem livre". Achei que o nome era adequado para ele. Thomas insistiu que o primeiro nome começasse com *J* por causa das pinturas. Jaime era o nome do meu pai.

— Por que Thomas queria esconder James de seu passado? Por que fazer tudo isso? — Thomas tinha muitas explicações a dar. Se eu não o matasse antes.

— Não fique brava com ele. Ele estava apenas protegendo seu irmão. — Imelda levantou-se, virando as costas para o oceano. Uma rajada de vento soprou os cabelos em seu rosto. Fios açoitaram sua pele bronzeada. Ela os afastou, enrolando o cabelo em sua palma. — Cuide de Carlos. Ele está muito bravo comigo. Ele precisa de alguém. Eu contei a ele quem você é e que você é uma vítima tanto quanto ele.

Pensei na última vez que o vi, em como ele olhou para mim no corredor quando o chamei de James.

— Não acho que ele queira me ver também.

— Dê um tempo a ele. Você é bem-vinda a hospedar-se no hotel pelo tempo que precisar, sem nenhum custo. É o mínimo que posso fazer para corrigir os meus pecados.

— Você disse que estava esperando por mim — lembrei quando ela começou a se afastar.

Ela parou e me encarou.

— Eu sou uma mulher religiosa e pequei terrivelmente. Temo pela minha alma, mas temo ainda mais o que Thomas irá fazer. Ele possui a nota promissória relativa ao meu hotel e não quero que ele o tire de mim, mas sinto-me culpada por enganar Carlos, então pedi a Lucy que encontrasse alguém que Carlos conhecesse de sua vida anterior.

— Lucy? — perguntei, franzindo o cenho. Então, lembrei-me. Lacy.

— Eu esperava que ela pudesse convencer um amigo ou membro da família de que Carlos estava vivo e que isso não criasse um rastro até mim. Eu não queria que Thomas descobrisse. — Os ombros dela giraram e ela inclinou o corpo para se afastar de mim.

— Quem é Lacy... quero dizer, Lucy?

Os olhos dela se iluminaram. Ela pousou a mão espalmada sobre os seios.

— Ela é uma hóspede frequente no Casa del Sol que parece hospedar-se quando eu mais preciso dela, às vezes, antes mesmo de eu estar ciente de que poderia precisar de seu saber. Ela é minha amiga.

Como ela nada mais disse além disso, descarreguei as perguntas que amontoavam-se na minha cabeça.

— De onde ela é? Como eu a encontro? — Ian gostaria de saber. Eu queria saber.

— Ela é... como se diz no seu idioma? Um enigma? *Sí*, é isso que ela é. — Imelda começou a andar de costas, na direção de La Punta. Um misto de sorriso e lágrimas estampou-se em seu rosto cor de café, o tipo de expressão que fala do reconhecimento da enormidade de sua culpa e de nenhuma esperança de corrigir seus erros. — Lucy é uma criatura misteriosa, não é? — Ela virou-se e me deixou sozinha na praia.

O trajeto de volta para o hotel pareceu mais longo do que a caminhada de ida. Meus pés arrastavam-se pela areia. Eu vi Ian me observando de sua mesa no deque, com uma expressão sofrida. Meu coração doeu. Parte de mim queria ir até ele e deixar para trás a confusão que Thomas criara. Mas eu não poderia abandonar James, não depois do que havia descoberto. Desviei o olhar, passando reto pelo café.

Quando entrei no meu quarto, o telefone na mesa de cabeceira estava tocando. Contornei a cama e atrapalhei-me para tirar o fone do gancho.

— Alô?

— Finalmente! Liguei a tarde toda.

— Kristen?

Ela bufou.

— Quem mais poderia ser? Por que não atendeu seu telefone?

Apanhei o meu celular. Quatro ligações perdidas.

— Desculpa. Eu deixei o meu telefone no mudo.

Kristen riu.

— A pintura foi assim tão boa? Diz pra mim, o Carlos é...

— O James? — concluí a frase por ela. — Sim, é sim. Thomas é o responsável.

Ela respirou fundo e praguejou. Encaixei o telefone no meu ombro e esfreguei os braços. Minha pele estava arrepiada. Pensei nas vezes em que Thomas havia ligado, ou feito um pedido no café. Como perguntara sobre o meu dia. Uma conversa perfeitamente normal, quando o tempo todo estava mentindo para todos, incluindo James. A bile se revolveu no meu estômago.

— Estou sem palavras — disse Kristen. — Não é de admirar que Thomas estivesse todo enxerido.

— Imelda disse...

— Quem é Imelda? — Ela fez um ruído de impaciência. — Comece do início. Conte-me tudo.

Então, eu o fiz.

— Como Ian se sente a respeito isso? — ela perguntou quando eu terminei.

Roí a unha do meu polegar.

— O que você não está me contando?

— Eu dormi com ele.

— Com quem? — ela ofegou. — Com Ian? — Quando não respondi rápido o bastante, ela riu, baixinho e maldosa. — Você está ferrada.

— Me diga algo que eu não saiba — eu disse, mastigando outra unha.

— Ele é um cara legal. Ele se preocupa com você, e estou disposta a apostar que ele a ama.

— Ele ama — admiti.

— Ele confessou isso para você? — ela perguntou, chocada. — Não o magoe.

— Tarde demais para isso.

Ela produziu um som de desapontamento.

— Quer o meu conselho?

— Não importa. Você vai me dar de qualquer jeito.

— É sério, Aimee, ouça-me — ela implorou. — Sei que você estava determinada a encontrar James a qualquer custo, mas Ian pode estar certo. A identidade de James talvez nunca mais retorne. Você precisa se preparar para o pior.

— Eu deveria desistir dele? Acabei de encontrá-lo. Tenho que ajudá-lo a se lembrar.

— Seu voo parte em dois dias. Como você espera ajudá-lo em quarenta e oito horas? — Mordi o meu lábio inferior e ela praguejou em resposta ao meu silêncio. — Você não pretende ficar aí, não é? E quanto ao seu café? Sua família? Eu! — exclamou. — Estamos todos aqui.

— James está aqui. — Puxei os meus cabelos, enrolando os cachos em torno dos meus dedos. Agora que eu sabia que ele tinha sido vítima de um esquema elaborado, não poderia deixá-lo para trás. Eu tinha que ajudar. — Imelda me ofereceu um quarto pelo tempo que eu precisar.

— Aimee... — suplicou Kristen. — É mesmo isso o que quer fazer?

— Se pensasse que Nick tivesse morrido, para só descobrir depois que ele estivesse vivo e não se lembrava de um único minuto de sua vida juntos, você o abandonaria?

— Provavelmente, não — ela replicou, depois de um momento. — Não, não abandonaria.

— Percebe por que tenho que ficar e tentar ajudá-lo?

— Acho que entendo por que você quer, mas você não pode forçar Carlos a ser alguém que não é. Não faça você também com ele o que os pais de James fizeram com o filho toda a vida. Você e James pertenciam um ao outro, mas você e Carlos são um caso completamente diferente. Descubra o que você quer antes de abordá-lo — ela aconselhou. — Ele pode não desistir de sua vida no México. Então, enquanto você estiver tentando convencê-lo de que ele estava melhor na Califórnia, correrá o risco de perder um homem que a ama.

Eu estava aceitando aos poucos que já tinha perdido Ian. Eu tinha sentimentos por ele e por James. Mas James precisava mais de mim.

Eu me despedi de Kristen e desliguei o telefone. Uma batida soou e fiquei tensa. Ian. Ele queria conversar, e não era justo da minha parte evitá-lo por mais tempo.

Fui atender à porta, espiando pelo olho mágico, e soltei abruptamente a maçaneta como se ela tivesse queimado a minha pele. Não era Ian que estava do outro lado. Era Carlos.

Capítulo 26

O que ele está fazendo aqui?

Respirei fundo duas vezes para me acalmar, alisei a minha saia e abri a porta.

Carlos estava sozinho no corredor. Ele levantou a cabeça e a luz do teto projetou os músculos tensos ao longo da mandíbula. Ele limpou a garganta e lançou um olhar para o corredor.

— Eu sinto muito. Sobre antes.

Senti meus olhos marejando. Ele irradiava dor. Havia sido traído da pior maneira possível.

— Oh, hum... não se preocupe com isso.

Ele coçou o pescoço. Seu braço tremia.

— Diga-me como posso ajudá-lo. — Saí para o corredor e a porta se fechando com um ruído atrás de mim. — Por favor, eu quero ajudar.

Suas mãos enfiadas nos bolsos se fecharam em punhos, o que forçou seus ombros a erguerem-se na direção das orelhas. Ele ainda estava vestindo os jeans desbotados, a camisa de linho justa e as sandálias de tira que eu já tinha visto pela manhã. Eu também não havia trocado de roupa e ainda usava a blusa e a saia que colocara depois de tomar banho e deixar Ian.

Afastei esse pensamento e me esforcei para transmitir credibilidade pela minha expressão.

— Você pode confiar em mim. — Aproximei-me um pouco dele.

Sua face tremia. Ele parecia prestes a explodir.

— Confie em mim — repeti. Muito gentilmente, toquei seu pulso.

Seus olhos acompanharam a minha mão, os cílios baixando vagarosamente. Sua mandíbula relaxou.

Talvez Imelda tivesse razão. Carlos entendera que nós dois fôramos vítimas. Thomas brincara conosco como peões em um tabuleiro de xadrez e eu temia que o jogo estivesse longe de terminar. Eu tinha que recuperar James convencendo Carlos de que sua vida era comigo.

Ele se afastou, rompendo o contato. Cravei as unhas em minha palma. Ele engoliu em seco.

— Era pra eu ter levado você para almoçar.

— Oh! — Endireitei-me. — Isso é...

— Eu quero levar você para jantar.

— Ah, ok. Hã... — Agitei-me no lugar, nervosa. — Deixe-me pegar a minha bolsa. — Me atrapalhei com a maçaneta da porta. O quarto estava trancado. *Droga.*

— Vou pegar um cartão na recepção — ele ofereceu.

— Não! — arfei. — Não, está tudo bem. Depois eu pego. — Eu não queria que ele fosse embora. E se ele mudasse de ideia sobre o jantar? — Vou ressarci-lo à noite.

O canto de sua boca se levantou, mas seu sorriso era desprovido de afeição.

— Não se preocupe. É por minha conta.

Ele começou a caminhar, distanciando-se, então se virou e ofereceu sua mão. Entrelacei meus dedos nos dele, tão maiores, e senti vontade de chorar. Parecia uma eternidade desde a última vez que caminhamos assim, lado a lado.

Dentro do elevador, Carlos apertou o botão para o lobby. Ele se recostou contra a parede, com os braços cruzados, e me encarou. Eu me apressei para o canto oposto e o observei. O ar zumbia entre nós, uma mistura carregada de palavras não ditas e perguntas sem resposta. Apertei as mãos, desconfortável com sua inspeção escancarada. Uma fúria reprimida emanava dele, reverberando na minha pele. Embora suas emoções não fossem dirigidas a mim, fiquei irrequieta, torcendo os dedos na bainha da minha blusa quando preferia torcer o pescoço de Thomas.

Mantendo meu tom de voz suave, perguntei:

— Onde estamos indo jantar?

— Eu planejara irmos de carro até Rinconada para almoçar, mas agora... — ele deteve-se e esfregou os antebraços —, um lugar mais perto seria melhor.

Vincos profundos formaram-se entre suas sobrancelhas e ele abriu a boca. Nenhuma palavra saiu. Ele olhou para os pés, cruzados na altura dos tornozelos.

— Hum, bem... Suponho que podemos jantar na Playa Principal. Podemos ir caminhando até lá.

O elevador tilintou e as portas se abriram. Carlos se afastou preguiçosamente da parede e eu o segui pelo lobby em direção à praia. A brisa do fim da tarde acalmara e o sol se punha no horizonte, pintando o céu com cores incandescentes.

— É maravilhoso.

— Minha hora favorita do dia — ele comentou ao meu lado. Ele caminhava igual a James, passadas grandes, totalmente relaxadas. Quando falava, no entanto, ele era todo Carlos. Um inglês carregado de sotaque, complementado de vez em quando por palavras em espanhol. Ele explicou como os pescadores trabalhavam. Eles ancoravam seus barcos longe da costa durante a noite, posicionando os anzóis com isca na lateral dos barcos para a coleta da manhã seguinte. As esposas limpavam e preparavam os peixes para restaurantes próximos e mercados locais ali mesmo na praia, sob as palmeiras. Ele apontou para uma fileira de palmeiras cujos troncos curvavam-se como arcos sobre a areia.

Ele tagarelava animadamente sobre qualquer outra coisa, menos sobre nós e o que ficara sabendo naquela tarde. Agitava as mãos em movimentos fluidos enquanto falava. Mais uma vez, vi-me comparando-o com James, o que era difícil não fazer. Tudo em Carlos, desde a maneira como ele se movia, ou tocava meu braço para enfatizar algo que tinha descrito, era James puro. Quando ele expressou o quanto amava Puerto Escondido e não podia imaginar viver em outro lugar, perguntei-me se era possível ser feliz e triste ao mesmo tempo.

— Eu disse algo que a ofendeu? — ele perguntou.

Eu me virei para a luminosidade que desvanecia no horizonte e enxuguei uma lágrima que escapara.

— Não, não foi nada que você disse. Eu só... — praguejei —, isso tudo é tão...

— Avassalador?

Eu ri, com os olhos marejados.

— Sim, é exatamente isso.

Ele sorriu, e me peguei surpresa com seu autocontrole. Ali estava ele, levando para jantar uma mulher que já tinha sido sua noiva e que ele não se lembrava de ter pedido em casamento. Que doideira. Ele não tinha perguntas? Não estava furioso? Aqueles em quem ele mais confiava haviam mentido para ele e o manipulado por quase dois anos

— Não consigo imaginar o que você está passando — eu disse.

— Estou tentando não pensar nisso — ele confessou. — Pelo menos não neste momento.

O restaurante era uma plataforma de madeira sobre a areia. Cordões luminosos subiam em espiral pelas palmeiras próximas com lâmpadas brilhantes presas no alto. Guarda-sóis lançavam sombras nas mesas que circundavam um espaço reservado para dança. Um quarteto de jazz latino tocava num canto.

Carlos devia ser um freguês regular porque a recepcionista arranjou imediatamente um lugar para nós, ignorando uma fila de clientes. Ofereceu-lhe um sorriso radiante e nos conduziu até uma mesa na beirada, de onde tínhamos uma vista do pôr do sol. Carlos puxou uma cadeira para mim, depois se sentou em outra, ao lado da minha. Olhamos para o mar, as águas muito mais mansas aqui do que as ondas selvagens em Playa Zicatela.

A recepcionista nos entregou o menu e pediu licença para se retirar. Olhei ao redor. O restaurante era animado. Um burburinho exótico e vivaz mesclava-se à música empolgante. Inalei o ar quente da noite, uma mistura tropical de frutos do mar grelhados, mangas e maresia. O ritmo relaxado da banda me fazia sorrir. Meus ombros balançavam no ritmo.

— Este lugar é incrível. Bonito, também.

— Achei que fosse gostar — ele respondeu, e então franziu o cenho.

Parei de me remexer.

— Qual é o problema?

Ele ficou me encarando e meus dedos correram para o meu cabelo, alisando os cachos.

— No que está pensando? — perguntei, quando ele não disse nada.

Ele mudou de posição no lugar, passando as mãos sobre as coxas.

— Você provavelmente deve imaginar que tenho muitas perguntas.

— Claro. Pergunte-me o que quiser. Quero ajudar — ofereci novamente. Qualquer coisa para nos ajudar.

— *Gracias.* — Ele virou o rosto para o mar, onde o sol se assemelhava a uma fatia de laranja em néon derretendo no horizonte. — Eu planejava falar hoje à noite, mas agora não quero. *¡Dios!* — ele resmungou, cruzando as mãos atrás da cabeça exatamente como James faria quando estava perdido em seus pensamentos. Desviei o olhar. Eu tinha que parar de compará-lo com o homem que ele costumava ser.

— Isso é loucura, porra. Tudo o que Imelda disse... — Ele parou, esfregando um dedo na testa. — Desculpe.

Eu não sabia se ele estava se desculpando pelo seu linguajar, ou por supor que eu queria passar a noite falando sobre nós.

Eu queria, mas, mais do que isso, eu desejava apenas estar com ele. Sentar-me ao seu lado, observando a luz do sol que se punha refletindo nos ângulos pronunciados de seu rosto. Quase dava para fingir que a vida era simples. Normal. Apenas nós dois.

— O que você quer, então? — Meus dedos se contraíram com a vontade de tocá-lo, sentir o calor da sua pele. Mas eu não podia. Éramos estranhos um para o outro. Em vez disso, percorri com os olhos a linha de sua mandíbula, a curva acentuada das maçãs de sua bochecha. Os traços eram novos, os ângulos não eram exatamente os mesmos, mas ele ainda era lindo para mim.

Ele apertou os lábios, pensativo.

— Só quero jantar com você. Você se importa se conversarmos sobre isso amanhã? Preciso... hum, de tempo... para pensar.

— Tudo bem — concordei. Suas perguntas poderiam esperar. Tínhamos uma vida inteira pela frente.

A garçonete chegou e nós pedimos nossas bebidas e refeições. Enquanto comíamos, Carlos falou sobre sua vida em Puerto Escondido, sua paixão pela pintura e como ele reaprendeu tudo por conta própria após seu acidente. Ele adorava ensinar para jovens estudantes. Eu contei a ele tudo sobre a minha vida que não tivesse ligação com ele, do meu café até meus pais e amigos. Que a minha paixão era preparar pães, tortas e outras delícias no forno e como eu havia criado um nicho para mim mesma com os cafés personalizados. Ele não me perguntou o que me trouxera à sua cidade e por que eu estava lá. Não perguntei o que tinha acontecido com ele e como ele planejava se recuperar. Para todos os efeitos, estávamos em nosso primeiro encontro. Nós compartilhamos histórias, sorrimos e rimos.

A banda começou uma nova música. O saxofonista soprou uma longa nota e o baterista golpeou agilmente com as mãos os tambores. Seu corpo sacudia com a batida que ficava cada vez mais rápida à medida que o ritmo era construído. Os casais migraram para o piso e dançaram. Batuquei minhas mãos e pés, dando uma risadinha para Carlos.

Ele me observou, mexendo seu coquetel.

— Você gosta de dançar.

— Sim. E você?

Ele olhou para a banda e seus lábios pressionaram-se numa linha.

— Eu não danço.

Dança, sim!

— Dança comigo — soltei de repente.

Sua cabeça girou bruscamente.

— O quê?

— Vamos, dança comigo. — Fiquei de pé e estendi-lhe a mão num gesto convidativo.

Ele olhou para o meu braço esticado. Meus dedos começaram a tremer quando ele não pegou na minha mão. Seu olhar percorreu meu braço até encontrar os meus olhos.

— Eu disse que não danço. Não mais.

Fiquei ali parada por um longo momento. Ele desviou o olhar, voltando a encarar o mar. Um tique pulsava em sua mandíbula e os dedos apertavam os braços da cadeira. Abaixei o meu braço e desmoronei no meu lugar. Algo mudou dentro de mim e, pela primeira vez, enxerguei nele o homem que ele verdadeiramente era. Carlos.

A garçonete trouxe a nossa conta e Carlos pagou em dinheiro, atirando notas sobre a mesa. Ele se levantou, as pernas da cadeira raspando severamente nas tábuas do chão.

— Eu a acompanho de volta.

Capítulo 27

Caminhamos pela Playa Marinero em direção ao Casa del Sol. Carlos metera os polegares nos bolsos da frente e observava a areia endurecida pela água passar debaixo de seus pés. Seus dedos raspavam distraídos seu jeans, enquanto as sobrancelhas mantinham-se franzidas.

Enrolei uma mecha de cabelo no dedo e lancei-lhe um olhar de soslaio. O que acontecera no restaurante? Estávamos nos divertindo. Pensei que havíamos nos conectado. Onde James teria saltado de sua cadeira e nos feito rodopiar pela pista de dança, Carlos negara-se. Considerei a ideia de o questionar sobre isso, mas eu prometera manter as coisas leves esta noite.

Perdido em pensamentos, Carlos não havia dito uma palavra desde que deixamos o restaurante. Ele parou abruptamente e olhou para trás.

— O que há de errado? — perguntei.

— Deixei meu Jeep no estúdio. — Ele coçou o queixo e deu uma olhada em volta. — Vou levá-la ao hotel primeiro.

Ele recomeçou a andar, parando para arquear uma sobrancelha quando não o segui. Apontei para trás do ombro com o polegar.

— Eu vou com você. Assim, não precisará fazer o mesmo percurso duas vezes.

Ele hesitou.

— Tem certeza?

— Claro. Está uma noite linda. — Além disso, eu não queria voltar para o hotel e passar a noite sozinha, sem conseguir pregar os olhos mais uma vez. Não tinha ideia do que o futuro traria depois que Carlos tivesse as respostas às suas perguntas. Eu ficaria com ele no México ou voltaria para casa? Será que Ian ainda iria querer continuar meu amigo? Eu o afastei apesar da minha promessa de não fazê-lo.

O Jeep Wrangler de Carlos estava estacionado em um beco atrás da galeria. Ele me ajudou a subir, segurando a porta aberta enquanto me acomodava no banco do passageiro e depois entrou pelo outro lado. Ele dirigiu até o Casa del Sol, parando na calçada diante da entrada principal do hotel. Um manobrista se aproximou e Carlos o despachou com um aceno. Ele manteve o motor em ponto morto, as mãos apertadas com firmeza no volante.

Eu não queria descer do Jeep e Carlos não me pediu para sair. Olhei para ele timidamente.

— Ouvi dizer que há um festival no centro da cidade.

Ele assentiu, balançando o joelho.

— O clima está bom. — Olhei para o céu. As luzes brilhantes do resort ofuscavam as estrelas. — Eu amo noites quentes como esta.

Ele assentiu de novo.

— *Sí*, eu também.

Imaginando para onde ele iria em seguida, se eu não o convidasse para o festival, perguntei:

— Você mora nas proximidades?

Ele apontou para o sul.

— A menos de dois quilômetros de Zicatela.

Estudei seu perfil, a respiração tranquila fazendo seu peito subir e descer num ritmo constante. De repente, não queria passar a noite sozinha nem em um festival lotado ouvindo música alta.

— Adoraria conhecer a sua casa — eu disse.

Ele se virou para mim, com um olhar perscrutador e, em seguida, colocou o Jeep em movimento.

Dirigimos pela Calle del Morro, a avenida paralela à Playa Zicatela, passando por restaurantes, lojas de surfe, casas noturnas e hotéis, chegando a um bairro residencial à beira-mar. Carlos virou numa entrada de garagem, parando diante de um portão de ferro forjado. Ele acionou o controle remoto preso à viseira do Jeep e o portão se abriu pesadamente. Quando o espaço já era suficiente para lhe permitir a passagem, ele entrou e parou ao lado de uma casa estreita de três andares que era mais alta do que larga. Meu queixo caiu, enquanto eu olhava cobiçosamente para o terraço do terceiro andar.

Carlos desligou o motor.

— Há um deck na cobertura. As vistas da montanha e da praia são ótimas de lá, especialmente em um dia claro.

O mar trovejou além das palmeiras no limite de sua propriedade.

— Você mora praticamente na praia — gemi, com inveja.

Seus lábios se contraíram em um sorriso largo e preguiçoso.

— Venha, vou lhe mostrar — disse ele, saltando do Jeep.

Ele nos conduziu além de uma pequena piscina, por um gramado bem aparado, salpicado de areia, e por uma abertura na meia parede de adobe, separando o quintal da praia pública. Ele se virou e agarrou meus quadris. Suspirei pela surpresa. Ele riu e me ergueu sobre o muro, sentando-se ao meu lado. Nossos braços roçavam.

Resisti ao desejo de me inclinar para ele e acenei com a cabeça para a vista espetacular.

— Ok, vou ter que admitir. Estou com inveja.

— Não posso imaginar viver em outro lugar. — Ele exalou uma lufada de ar, inflando as bochechas. — Bem, isso foi antes desta tarde. Já não sei o que pensar.

Olhei além do mar agitado para o céu estrelado, desejando que o abismo entre nós não fosse maior do que o Oceano Pacífico. Pelo menos, eu podia ver o horizonte na minha frente. Eu não tinha ideia se existia um horizonte para James. Ele se recuperaria da fuga?

— Não pense — implorei. — Ainda não.

— Esse é o problema. — Ele endireitou o corpo. — Não consigo parar. Tudo é muito desnorteante. Estou confuso. Ele levantou a minha mão esquerda e examinou o anel de noivado. — Imelda me disse que você é... hum, foi... minha noiva.

— Você me deu este anel quando me pediu em casamento.

Ele olhou para mim desconfiado.

— Não deveria me lembrar disso?

— A fuga não deixa que você...

— Eu deveria sentir *alguma coisa* por você. — Ele ficou calado por um momento, então rolou os lábios para dentro. — Não. Eu não sinto nada.

Foi como um balde de água fria.

— Posso ajudar. Deixe-me ajudá-lo a lembrar — ofereci num tom gelado pelo pânico. Ele não queria se lembrar de mim?

— Não é apenas a perda de memória, Aimee. Aquele cara que você amava não sou eu. Ele se foi.

— Não fale assim — choraminguei. — Não diga isso. Por favor, não... — Agarrei a mão dele. — E os sonhos? Você sonhou comigo.

— Encontrei uma pintura antiga de você no meu estúdio. Isso pode ter desencadeado os sonhos.

— Não acredito em você. — A raiva me fustigava por dentro. — Depois de tudo que descobriu hoje, como pode estar tão frio? Você não sente nada?

Ele riu com amargura.

— Oh, sinto, se sinto! Sinto uma tremenda raiva de meu irmão... Thomas, certo? E de Imelda. — Ele balançou a cabeça. — Ela me disse que era minha irmã e acreditei nela. Acreditei naquela vaca. Mas por você — ele me deu um olhar de avaliação —, não sinto nada além de curiosidade. Sinto muito.

Puxei meu punho de suas mãos e desci do muro, cambaleando. Dei as costas para ele.

— Minhas lembranças só voltam dezenove meses no passado. Só isso. Eu guardo tudo. Revistas, livros. Coloco todas as fotos em porta-retratos. Se perder a memória de novo, terei algo do meu passado.

Pensei na galeria, lembrando das pilhas de revistas e de livros. Pinturas inacabadas à espera de uma assinatura ou de um toque final. Pinturas assinadas que ele nunca expôs. Ele tinha guardado tudo. Tudo de Carlos. Eu, no entanto, tinha tudo o que pertencera a James.

— Você tem um passado, e eu tenho fotos para mostrar. Tenho suas roupas e mais pinturas. Seu estúdio ainda está montado em nossa casa. Temos uma casa.

— Minha casa está aqui.

Envolvi os braços firmemente em torno do meu diafragma e me afastei tropeçando, mas parei quando ele disse o meu nome.

— Aimee, não sei se quero me lembrar do passado.

Senti-me morrendo um pouco por dentro.

— Pode pelo menos tentar?

— Por quê? Eu arriscaria perder tudo o que é familiar para mim. Todos que amo.

Apertei os olhos. Então ele entendia a lógica distorcida por trás de sua condição.

— Você está comparando dezenove meses a vinte e nove anos. Que direito você tem de me privar de James? Você não pertence ao corpo dele. Você não é ele.

Ele estremeceu.

— *Sí*, você está certa. Eu não sou ele. Não mais. Nada que você disser me convencerá a deixar tudo para trás. Não irei com você. Eu não conheço você.

Girei para ele.

— Você não se lembra de mim. Há uma diferença.

Ele apoiou os punhos sobre as coxas.

— Eu não posso partir. Sou necessário aqui.

— Você pode pintar em qualquer lugar. — Abri os braços em um gesto abrangente. — O que o prende aqui? Certamente, não Imelda. Ela não é sua irmã. Sua família está na Califórnia. Eu estou na Califórnia. Que diabos há para você aqui?

Ele contraiu a mandíbula e fitou além dos meus ombros.

Olhei para trás.

— O mar? — perguntei incrédula. Como ele não respondeu, bloqueei sua visão. — Você pode não sentir nada por mim, mas eu sinto *tudo* por você. Você não é o único a atravessar um inferno — gritei com voz rouca. — O pior sentimento no mundo é não ser lembrada pela pessoa que não consigo esquecer. O homem que não consegui deixar para trás. — Minha voz entalou na garganta seca e tossi com violência e angústia. Outro acesso de tosse se seguiu e me curvei meio engasgada.

Senti um braço em volta das minhas costas.

— Você precisa de água. Vamos entrar — ele sugeriu, conduzindo-me para a casa.

Segui-o através da porta de correr da cozinha e pisquei contra as brilhantes luzes fluorescentes que ele acendeu. Recuperei a respiração quando controlei a tosse. Sentindo-me desgrenhada e com as faces sulcadas de lágrimas, perguntei:

— Onde fica o banheiro?

— No final do corredor, à esquerda — ele disse por cima do ombro, e pegou copos no armário.

Atravessei o corredor escuro que Carlos indicou e me tranquei no banheiro. Acendi a luz, abri a torneira e joguei água no rosto, dedicando especial cuidado a lavar o rímel escorrido pelas minhas maçãs do rosto. Peguei às cegas uma toalha, sequei o rosto e depois olhei para o meu reflexo no espelho. Olhos vermelhos embutidos numa pele pálida me encararam.

Como Carlos poderia acreditar que dezenove meses de sua vida eram mais importantes do que os vinte e nove anos de James? Ele estava roubando a vida de James, roubando-o dos anos que ele poderia passar comigo, e justo o homem mais prejudicado não tinha direito de opinar. James não podia falar por si. Cabia a mim convencer Carlos a dar uma chance às lembranças de James.

Dobrei a toalha, alisando os vincos, e a coloquei na bancada do banheiro ao lado de um livro infantil ilustrado. Eu congelei e algo se agitou dentro do meu peito. Girei em volta e vi uma estante de livros ilustrados ao lado do vaso sanitário e brinquedos na banheira.

Choraminguei, a toalha e o livro caíram no chão e saí correndo do banheiro. Tropecei pelo corredor agora vivamente iluminado. Imagens emolduradas cobriam a parede formando um padrão xadrez. Dezenas enchiam a estante na sala da frente. Fotos de Carlos, Imelda e pessoas que não reconheci, incluindo uma mulher com cabelos negros e pele castanho-avermelhada. Ela parecia feliz, perfeitamente aconchegada em Carlos, o braço dele em torno de seus ombros.

A maioria das fotos era de dois meninos, uma criança pequena e um bebê. Em uma das fotos, Carlos embalava o recém-nascido. Em outra, o menino mais velho pintava numa mesa de arte infantil. Era a mesa que eu tinha visto na galeria. Havia dezenas de fotos dos meninos juntos e outras com o menino mais velho envolvido nos braços de seus pais. Carlos, suas cicatrizes faciais ainda vermelhas e irritadas, e a mulher misteriosa, com um barrigão de grávida.

Eu girei pelo aposento, enrolando todos os dez dedos no meu cabelo e puxando forte. Meu couro cabeludo ardeu, mas a dor não chegou nem perto da que sentia me rasgando por dentro. Segurei um porta-retrato com uma foto de escola. O menino não se parecia nada com James em sua foto de jardim de infância. Quem era aquela criança e por que havia fotos dele por toda parte?

— Ele tem cinco anos e gosta de pescar — disse Carlos atrás de mim. — É meu filho.

— Como? Você desapareceu há menos de dois anos.

Eu o ouvi mudando de posição.

— Ele é adotado.

Minhas mãos tremiam.

— E o bebê? — perguntei com voz roufenha, um pouco mais que um sussurro.

— Ele é meu.

O significado daquelas crianças, de tudo, mergulhava cada vez mais fundo, instalando-se na minha alma.

Sou necessário aqui.

— Onde está a mãe deles?

— Minha esposa. Raquel. Ela... — Ele se interrompeu e amaldiçoou.

Uma lágrima escorreu pelo meu nariz. Eu a limpei impacientemente.

— Ela morreu no parto de Marcus — disse ele após um momento. — Isso foi... ah... súbito. Um aneurisma. Não havia nada que os médicos pudessem fazer.

Lentamente me virei para ele. Ele estava parado no meio da sala segurando dois copos de água, seu rosto devastado. Tenho certeza de que a minha expressão era a mesma nos dias que se seguiram ao funeral de James.

— Você a amava — eu disse embotada.

— Muito mesmo.

Lambi os meus lábios ressequidos.

— Onde estão seus filhos agora?

— Estão com amigos. São boas crianças.

— Tenho certeza de que são. — Eu devolvi o porta-retrato para a prateleira e vaguei pela pequena sala, torcendo o anel de noivado no meu dedo. Minhas mãos tremiam sem controle e o alvoroço se espalhou, percorrendo meus membros.

— Sinto muito — disse Carlos num tom áspero e sem emoção. Ele engoliu em seco e piscou rapidamente. Os olhos dele brilhavam com lágrimas não derramadas. — Não pensei... Eu não sabia como... — Ele limpou a garganta e colocou os copos sobre a mesa de centro. — Ver meus filhos deve ser muito estranho para você.

— Quem era ela? Como vocês se conheceram? Quando você... — Apertei os lábios, odiando o desespero na minha voz.

— Ela era minha fisioterapeuta. Adotei Julian quando nos casamos. Marcus veio logo depois... — Ele parou e esfregou a parte de trás do pescoço. — Raquel e eu não ficamos casados por muito tempo, mas eu... — Ele desviou o olhar para longe. Quando voltou a me encarar, foi com ar grave. — Não posso dançar com mais ninguém. Dançar era a sua paixão. É muito difícil para mim... *¡Dios!* — ele gemeu, angustiado. — Se algum dia senti por você o que sinto por Raquel, então realmente entendo o seu inferno. A perda é... insuportável.

Outro gemido escapou dos meus lábios. Torci o anel freneticamente, esfolando a pele por baixo. Os olhos de Carlos bateram nas minhas mãos, estreitando-se no anel de compromisso. — Tirei a minha aliança há meses — ele murmurou.

— Não posso — chorei, derrotada.

Ele se aproximou com cautela.

— Ou não quer?

Balancei a cabeça rapidamente. A sala estava ficando cada vez menor, as paredes me sufocando. Carlos acercou-se. Ele pousou a mão sobre as minhas, acalmando meu movimento descontrolado.

— Eu amava muito Raquel. Tem sido... difícil... sem ela, mas tive que seguir em frente. Não tive escolha. Dois *niños* cheios de energia e lindos precisavam de mim.

Meu lábio inferior tremia.

— Mas você está aqui, James. Você não morreu. Você ainda está vivo. Eu preciso de você.

Carlos sacudiu tristemente a cabeça.

— Ele se foi. Você precisa se libertar, Aimee.

Vamos, garota, liberte-se. As palavras de Ian sussurraram por minha mente. Carlos levou-me para o sofá, pegando-me pelas mãos até que eu me acomodasse na borda do assento. Ele puxou uma cadeira para sentar-se diante de mim e apertou minhas mãos com a dele.

— James foi um homem de sorte por ter uma mulher que o ama tão apaixonadamente. Conte-me sobre ele. Diga-me por que você precisa tanto dele.

— E se você começar a lembrar?

Seus olhos se encheram de remorso.

— Não haverá "começo". Você e eu sabemos que a mudança será repentina. *Se* isso acontecer. Não creio que vá acontecer.

Eu não acreditava em Carlos. James ainda estava conosco, em algum lugar dentro dele. Estudei nossas mãos juntas, os dedos entrelaçados, pele quente se tocando. Era forte o suficiente para voltar para casa sem ele? Poderia seguir em frente enquanto ele ainda vive, longe e sem mim?

Suspirei abatida. Então, com sombria resignação, contei a Carlos a nossa história.

Capítulo 28

Desde o dia em que James desaparecera, eu mantive tudo igual. Seu estúdio em casa. As pinturas na parede. Suas roupas em nosso closet. Como Nadia havia mencionado antes de eu vir para o México, as fotos de James estavam por toda parte.

Apeguei-me a tudo. Sonhos de um futuro com ele ao meu lado. Esperança de que ele ainda estivesse vivo e que voltaria para casa em breve. Memórias de nossa vida juntos, incluindo uma lembrança que jurei jamais contar a ninguém.

Havia sido uma promessa difícil, mas eu a fiz por James. Quando ele estivesse pronto, superaríamos o trauma encarando-o e nos curaríamos juntos. Até que esse momento chegasse, ele ou estava relutante em discutir a penosa experiência ou, como eu estava começando a suspeitar, com muito medo.

Depois do funeral, perguntei se chegaria o dia em que eu não teria que sofrer em silêncio sozinha. *Você continua guardando tudo aí dentro,* Kristen me dissera meses atrás. Se ela soubesse o segredo que eu havia enterrado...

Havia desejado uma última chance de dizer a James como eu me sentia. Como ele havia feito eu me sentir naquele dia no prado. Sozinha e assustada. Agora, aqui estava ele — e, de certa forma, não estava —, sentado diante de mim e pronto para escutar.

Carlos segurava as minhas mãos, o contato transmitindo tranquilidade enquanto eu contava a ele como nós nos conhecemos. Era estranho reviver lembranças nas quais James tenha desempenhado um papel e ele não conseguir se lembrar de um único momento. Expliquei como a minha família, e não a dele, estimulara o seu talento. Compartilhei a história de nosso primeiro beijo e da nossa primeira dança. Um sorriso curvou meus lábios quando eu me lembrei de James chegando da faculdade para me visitar. Fizemos amor sob as estrelas em nosso prado. Então, recordei-me de como James me pediu em casamento.

Olhei para nossas mãos entrelaçadas e deslizei os meus dedos, afastando-os dos de Carlos.

— Tem mais alguma coisa, não tem?

Assenti, remexendo o anel de noivado.

— O que aconteceu com você? — ele perguntou cautelosamente.

As memórias vieram lentamente à tona, rastejando do buraco escuro onde eu as deixara.

— Nós estávamos no nosso prado no cume, nosso lugar especial — eu disse depois de um momento. — James havia estendido um cobertor sobre a grama. Assistimos ao sol se pôr atrás do topo da colina, e ele fez o pedido.

— Vou pintar o pôr do sol para você, e muito mais, se você usar isto — ele me disse. Uma caixa de veludo negro aberta repousava na palma de sua mão e um anel em platina com um brilhante quadrado estava lá dentro.

— Oh! — eu exclamei. — É lindo.

Estendi a mão e James beijou o espaço entre o primeiro e o segundo nó do dedo anular. Ele deslizou o anel. Ficou perfeito. Assim como nós dois éramos perfeitos juntos.

— Case-se comigo, Aimee Tierney. Seja minha esposa.

— Sim! — Meus olhos lacrimejaram. Atirei os braços ao redor dele. — Mil vezes sim!

— Graças a Deus. — Ele riu e me girou.

Soltei um gritinho estridente.

— Você tinha alguma dúvida? — provoquei, sem fôlego quando ele me pôs no chão, meu corpo tremendo enquanto escorregava pela extensão do dele.

— Nenhuma — ele disse e me beijou. — Tenho champanhe no carro. Espere aqui.

Eu o observei correr em direção ao carro e desaparecer no pequeno bosque. Ouvi o barulho do porta-malas batendo e de vidro se estilhaçando.

— Tudo bem aí? — gritei.

— Tudo certo — veio uma resposta tensa. — Já estou indo.

Fiquei de pé, inclinando o diamante à luz do sol. A joia brilhava. — É perfeito, James — eu disse quando ouvi passos atrás de mim. Eu me virei e colidi com Phil.

Ele sorriu debilmente.

— Olá, Aimee.

Sobressaltei-me e recuei um passo.

— O que você está fazendo aqui?

— Comemorando com você.

— Não entendi. Onde está James? — Olhei por cima do ombro de Phil.

— Ele está... ocupado. — Sua mão avançou com rapidez e agarrou forte a minha mandíbula, seu polegar apertando a minha bochecha. Ele me segurou no lugar.

O terror se espalhou por mim como óleo derramado, lento e espesso.

— O que está fazendo?

Ele parecia alterado. Seus olhos estavam inexpressivos e o suor brilhava em sua testa. Ele me puxou contra o peito dele, os dedos cravando na minha carne. O álcool exalava de seu hálito.

— Você é tão bonita.

— Phil, você está me machucando — eu gritei.

— Sinto muito. — Sua boca esmagou a minha com força. Ele estava com gosto de gim.

Lágrimas brotaram dos meus olhos e o medo subiu rasgando pela minha garganta. Eu me desvencilhei dele com um safanão, tropeçando para trás.

— James! — chamei, gritando desesperada.

— Foda-se o James! — O rosto de Phil estava púrpura de cólera. Ele voou em cima de mim, atirando-me de bruços no chão, e eu aterrissei com violência. O ar escapou dos meus pulmões.

— Seu namorado e a porra do irmão dele tiraram tudo de mim. Tudo — ele berrou no meu ouvido. — As Empresas Donato é minha companhia. *Minha!*

Sua mão fechou-se ao redor do meu crânio, empurrando meu nariz para dentro da terra. Eu não podia gritar. Eu não conseguia respirar. Meus dedos enterraram-se no chão.

— Já tirei tudo de Thomas. Ele é um tremendo de um idiota. Ele não faz ideia do que fiz com sua preciosa mercadoria. — O som de um zíper se abrindo pontuou suas palavras. Ele enganchou os pés nos meus tornozelos e abriu as minhas pernas. — Agora é a vez de James. As Empresas Donato não significam merda nenhuma para ele. Mas você! Você é tudinho para ele. — Seu bafo soprava no meu ouvido. Saliva respingava no meu rosto. Ele empurrou minha saia para cima e puxou para o lado a calcinha. O elástico cortava a minha pele.

— Ele tirou de mim, então estou tirando dele.

Ele enfiou os dedos dentro de mim, uma invasão grossa e seca. Queimou. Meus pulmões ardiam. A terra áspera prensava a minha bochecha enquanto eu lutava por ar. A pressão nas minhas costas, a repulsiva pressão que me invadia, e a opressão em meus pulmões que pareciam presos num torno era demais para suportar. Minha visão foi sumindo, escurecendo ao longo dos cantos dos olhos. Então, toda a pressão desapareceu.

Suguei o ar com avidez, em meio a inspirações curtas e rápidas. Levantei-me sobre as mãos e os joelhos, tossindo. Cuspe misturado com terra chovia da minha boca.

— Aimee. — James caiu de joelhos na minha frente. — Meu amor. — Sua voz estava devastada. Suas mãos correram sobre mim, endireitando as minhas roupas, alisando para trás os cabelos do meu rosto encharcado de suor. — Estou aqui.

A bile subiu. Afastei suas mãos para o lado e rastejei para longe. Vomitei tudo... tudo exceto o vil toque de Phil. Não conseguia parar de sentir as suas mãos.

James aproximou-se, levantando-me. Suas mãos tremiam violentamente.

— Vem, vamos cair fora daqui.

Olhei para além de James. Phil estava estirado de barriga para baixo na grama alta, imóvel.

— Ele está...?

— Ele está vivo. Não olhe. — Ele recolheu o cobertor e nos apressou para o carro.

— Vai simplesmente deixá-lo lá?

— Sim, vou. — Ele me embrulhou no assento do passageiro e depois bateu a porta. Correu para o lado dele, ligando o carro antes mesmo que a porta se fechasse. O automóvel partiu cantando os pneus e acelerou colina abaixo.

Comecei a tremer, pequenas vibrações amplificando-se até se transformarem num terremoto de corpo inteiro.

— Acabou, Aimee.

Grama e galhos secos estavam presos à minha saia. A terra arruinara as minhas unhas. Tentei limpá-las.

— Estou suja. Estou tão suja. Temos que ir para casa. Leve-me para casa. — A náusea revirava o meu estômago.

— Nós não podemos... *Merda!* — Ele bateu a mão no volante. — Meus pais estão nos esperando. Eles vão fazer perguntas se nós não aparecermos, especialmente mamãe. Quero chegar em casa antes de Phil.

Perguntei com voz estrangulada:

— Ele vai estar lá?

— É bom ele não estar, mas não quero correr nenhum risco. Vamos passar rápido nos seus pais. Prometi ao seu pai que iríamos para lá depois que eu a pedisse em casamento.

Olhei-me no espelho da viseira e choraminguei. Folhas e grama agarravam-se aos meus cabelos. Arranhões cobriam minha bochecha direita e o maxilar. Um hematoma crescia no meu queixo. Minha maquiagem já era. Busquei minha máscara para cílios e tentei aplicar o carvão líquido. Manchou a maçã do meu rosto.

James desviou para o acostamento da estrada, parando, e pegou uma toalha de sua bolsa de ginástica. Suas mãos tremiam enquanto ele derramava água na toalha.

— Olhe para mim. — Ele limpou delicadamente o meu rosto. — Você não pode contar a ninguém sobre Phil. Seus pais, minha família, nossos amigos. Ninguém pode saber o que aconteceu. Está me entendendo? — Ele retirou a terra de um arranhão em carne viva no meu maxilar. Eu me retraí e ele fez um ruído para me tranquilizar: “shhh”. — Tem um lance feio rolando nas Empresas Donato, e Phil está envolvido. — Ele pegou a minha bolsa e retirou de lá o corretivo. Ele deu tapinhas com o pó na minha bochecha, espalhando a maquiagem na minha pele. — Vou dar um jeito em Phil. Ele nunca mais vai machucá-la. — Ele desrosqueou a tampa do tubo do rímel. — Aqui está, olhe para cima. — Assim o fiz, e com sua mão firme de pintor, James aplicou a máscara nos meus cílios. — É meu trabalho protegê-la. Sempre a manterei segura. Está me ouvindo?

Suguei meu lábio inferior e assenti.

— Olhe para mim, meu amor.

Nossos olhares fixaram-se um no outro e a intensidade de sua raiva me assustou. Seus olhos tinham um brilho frio, sua expressão era dura como aço.

— Me certificarei de que Phil fique longe. Ele não vai tocar em você.

Sangue escorria pela têmpora de James e eu gemi.

— Você está ferido. — Toquei o galo em sua cabeça e ele se encolheu.

— Não está muito feio. É apenas um corte.

Peguei a toalha dele e derramei mais água nela. Tocando suavemente seu rosto, observei o líquido escuro escorrer rosado na toalha branca.

— Eu te amo.

— Eu sei. — James fechou momentaneamente os olhos. — Meu Deus, detesto que tenha de ser desse jeito, mas precisamos ir. Seus pais estão nos esperando. Se chegarmos atrasados, eles vão fazer perguntas.

— Mas eu tenho perguntas — falei com a voz chorosa. — Phil fez isso para machucá-lo. Foi isso que ele disse. Por quê, James? O que está acontecendo entre vocês?

James me calou suavemente com um “shhh”. Acariciou o meu rosto e pressionou sua testa contra a minha.

— Responderei a todas as suas perguntas quando puder. Vou lhe contar tudo, prometo — disse ele, com a garganta apertada de lágrimas não derramadas. — Até lá, você precisa confiar em mim para mantê-la a salvo. Eu sei o que estou fazendo. Por favor, confie em mim.

— Ok — concordei e forcei-me a não pensar em Phil. Enxotei-o para um canto inacessível da minha alma.

Dirigimos até a casa dos meus pais e mascaramos o rosto com sorrisos. Nós brindamos com champanhe, matando uma garrafa entre nós quatro. Quanto mais eu bebia, mais fácil era esquecer o que tinha acontecido no nosso prado. Então, caminhamos até a casa dos pais de James para fazermos a mesma coisa. A casa estava silenciosa quando chegamos.

— Tem alguém em casa? — perguntei a James quando entramos na sala de estar. O champanhe estava sendo refrigerado em um balde de prata esterlina no aparador. Pelo menos, éramos aguardados.

A preocupação nublou o rosto de James. Ele olhou ao redor da sala. Seu pai vinha andando doente. Entrelacei minha mão na dele.

— Vamos achar os seus pais.

Naquele momento, Claire Donato dobrou a quina da parede com os braços abertos.

— Parabéns! — ela cantarolou e abraçou James.

Claire virou-se para mim em seguida. Agarrou as minhas mãos.

— Bem-vinda à família. Estamos emocionados por ter outro membro entre os Donato.

Forcei um sorriso, estremecendo com a dor no meu maxilar.

— Está planejando usar o nosso nome? — ela perguntou, interpretando errado a minha reação. — Deus me livre de você conservar o seu sobrenome, ou pior, juntar com um hífen seu nome com o nosso.

— Bem, eu... — Minha voz foi sumindo. Encarei James.

Ele fechou a cara e foi abrir o champanhe. *Pop!* O ruído cortou o ar gelado. Arquejei e Claire sobressaltou-se. Ela olhou para James com ar de superioridade.

— Eu ficaria honrada em assumir o sobrenome Donato — apressei-me em dizer. — Eu amo James.

— Claro que ama, querida.

James serviu duas taças.

— Onde está o papai?

— Está no quarto dele. Não está se sentindo bem esta noite. — Claire me lançou um olhar desculpando-se. — Seus pulmões estão temperamentais hoje.

James relanceou a vista para a mãe enquanto derramava champanhe em mais outra taça.

— Quando é o próximo exame dele?

— Você conhece o seu pai. Ele é mais teimoso do que você e Thomas juntos.

James balançou a cabeça, recusando-se a ser arrastado para uma discussão com sua mãe. Ele entregou-lhe uma taça.

Ela deu de ombros delicadamente.

— Se o seu pai não desiste dos charutos, ele não voltará ao médico. Ele irá adiar qualquer consulta até o último momento possível. Ele já cancelou duas que a enfermeira agendou para ele.

James não parecia feliz. Ele fechou a cara e me entregou uma taça.

— Quando é o casamento? — perguntou Claire.

— Ainda não temos uma data. Talvez no próximo verão? Julho? — Lancei a James um olhar questionador.

— Isso será adorável! Vocês devem usar a nossa igreja.

— Nós pretendemos fazê-lo. — James entrelaçou seus dedos com os meus. Ele me puxou para si. — Nós também pretendemos fazer a recepção no The Old Irish Goat.

Claire torceu o nariz.

— Ah, não. Isso não vai ser possível. Esse restaurante é muito pequeno.

— *Esse* restaurante pertence aos pais de Aimee. Eles generosamente concordaram em ceder o espaço.

— Ficará terrivelmente lotado com todos os nossos convidados. Onde você irá acomodar todo mundo?

Meus dedos giraram nervosamente o pé da taça.

— Na verdade, James e eu queremos uma cerimônia pequena. Amigos e familiares próximos. — Familiares que não incluíam seu primo Phil. Senti um aperto no estômago.

A porta da frente bateu. Eu me retesei, com uma expressão de pavor, enquanto James e eu trocamos olhares. Um grito alto soou do vestíbulo.

— Estou ouvindo sinos de casório?

Thomas apareceu na entrada. Um suspiro de alívio me escapou. James apertou meus dedos.

Thomas aproximou-se de nós. Ele me abraçou, dando um beijo na minha bochecha.

— Parabéns. Bem-vinda à família, irmãzinha. — Ele deu um soquinho de brincadeira no meu queixo, raspando nos meus hematomas ocultos. Puxei o ar entredentes. James bateu no punho do irmão para afastá-lo de mim. Thomas empurrou o ombro de James no mesmo tom de farsa e depois o puxou para um abraço másculo entre homens. Num piscar de olhos, James interrompeu o abraço, sua paciência com a família se esgotando.

— Aimee estava me contando sobre os planos deles para o casamento — Claire explicou a Thomas, entregando-lhe uma taça de champanhe. — James, acho que você devia considerar Phil para ser um de seus padrinhos.

Senti a cor drenar da minha face.

Thomas estreitou os olhos para mim e James apertou o maxilar.

— Não o quero lá.

— Ele é da família, James.

— Discutiremos a festa de casamento mais tarde, mãe — ele disse baixinho.

Thomas depositou no aparador a taça que mal havia tocado.

— Ok, então, vamos deixar Aimee e mamãe combinarem os detalhes da cerimônia. — Ele curvou um dedo para James, chamando-o. — Você tem um minuto? Nós precisamos conversar.

O rosto de James ficou tenso.

— Sim, nós precisamos. — Ele beijou minha testa e perguntou se eu ficaria bem. Quando concordei com a cabeça, ele sussurrou que voltaria num instante e então iríamos embora.

Claire colocou sua taça ao lado da de Thomas e correu suas bem-cuidadas unhas pelo meu cabelo, alisando as espessas ondas. Ela retirou uma folha seca e arqueou uma sobrancelha.

— Acho que você dará uma linda noiva assim que dermos um jeito nesses seus cabelos. Estão tão desregrados — murmurou ela, balançando a cabeça. Ela estalou a língua, produzindo um ruído de censura. — Você usa maquiagem demais.

Vinte cansativos minutos depois, livrei-me de Claire e de seu planejamento do casamento com a desculpa de precisar ir ao banheiro. Felizmente, o telefone da casa tocou e Claire atendeu à ligação.

Fui procurar por James. Sua voz ressoava no corredor vinda do escritório. A luz se derramava por baixo das portas duplas, assim como o murmúrio áspero de Thomas.

— Não posso demitir Phil. As estipulações de Grant proíbem isso — advertiu.

Através das portas parcialmente abertas, vi James em pé num canto. A raiva deturpava o seu rosto. Thomas andava de um lado para o outro pela sala.

— Dou um jeito em Phil — respondeu James.

— Ele não é responsabilidade sua.

— Escute, eu tenho um plano.

Suas vozes baixaram. Prendi a respiração, esforçando-me para ouvir. Apenas tons abafados me alcançaram.

— Se você meter o DEA nisso, todos nós vamos rodar — Thomas acusou quando James concluiu sua explicação.

— Então, deixe-me lidar com ele. Meu plano vai funcionar.

— Vai o caralho! — Thomas explodiu. — Seu plano é uma porcaria. Phil é muito instável. Você vai acabar se matando.

Arfei, batendo a mão na minha boca.

— Pelo amor de Deus! Fale baixo. — Os olhos de James dispararam para a entrada do escritório.

Afastei-me da porta. O que estava acontecendo?

— Dê-me um ano para encerrar as operações de Phil — implorou Thomas. — Dois, no máximo, para excluí-lo da herança.

— Não, vamos lidar com Phil agora. Cansei de esperar — disse James rispidamente. — E cansei de fechar os olhos como todos os outros nesta família fazem quando Phil exporta mercadorias compradas com dinheiro sujo. Essa merda ilegal termina agora ou estou fora.

Thomas esfregou o rosto.

— Preciso de tempo, James. Você não está me dando nenhum...

Uma mão larga prendeu-se firmemente ao meu ombro. Eu me sobressaltei, virando. Edgar Donato me encarava com seu olhar férreo. Ele pressionou o dedo indicador contra os lábios e sorriu, quase alegre.

— Venha comigo.

Com o champanhe e o que eu tinha ouvido, a confusão anuviava a minha mente. Meu olhar disparou entre James e seu pai.

Exageradamente acima do peso, Edgar, apoiando-se em uma bengala, caminhou com dificuldade para a frente, arrastando um tanque de oxigênio atrás de si. As rodinhas produziam um rangido estridente sobre as lajotas de mármore.

Lançando um último olhar para a fenda da porta, segui Edgar. Eu perguntaria mais tarde a James o que Thomas quis dizer. Uma coisa era certa: eu queria James fora do negócio da família tanto quanto ele próprio queria.

Edgar nos conduziu à biblioteca e foi direto para ao armário de bebidas. Ele retirou a tampa de uma licoreira de cristal cheia de um líquido cor de âmbar. Ele derramou dois dedos em um copo e quatro em outro.

— Você pode beber? — perguntei quando ele me entregou o copo com a dose menor.

— Minha querida — ele começou, limpando uma garganta carregada de muco —, minha saúde não tem mais volta. Não há muito que eu possa fazer a não ser dar uma mãozinha ao curso que ela tomou. — Ele ergueu o copo para os lábios e riu. — Saúde! — Ele bebeu metade do copo no primeiro gole e acrescentou: — Bem-vinda à família.

Cheirei a bebida e a beberiquei com hesitação. Edgar tocou o fundo do meu copo, inclinando o cristal mais alto contra a minha boca. Engoli rapidamente. O uísque desceu queimando a minha garganta e abriu um buraco na minha barriga. Arquejei.

Edgar riu, os ombros se contraindo.

— Você precisará de mais disso se quiser sobreviver à família em que está se metendo nesse casamento. Poderia muito bem começar agora.

Com o uísque para arrematar todo o champanhe de antes, minha cabeça ficou atordoada e confusa. Meu estômago se revirava.

Edgar recuou para uma poltrona e se instalou. Ele ajustou sua bengala e o tanque. Um ataque de tosse o consumiu, alto e áspero, impregnado de catarro. Seu corpo inteiro sacudiu.

— Não se preocupe — ele engasgou, esgotado. — Você vai se acostumar com isso. Quanto mais você beber, melhor se tornará o gosto. Um dia — ele apontou para o uísque escocês com sua bengala —, Johnnie Walker poderá ser a única coisa a mantê-la sã nesta família.

Meus olhos se desviaram velozmente para a porta. Engoli em seco, sentindo-me desconfortável. Em todos aqueles anos que conhecia James, nunca estivera a sós com seu pai. Antes desta noite, Edgar e eu mal nos falávamos.

— Venha, venha. Sente-se aqui. — Ele deu um tapinha na poltrona ao lado dele.

Sentei e provei outro gole do fogo no meu copo. O último, prometi a mim mesma.

— Gosto de você, Aimee. Sempre gostei. Seus pais também são boas pessoas.

Minhas sobrancelhas arquearam muito.

— Você é boa para James. Ele precisa de você. – Edgar sorriu e seus olhos se entristeceram. — Thomas é muito parecido com a mãe dele. Ele tem um propósito implacável que chega às raias da crueldade. Thomas acredita que pode assumir sozinho o mundo. Mas James — Edgar fez um sinal de aprovação com a cabeça —, ele me faz lembrar do meu irmão mais novo. Entusiasmado. Um sonhador. Eu jamais seria um obstáculo no caminho de seus sonhos. Não poderia forçá-lo a ser alguém que ele não era — parei, lembrando com quem eu estava falando: o homem que impediu James de perseguir a vida que ele queria. Pigarreei e olhei para o meu copo. — Conselhos que eu deveria ter considerado décadas atrás. Temo... — Sua voz ficou à deriva, seu olhar vagava.

Franzi o cenho ante sua franqueza. Talvez fosse uma reação à sua medicação. Isso explicaria a disposição inesperada para se abrir. Então me toquei. O olhar sem foco e a aceitação silenciosa de sua condição. A moderação de temperamento que chega no ocaso da vida acompanhada da reflexão sobre uma vida repleta de arrependimentos.

Edgar Donato estava solitário e sentia-se muito isolado num mundo que James mantivera oculto de mim, e eu mal começara a perceber isso.

Quando se calou, perguntei-lhe:

— O que o senhor teme, senhor Donato?

Sua cabeça se ergueu.

— Hein? Oh, nada. — Tossindo em seu punho, ele limpou a garganta. Um ataque de tosse se instalou, as tossidas cada vez mais violentas.

Fui ao armário de bebidas e servi-lhe um copo de água. Enquanto ele recuperava a compostura, meus olhos examinaram a sala e bateram no brasão da família Donato emoldurado na parede oposta.

— Lembro quando James levou o brasão da família para a escola, para o "mostre e conte" — eu disse, puxando assunto. — Isso foi há anos. Ele me contou tudo sobre a águia.

— Qual águia? — engasgou Edgar.

— Aquele ali na parede. O brasão de sua família.

Edgar mudou de posição em seu assento, olhando para cima. Ele caiu na gargalhada.

— Esse brasão não é da minha família. É da família de Claire. — Virando o copo, ele terminou o uísque.

Meu queixo caiu.

— Aimee? Você está pronta para ir?

Girei na minha cadeira. James estava parado na entrada.

Capítulo 29

— Aimee, você está bem?

Pisquei atônita para Carlos. Ele estava sentado tenso e pálido em sua cadeira do outro lado da sala. Olhei em volta, atordoada. Pelo visto, eu ficara andando para lá e para cá enquanto falava. Meus dedos apertavam com força o anel de noivado.

— Aimee...? — ele questionou num tom mais firme.

Assimilei tudo ao meu redor: paredes pintadas de laranja queimado, piso de madeira em mogno, móveis de cores vivas com almofadas decorativas — um toque feminino —, brinquedos empilhados em um canto, recolhidos depois da brincadeira do dia, e inúmeras fotos retratando uma família um dia completa que havia perdido a mãe. Carlos era mais necessário aqui do que eu precisava de James.

Eu entendia isso agora. Analisando agora o nosso relacionamento, com o distanciamento do tempo, percebi que, embora eu o tivesse amado loucamente, também tínhamos nossas falhas. James era bom em postergar as coisas que o deixavam desconfortável e eu era cordata demais. Sua família deveria ter sido informada sobre Phil.

Quando Carlos olhou para mim com uma expressão horrorizada, percebi que casar com James talvez não fosse a melhor coisa para mim.

Nos dezenove meses desde que ele partira para o México, apesar da dificuldade desse período, eu me tornei uma pessoa mais forte e confiante. E não queria perder a vida que eu criara para mim.

Uma voz sussurrou na minha cabeça, uma que eu não ouvia há algum tempo. *Tudo bem deixar para trás, Aimee.*

Meus olhos se arregalaram. Nunca fora James falando comigo no vento, tocando-me com uma lágrima. Era eu, a parte de mim que era suficientemente corajosa para seguir em frente. A parte que sabia que eu era capaz de fazer isso sozinha.

Carlos atravessou a sala até mim. Retirei o anel do dedo pela primeira vez desde que James o colocara. Encaixara perfeitamente, mas a perfeição pode ser uma ilusão. Olhei para o meu dedo nu, para a faixa de pele não bronzeada, pálida e tenra. Levantei a mão de Carlos e coloquei o anel no centro de sua palma.

— O que você está fazendo? — Ele fechou a mão em torno do anel.

— O que eu deveria ter feito há muito tempo. Uma vez prometi a James nunca interferir em seus sonhos. Na verdade, eu odiava quando ele baixava a cabeça para os pais. Queria que ele deixasse as Empresas Donato, abrisse uma galeria e pintasse. Ele teria tido uma vida mais rica e mais gratificante. Ele ia fazer isso antes... — Engoli em seco e respirei fundo para me recompor. — Antes de morrer. — Levantei a vista para Carlos e finalmente encontrei James. — Mas olhe só para você, você fez isso. Está vivendo a vida que esperava alcançar. Não vou lhe tirar isso. Não vou forçá-lo a ser alguém que não é. Nunca o forçaria da maneira que seus pais fizeram.

— Aimee...

— Não... Não, isso é bom. Você queria sua própria família, porque a família em que cresceu era tão...

— Disfuncional? — Carlos sugeriu.

— Para dizer o mínimo. — Eu lhe dei um sorriso compreensivo. — Seus meninos precisam de você.

E eu precisava voltar para casa, era necessária lá. Sentia saudades do meu café, do café moído na hora e das especiarias reconfortantes. Do aroma açucarado de bolos e biscoitos. O sininho da porta que soava a cada novo cliente ou alguém familiar retornando. Sentia falta da minha chef Mandy e dos esquemas de Emily, sempre procurando levantar uma grana extra com suas apostas. Sobretudo, sentia falta de Ian. O Aimee's não seria o que é hoje sem ele. Não estaria onde estou hoje sem ele, emocional e fisicamente, e todos os níveis entre eles. Eu não queria perdê-lo.

— *Dios*, Aimee... Isso tudo que você me contou... — Carlos praguejou novamente, esfregando a parte de trás do pescoço. — Você vai ficar bem? — Ele franziu a testa, sem se convencer quando confirmei com a cabeça. Passara horas compartilhando memórias, algumas um tanto sinistras. — Você tem certeza?

Examinei meu interior. Com a escuridão exorcizada, reconheci a calma aceitação da minha situação. Já estava lá há algum tempo, esperando pacientemente que eu tomasse posse. Nadia ficaria impressionada. Eu estava seguindo em frente.

— Pela primeira vez tenho certeza de que ficarei bem. Mais do que bem.

Eram 3h30 quando Carlos me deixou no Casa del Sol. Fiquei sozinha na calçada enquanto ele se distanciava, esperando até que as lanternas traseiras desaparecessem. Não fazia ideia de quando o veria de novo. *Se* eu o visse de novo. O fim do nosso relacionamento parecia mais definitivo neste momento do que quando enterrei o seu corpo.

Imelda interceptou-me enquanto eu me arrastava pelo lobby. Suas roupas estavam amarrotadas, os cabelos desgrenhados. Parecia exausta.

— Thomas está aqui — advertiu-me ela.

Encarei-a surpresa.

— Onde?

— No bar.

Espiei através da ampla entrada para o lounge do hotel. Sob as luzes suaves, o bartender limpava metodicamente o balcão com um pano. O lugar estava vazio, a não ser por um homem solitário sentado em uma mesa encostada na parede dos fundos. Uma garrafa e um copo lhe faziam companhia.

O bartender ergueu a vista quando entrei e me seguiu até a mesa de Thomas. Ele colocou um copo limpo na superfície de madeira como se estivesse aguardando a minha chegada, e depois voltou para trás do balcão.

Sentei-me na cadeira em frente a Thomas e ele lentamente ergueu a cabeça. Sua camisa estava desabotoada no colarinho, a gravata, afrouxada e o terno, amassado; ele parecia anos mais velho do que da última vez que eu o vira. Isso fora há várias semanas, quando ele tinha ido ao meu café para tomar um expresso. Os vincos em seu rosto se aprofundaram. Ele despejou vários dedos de bebida no copo vazio. O líquido âmbar respingou em torno da base.

— Ele te amava muito. Ambos os meus irmãos e eu tínhamos muita afeição por você, de nosso jeito demente — ele disse com ironia.

Inspirei fundo.

Ele abanou a cabeça devagar.

— Nada de segredos agora.

Esse brasão não é da minha família. É da família de Claire.

Algo mudou dentro de mim, trazendo clareza.

— Phil é seu irmão.

— Filho do tio Grant e da mamãe. Ela e seu irmão Grant eram muito íntimos antes de ele contratar papai e mamãe se apaixonar por ele. Papai assumiu seu sobrenome quando se casaram. Acho que isso ajudou na sua posição como presidente das Empresas Donato.

Não é de se admirar que James escondesse tanto de mim sobre sua família. Ele devia sentir vergonha da mãe e de seu próprio irmão. E Phil era um produto dessa ligação. A família Donato escondia bem tal segredo.

Baixei meu olhar para a mesa, considerei o uísque no copo, depois olhei para ele. Thomas estava certo. Nada de segredos agora.

— Não acredito nem um pouco que Phil se importava comigo. Ele me violentou no dia em que James me pediu em casamento.

Thomas recuou no assento.

— Que merda, Aimee. Eu não sabia. — Ele desviou os olhos de mim, fitando o canto com olhar perdido. — Faz sentido agora porque James queria se ver livre dele.

— Onde ele está?

Ele se virou para mim.

— Phil? Ele não vai incomodá-la novamente.

Suas palavras pareciam definitivas.

— O que aconteceu com James? Por que você mentiu para nós? — Dezenove meses de dor e perda se derramaram junto a essas perguntas. Lágrimas salgadas estavam prestes a rolar de meus olhos.

— Eu o estava protegendo de Phil, que estava usando as Empresas Donato para lavar dinheiro sujo. Ele comprava nossos móveis com dinheiro da venda de drogas e providenciava a exportação para o México. O cartel então vendia os móveis em pesos, devolvendo o dinheiro deles ao sistema bancário — explicou Thomas num tom grave. — Phil queria nos arruinar. O tio Grant deixou o controle das Empresas Donato para o meu pai, e meu pai o passou para mim, não Phil. Phil achava que o direito era dele.

Eles tiraram tudo de mim. As palavras de Phil me tomaram de assalto. Na ocasião, achei que estivesse louco.

— Papai e eu estávamos cooperando com a DEA, que estava atrás de peixes maiores do que Phil. Tínhamos de fingir que não sabíamos o que ele estava fazendo para que continuasse com suas operações até que a DEA conseguisse ir atrás do quê e de quem eles queriam. As pessoas para quem Phil trabalhava? Elas não hesitaram em matar quem descobrisse o que Phil estava fazendo.

Lembrei-me de James e Thomas discutindo. James queria pedir ajuda para a DEA, mas Thomas já estava trabalhando com eles.

— James não sabia que a DEA já estava envolvida — deduzi.

Thomas balançou a cabeça.

— Papai e eu concordamos que, quanto menos gente soubesse o que estava acontecendo, menor o risco para nós e para a companhia. Em retrospectiva, vejo que eu deveria ter dito a James. Ele é brilhante. Verificou nossas finanças e descobriu muito rapidamente o que Phil estava fazendo.

— E você não tomou nenhuma atitude quando James lhe disse isso — adivinhei.

— Eu não podia. Já havia um plano em andamento. Mas James ficou impaciente com a minha falta de ação e interesse. Ele partiu para o México por conta própria e confrontou Phil. Agora que sei o que Phil fez com você, acho que James tinha muita fúria reprimida dentro dele.

Tinha mesmo. James ficou louco de raiva quando eu quis tirar da parede a pintura do nosso prado.

— Não vamos deixar que a porra desse doente controle nossa vida — ele me disse.

— Não tenho ideia do que aconteceu quando James se encontrou com Phil — dizia Thomas. — Nós nunca saberemos, a menos que ele se lembre. Phil disse que eles foram pescar e que James caiu ao mar, então, essa é a história com a qual segui. Acho que Phil tentou matá-lo.

As palavras me faltaram. Era demais. Todos os problemas familiares com que James estava lutando enquanto tentava me proteger...

— Por causa do caso DEA, eu tinha que deixar que todos acreditassem que James havia morrido. Eles precisavam manter Phil envolvido em suas atividades, não fugindo, caso ele soubesse que James ainda estava vivo. James talvez não sobrevivesse a outro atentado contra a sua vida. E se o cartel mexicano derrubasse Phil, lá se iam por água abaixo os planos da DEA. — Ele apontou com o polegar para o próprio peito. — Eu mantive James escondido para protegê-lo.

— Mas você o deixou aqui — gritei.

— Era para ele ficar escondido apenas algumas semanas, três meses no máximo. Mas as semanas se transformaram em meses, e logo um ano se passara. A DEA levou mais tempo para terminar o que precisava fazer.

A essa altura, James estava fortemente enraizado em sua nova vida como Carlos.

— Ele conheceu a esposa.

— Ele já estava casado e com um filho a caminho. Sua paixão por Raquel foi fulminante.

Já que eu não havia tocado em meu uísque, Thomas o virou numa golada e depois fitou o copo vazio.

— Eu tinha certeza de que você iria descobrir. Seu detetive particular quase me depenou. Ele ameaçou lhe contar onde James estava. Tive que pagar para calá-lo.

Assim como ele pagou Imelda. Ele também me pagara.

Era demais para digerir. Além disso, já tinha ouvido o suficiente. Era hora de voltar para casa. Fiquei de pé e alisei minha saia.

Thomas levantou a cabeça. Ele agarrou o meu pulso.

— Desculpe, Aimee.

Meu olhar se ergueu lentamente de seus dedos que apertavam o meu pulso para o rosto dele.

— Não é a mim que você deve desculpas.

— Como está James? Ele vai voltar para casa?

— Não. Ele é necessário aqui, mas tem algumas dúvidas. Certifique-se de vê-lo antes de partir.

— E você? Vai para casa?

— Meu lugar é lá. Meu café...

Ele intensificou a pressão de seus dedos no meu pulso.

— Sabia que você iria conseguir. Eu disse a Joe... — Retesei-me e Thomas sorriu. — Fui eu. Cobri o seu arrendamento durante a reforma. Foi a única maneira de fazer Joe concordar.

Arranquei meu braço da pressão de seus dedos.

— Sim, bem... Eu queria ajudar. — Ele se arrastou para fora da cadeira e tropeçou em direção ao bar, desabando numa banqueta.

Eu me virei para sair, mas parei.

— James realmente foi para Cancún?

Thomas negou com a cabeça.

— Ele queria que pensássemos que estava lá, e não atrás de Phil.

— E o caixão, o que havia dentro?

Ele me deu um olhar vazio.

— O funeral de James — expliquei. — O que havia dentro daquele caixão?

— Sacos de areia. — Ele deu de ombros, como se isso fosse de menor importância.

Desviei o olhar momentaneamente e fechei os olhos por um instante. Quando virei-me de volta, Thomas encarava o bar, com a cabeça apoiada nas mãos.

Sem olhar para trás, sem ao menos uma palavra de despedida, saí do bar e da vida da família Donato.

Capítulo 30

— Abre a porta, Aimee! — o grito abafado de Ian chegou até mim. Ele batia forte na porta.

Atirei uma blusa na mala aberta e me apressei até a porta antes que os outros hóspedes fossem incomodados pelo alvoroço. Eram 5h30.

Abri a porta num puxão e ele entrou correndo.

— Caramba! Estou ligando para você a noite toda. Onde esteve?

— Com Carlos.

Ele engoliu em seco visivelmente.

— Você deveria ter me contado. Eu estava preocupado.

— Deixei o meu celular aqui sem querer. Não esperava ficar fora a noite toda. Desculpe.

— Então, você conversou com Imelda?

Fiz que sim com a cabeça.

— Com Carlos também. Ele veio até o meu quarto e saímos para jantar. Depois que nós...

— Você dormiu com ele? — ele exigiu saber com uma voz tensa.

— Não! Não aconteceu nada. — Eu me aproximei e ele recuou. Parei. — Nós conversamos. Só isso.

— Ele vai para casa com você?

Abanei a cabeça. O hábito me fez querer girar o anel no meu dedo, até que me lembrei de que ele não estava mais lá. O movimento capturou a atenção de Ian. O olhar dele pousou na minha mão e depois pulou para o meu rosto.

— Onde está o seu anel?

— Devolvi para ele.

Ian endireitou o corpo de forma a me encarar por completo. Seus olhos percorreram toda a minha extensão. Forcei-me a relaxar, sorrir um pouco até. Suas sobrancelhas uniram-se na testa.

— Como você está?

— Estou... bem — respondi junto de um sorriso. Eu desejava que ele dissesse algo sobre "nós". — Então... nós estamos bem? — Fiz um gesto com a mão entre nós.

Ele relanceou minha mala de viagem. Uma única sobrancelha dele se arqueou.

— Está fazendo as malas?

— Não há razão alguma para eu ficar. — Fui até a cômoda.

— Nenhuma? — ele perguntou amargamente.

— Não. Hora de eu seguir em frente. — Recolhi uma pilha de roupas sujas. — Se você arrumar rápido as malas, podemos pegar o primeiro voo de hoje.

Ian não se mexeu enquanto eu despejava a roupa suja na maleta. Fui até o banheiro e apanhei os meus artigos de higiene pessoal e cosméticos. Depois de uma rápida inspecionada com os olhos, voltei para o quarto. Ian estava parado próximo às portas da varanda com as mãos apoiadas nos quadris. Ele olhava para o céu da manhã que despontava. Meus olhos dispararam dele para a mala.

— Você não vai arrumar a sua bagagem?

Ele balançou a cabeça.

— Imelda prometeu me ajudar a encontrar Laney. Vou voltar para casa amanhã, conforme o planejado.

Inalei rapidamente pelo nariz, mordendo o lábio inferior. Eu havia me esquecido sobre seu interesse em Laney-Lacy. Jogando os artigos de higiene na maleta, mexi no dedo em que costumava ficar o anel de noivado.

— Quer a minha ajuda?

Ele me observou por um longo momento antes de sacudir a cabeça.

Senti um aperto no peito.

— Hum... tá. Vejo você no café na quarta-feira, então?

Ele me lançou um olhar repleto de frieza.

— Eu me demiti. Lembra?

— Oh, sim. É mesmo — murchei. — Bem, boa sorte. Espero que você encontre sua mãe. Se houver alguma coisa que eu possa fazer para ajudar... bem, me avise, ok?

Ian assentiu lentamente e virou-se para a varanda. Foi apenas um ligeiro reposicionamento de sua cabeça, mas que pôs quilômetros entre nós. Ian não queria que eu ficasse com ele, por isso resisti à vontade de perguntar mais uma vez sobre nós. Ele não havia dito nada, então, provavelmente era tarde demais para corrigir o estrago que eu tinha provocado na nossa amizade. Ele abrira o seu coração e eu tinha saído fora, deixando-o sozinho em sua cama. Depois, disse a ele que o que aconteceu entre nós jamais deveria ter acontecido. Foi a pior coisa que eu poderia ter feito. Ele só quis me ajudar porque me amava.

Terminei de arrumar a minha mala e fechei a tampa, praguejando quando o zíper enroscou nas minhas roupas.

— Espera, deixa eu fazer. — Ian empurrou minhas mãos delicadamente para o lado e consertou o zíper que emperrara, deslizando-o e fechando a maleta. Então, virou-se para mim e roçou as costas dos dedos pela minha bochecha. Respirei fundo. Ele baixou o braço e ergueu a minha mala da cama. — Eu a acompanho até o seu táxi.

No meio-fio, ele me abraçou, despedindo-se. Não houve beijos ou promessas de nos vermos depois. Ele pagou ao motorista do táxi a minha corrida e fechou a porta depois de eu me acomodar. Abri a janela de trás.

— Ian — chamei ansiosamente quando ele recuou. — Quando vou vê-lo outra vez?

Sua expressão foi cautelosa enquanto ele passava os dedos por seus cabelos bagunçados.

— Você sabe onde me encontrar.

Na galeria de Wendy, em sua próxima exposição. Onde seríamos educados e profissionais um com o outro. Encolhi-me por dentro.

O táxi afastou-se do meio-fio e eu me inclinei para a janela, observando Ian até que viramos na rodovia e ele sumiu da minha linha de visão. Foi só quando cheguei ao aeroporto que compreendi que eu havia aberto mão de algo mais do que James. Eu também o fizera com Ian.

Meu voo aterrissou em San Jose dezenove horas e duas escalas depois, muito tarde da noite. O terminal estava praticamente deserto enquanto eu esperava sozinha minha mala na esteira de bagagens. Estremeci de frio e apertei mais o casaco sobre o meu vestido de verão, e encarei com o olhar perdido as janelas encharcadas de chuva. A esteira pôs-se em movimento e, alguns momentos depois, minha mala com rodinhas apareceu, tombando para a frente na rampa. Tirei-a de lá e trombei com Nadia.

Ela resmungou, agarrando meus ombros.

— Bem-vinda de volta.

— Como...?

— Ian ligou avisando. — Ela passou um braço em volta da minha cintura. — Venha, deixa eu te levar para casa. Você está um caco.

— Oh, muito obrigada... — Segui-a até a garagem.

Enquanto Nadia dirigia, eu lhe contei sobre a condição de James, a confissão de Thomas, a declaração de Ian e a forma como eu deixara os três para trás.

— Caramba! — ela disse, seus olhos na pista. Ela me deu uma rápida olhada. — Você teve um fim de semana e tanto. Então, James realmente se foi? Não restou mais nada dele? Que doideira.

— A identidade "Carlos" assumiu por completo e é um homem bem-resolvido, com filhos e carreira. Levei alguns dias para aceitar que James já não era mais ele. Percebi, no fundo, que algo estava diferente nele. Seu toque não me parecia o de antes. É o corpo de James, mas não é James por dentro. Faz sentido?

Suas sobrancelhas arquearam alto.

— De uma maneira estranha, faz. Que coisa louca, garota. Você está bem sem ele?

Apertei a mão dela.

— Fora ter perdido a esposa, ele está feliz no México. Achei muito mais fácil deixá-lo ir do que eu pensava.

Ela me deu um sorriso afetuoso.

— Acho que você conseguiu o ponto final que estava procurando. Prometa que ligará para mim se precisar conversar? Eu a conheço. Vai ficar remoendo os acontecimentos dos últimos dias vezes sem conta em sua cabeça. Não guarde isso para você. Converse sobre isso tudo, desabafe. Estou aqui se precisar.

— Prometo. — Apertei a mão dela novamente. Acabara de enterrar meu passado de uma vez por todas.

Em frente à minha casa, Nadia deixou o motor funcionando enquanto eu tirava a minha bagagem do banco traseiro.

— O que você vai fazer em relação a Ian?

Minha boca inclinou-se para baixo.

— Nada. Eu o magoei. Ele não está interessado em mim.

— Vai por mim. O homem está mais do que interessado. Ele estava muito preocupado quando ligou, e não é preciso ser um gênio para perceber que ele está loucamente apaixonado por você. Ele já disse que a ama. Você, mais do que ninguém, deveria saber que não se pode "desapaixonar" num estalar de dedos. — Ela estalou os dedos para destacar seu argumento. — Não se habitue a deixar para trás com facilidade. Dê outra chance ao cara.

— Vamos ver. — Dei de ombros e fechei a porta.

Nadia arrancou com o carro assim que entrei em casa. Uma casa que não mudara nem fora atualizada desde o dia em que James a deixara, quase dois anos antes. Arrastei a mala até o quarto e abri as portas chanfradas do closet. As roupas dele me encararam de volta. Corri os dedos por elas e levantei uma manga. Pressionando meu rosto no tecido, eu a cheirei. O meu nariz comichou. Nada além de poeira.

Peguei um punhado de cabides e tirei as roupas de James do armário, levando-as para o quarto de hóspedes, onde eu as deitei sobre a cama. No dia seguinte, encaixotaria tudo para Thomas pegar. Ele poderia decidir o que fazer com os pertences de James.

No caminho de volta ao meu quarto, as imagens emolduradas no aparador me impediram. Havia quatro fotos de James. Agarrando cada uma, adicionei-as à pilha de roupas. Thomas poderia enviar as fotos para Carlos.

Durante a próxima hora, transferi os pertences de James para o quarto de hóspedes. Pinturas, materiais de arte, roupas e fotos. Permiti-me ficar com uma pequena foto, um instantâneo de nós encostados na antiga BMW de James, que eu conservaria sobre a minha mesa.

Depois que tudo já havia sido removido, desabei no sofá chenille que James e eu compráramos juntos. Correndo os dedos sobre as fibras desgastadas, decidi que o sofá também deveria ir embora. Um dia.

Logo, minhas pálpebras ficaram pesadas e eu me deitei de lado, enfiando uma almofada debaixo da cabeça. Então, mergulhei no sono. E sonhei.

Várias semanas mais tarde, no final do dia, eu estava limpando as marcas de dedo da vitrine de comida do café quando o sininho da porta soou e o ar frio lá de fora entrou junto a alguém. Ouvi o barulho de passos hesitantes atrás de mim.

— Já fechamos — eu disse sem olhar.

— Sou só eu — disse Nadia.

Eu me virei para encará-la, com o pano e o desengordurante nas mãos. Ela usava um elegante vestido formal na cor vinho por baixo do casaco de lã. Seu cabelo estava preso num coque displicente, mas feito em salão, os lábios pintados e as bochechas vermelhas do ar gelado.

— Aonde você vai nesta noite?

Ela sorriu.

— Tenho um encontro com Mark.

— Sério? — Esfreguei distraidamente uma mancha teimosa no vidro. — O que a fez mudar de opinião sobre ele?

— Você — disse ela. Endireitei o corpo e ela avançou um pouco mais pelo café, apoiando o quadril contra o balcão. — Tenho a tendência de deixar os homens para lá com muita facilidade. Mark é um cara doce, e não está mais ligado à esposa. Eu queria dar-lhe outra chance.

As minhas sobrancelhas se levantaram.

— Você realmente gosta dele.

— Gosto.

Dobrei o pano sujo.

— Aonde você vai esta noite?

— Jantar e depois... — Ela tirou um cartão-postal de sua *clutch*, deslizando-o para mim por cima da bancada. — Vamos à exposição de Ian.

Olhei para o cartão com o nome de Ian impresso em letras maiúsculas abaixo do logotipo da Wendy. Destacadas na frente havia duas imagens inéditas para mim entre o trabalho de Ian, só que eu estava lá quando ele tirou as fotos. Eram de Puerto Escondido. Passei as pontas dos dedos pelo retrato de dois homens fumando charutos na frente de uma loja.

— Fotografias de pessoas... — murmurei para mim.

— Você deveria ir. Dê-lhe outra chance.

Balancei a cabeça.

— Você o viu desde que voltou do México?

— Não.

— Telefonou para ele?

— Ele não me ligou.

— Você já sabe como ele se sente. Já disse que o ama?

— Ainda não — respondi sem pensar.

Um rápido sorriso atravessou o rosto de Nadia.

— Eu sabia que você o ama.

Umedeci meus lábios e examinei o cartão-postal.

— Tenho que ir. Tente se encontrar conosco na galeria. Kristen e Nick estarão lá.

— Não tenho certeza... — minha voz murchou, e enfiei o cartão no bolso do avental —, preciso arrumar as mercadorias nas prateleiras.

Ela abotoou o casaco.

— As prateleiras não vão a lugar algum.

Mas alguém poderia ir.

Ela deixou as palavras não ditas pairar, e então beijou minha bochecha.

— Vejo você mais tarde — ela se despediu, recuando para a porta. Um sorriso sagaz brincava em seus lábios coloridos.

Tranquei a porta atrás dela, depois voltei para a limpeza. Esfreguei o balcão mais forte, coloquei outra carga na máquina de lavar louça e desempacotei várias caixas de suprimentos. Foi só quando comecei a arrumar os jornais e as revistas na estante comunitária que percebi que estava embromando.

Olhei o cartão novamente. As imagens eram bonitas, e eu queria vê-las. O que o fizera mudar de ideia sobre suas fotos?

Também queria ver Ian. Sentia falta dele.

Então, o que estava esperando?

Minhas roupas estavam amarrotadas e meu cabelo uma lástima, mas se eu fosse em casa me trocar, acabaria encontrando uma desculpa para não ir lá. Por isso, apaguei as luzes, armei o alarme e saí do café, caminhando os dois quarteirões até a galeria de Wendy.

Como em todas as suas exposições, a galeria estava lotada. Reconheci muitos rostos. Os indefectíveis fãs de Ian. Mas, diferente das anteriores, não havia nesta uma mistura de fotos de diferentes expedições. Todas as imagens expostas eram de Puerto Escondido.

Admirei as fotografias extasiada, percorrendo lentamente a sala principal. Retratos do tamanho de banners que iam do chão ao teto plasmavam uma fração de segundo daquelas vidas. Surfistas atravessando tubos de água angustiantes. Casais se abraçando, silhuetas contra o pôr do sol. Carlos encostado em uma palmeira, olhando para o horizonte do mar.

Carlos.

Toquei meu estômago. Nada de nervosismo nem ansiedade. Nada de expectativa ou perda. Olhei meus dedos dos pés antes de voltar a vista para a imagem. Uma sugestão de sorriso repuxou os cantos da minha boca quando percebi que era Carlos que eu via no retrato. Não James.

Todas as imagens eram deslumbrantes, iluminando a sala com uma variedade de cores. Era diferente de tudo que eu tinha visto de Ian.

— Estranho, não é? — Nick disse ao meu lado. — Eu vejo James, mas os olhos são diferentes. Então, não o vejo, e sim outra pessoa.

Pensei em Ian e como ele descrevera as fotos que tirava de sua mãe quando Jackie era a identidade dominante.

— Seu nome é Carlos — murmurei. — Jaime Carlos Dominguez.

— Posso visitá-lo?

Olhei para Nick.

— Ele não reconheceria você.

Seu olhar se turvou.

— Thomas enganou a nós todos. — Então seu rosto adquiriu uma expressão de culpa. — Desculpe-me por Ray. — Ele soltou um palavrão. — Não consigo entrar em contato com aquele filho da mãe.

Eu sorri.

— Duvido que você volte a ter notícias dele. — Graças a Thomas, Ray, o detetive particular que Nick me recomendara contratar para encontrar James, provavelmente devia estar em uma pequena ilha bebendo margaritas, montado numa grana preta.

Nos fundos da galeria, uma pequena multidão rodeava uma imagem. Tons de amarelo e dourado podiam ser vislumbrados por cimas das cabeças. Pedi licença a Nick e me aproximei, metendo-me por entre a aglomeração. Então, fiquei paralisada. Era uma foto minha, e fiquei olhando-a como se estivesse me vendo pela primeira vez.

Ian me clicara dançando no Casa del Sol. Eu me deixara levar pelo ritmo, sentindo a música.

Meus olhos azuis-caribe, emoldurados por cílios de ébano, haviam sido acentuados, de forma que não houvesse remédio a não ser mergulhar em suas profundezas. Uma nuvem de cabelos castanhos formava um halo em minha cabeça e também parecia dançar no reflexo das luzes piscantes. Elas brilhavam como vaga-lumes e pó de ouro.

Era assim que Ian me via? O retrato era tocante, capturado por um artista não apenas encantado por seu tema, mas verdadeiramente apaixonado. Eu queria chorar.

Percebi Ian ao meu lado antes de senti-lo roçar contra o meu braço.

— Ela é linda — ele murmurou alto o suficiente para apenas eu ouvir.

— Ian... — comecei a falar.

— Você é linda — ele sussurrou no meu ouvido, acelerando o meu pulso. — Senti saudade de você.

Meus olhos arderam.

— Suas fotos são... — Meneei a cabeça, incapaz de encontrar palavras para descrever como seu trabalho fotográfico naquela exposição estava magnífico. — Há pessoas em suas fotos.

Ele mudou de posição sem sair do lado.

— Alguém me disse uma vez que eu tenho um dom. Aparentemente, sou hábil em captar o lado bom das pessoas. Acho que tive de aceitar que nem todo mundo tem algo terrível para esconder. — Senti seu olhar em mim. — Você tinha medo de deixar James para trás, mas o fez, e sou capaz de apostar que você é uma pessoa mais forte por causa disso. Fui com você para o México com medo de perder você para ele. Você nunca saberia o quanto eu a amava. Eu ainda... — ele se deteve, ficando em silêncio.

Busquei a mão dele instintivamente, sem olhar. Ele entrelaçou os dedos com os meus.

— Venha comigo — ele pediu, e me puxou para um canto, longe da multidão.

— Senti saudade de você. Desculpe por não ter ficado com você no México — eu disse assim que ficamos sozinhos.

Ele envolveu os braços ao meu redor.

— Entendo, Aims. Você precisava de um tempo depois de tudo pelo que tinha passado e eu lhe dei esse espaço, na esperança de que você voltasse para mim. — Sua voz acariciou a minha orelha. Ele roçou os lábios no lóbulo. Minha pele formigou.

— E Laney? Você a encontrou? — perguntei, usando o nome pelo qual Ian referia-se a Lacy. — Alguma notícia de sua mãe?

— Não. — Minha expressão foi tomada pelo desapontamento.

— Sinto muito.

— Não sinta. Se ela estiver viva, eu a encontrarei. Um dia.

— Eu te amo, Ian. — Não pude mais segurar as palavras. — Eu deveria ter contado para você antes de...

Ele me beijou.

— Eu amo você... — sussurrei contra sua boca. — Mas eu tenho uma pergunta.

Ele interrompeu o beijo.

— Qual? — ele perguntou, desconfiado.

— Quer jantar comigo?

Ele sorriu, um sorriso lento e sensual.

— Está me chamando para sair?

— Ora, sim, estou sim. — Sorri.

— Bem, nesse caso, minha resposta é sim. Quero jantar com você e tomar café da manhã na manhã seguinte — ele prometeu enquanto seus lábios roçavam os meus. — E todas as manhãs seguintes. — Ele me beijou com muito sentimento, dando-me um gostinho do futuro à nossa frente. Era o futuro que eu queria.

Epílogo

CINCO ANOS DEPOIS

Ele sonhou com ela de novo. Olhos azuis tão brilhantes e cálidos que marcaram a sua alma. Ondas de cachos morenos acariciavam seu peito enquanto ela se movia sobre ele, beijando sua pele aquecida. Eles se casariam em dois meses. Ele não via a hora de acordar com ela todas as manhãs e amá-la como sua esposa, exatamente como ela o estava amando agora.

Havia algo importante que precisava contar a ela. Algo urgente que precisava fazer. O que quer que fosse permanecia incompreensível nos recônditos nebulosos de sua mente. Ele afunilou o foco, aguçando o pensamento até poder...

Proteja-a.

Ele tinha que proteger sua noiva. Seu irmão a atacara. Ele a machucaria de novo.

Ele viu seu irmão, a convicção em sua expressão. Beirava a insanidade. Eles estavam em um barco. Ele portava uma pistola e proferia ameaças. Seu irmão apontou a arma para ele e não hesitaria em atirar, então, ele mergulhou na água. O mar estava bravo e arrastou-o para baixo. Sentiu-se afundando. Uma saraivada de balas atravessavam a superfície e passavam por sua cabeça e tronco, errando por pouco seu alvo.

Ele nadou forte e rápido, seus pulmões queimando, impulsionado pelo maior medo com o qual já se defrontara. Ele tinha que protegê-la.

Ondas gigantescas e poderosas o arremessaram contra os grandes rochedos. Uma dor excruciante rasgou seu rosto e membros. O oceano o reivindicava, mas a vontade de proteger o amor de sua vida era mais forte. Ele tinha que chegar a ela antes que seu irmão a tocasse. A corrente o sugou para baixo da superfície. Ele flutuou, à deriva. De um lado para o outro, para cima e para baixo. Então, a escuridão assumiu.

— *¡Papá! Papá!* — gritou uma vozinha.

Os olhos dele se abriram de repente. Uma criança pequena saltou sobre ele, bagunçando os lençóis. Ele olhou para o menino, que ria enquanto pulava pela cama.

— *¡Despiértate, papá! Tengo hambre.*

A criança falava espanhol. Ele quebrou a cabeça, cavucando lá atrás os cursos de espanhol da faculdade. O garoto estava com fome, e ele o tinha chamado de "pai".

Onde diabos ele estava?

Ele sentou-se ereto e pedalou para trás, chocando-se contra a cabeceira da cama. Estava em um quarto cercado por fotos emolduradas. Viu a si mesmo em muitas delas, mas não se recordava de elas terem sido tiradas. À sua direita, janelas davam para uma varanda e a vista do mar mais além. *Que merda é essa?*

Ele sentiu o sangue sumir de seu rosto. Seu corpo repentinamente começou a suar frio. A criança pulou mais perto, girando em círculos completos quando se lançava ao ar.

— *¡Quiero o desayuno! Quiero o desayuno!* — o menino cantarolava.

— Pare de pular — ele grunhiu, erguendo as mãos para evitar que o garoto se aproximasse demais dele. Ele estava desorientado. Tentáculos de pânico deslizavam pela sua garganta. — Pare! — ele gritou.

A criança congelou. Com os olhos arregalados, o menino o encarou por um breve instante. Então, voou da cama e saiu correndo do quarto.

Ele apertou bem os olhos, fechando-os, e contou até dez. Tudo voltaria ao normal quando ele os abrisse novamente. Ele estava estressado — trabalho, o casamento, lidar com seus irmãos. Devia ser essa a razão. Aquilo não passava de um sonho.

Ele abriu os olhos. Nada havia mudado. Respirações árduas explodiam de seus pulmões. Aquilo não era um sonho. Era um pesadelo, e ele o estava vivenciando.

Na mesa de cabeceira, relanceou um telefone celular. Ele o apanhou e acendeu a tela. Seu coração descompassou quando leu a data. Era para ser maio. Como diabos poderia ser dezembro... seis anos e meio depois da data do casamento?

Ele ouviu um barulho na porta e virou abruptamente a cabeça. Um menino mais velho estava parado na soleira, seu rosto cor de café, descorado.

— *Papá¿*

Ele sentou-se mais ereto.

— Quem é você? Onde eu estou? Que lugar é este?

Suas perguntas pareciam assustar o menino, mas, ainda assim, ele não saiu do quarto. Em vez disso, arrastou uma cadeira até o armário. Subiu em cima dela e pegou uma caixa de metal da prateleira superior. O menino mais velho levou a caixa até ele e digitou um código de quatro dígitos no teclado numérico. O trinco da caixa abriu-se. O menino levantou a tampa, então recuou lentamente do quarto, lágrimas escorrendo por seu rosto.

Dentro da caixa de metal havia documentos legais — passaportes, certidões de nascimento e de casamento, junto a um atestado de óbito de uma tal de Raquel Celina Dominguez. Pen drives e vários discos de armazenamento de dados estavam guardados no fundo, juntamente com um anel de noivado. Ele conhecia aquele anel. Ela usava esse anel. Ele o segurou contra a luz, olhando fixamente, sem compreender. Por que ela não estava usando o seu anel?

Ele devolveu o anel à caixa de metal e um envelope chamou sua atenção. Era destinado a ele. James. Ele rasgou o envelope, abrindo-o, e tirou uma carta dali de dentro.

Escrevo isto usando um tempo que não é meu. Receio que chegará o dia em que me lembrarei de quem era e esquecerei quem eu sou. Meu nome é Jaime Carlos Dominguez.

Já fui conhecido como James Charles Donato. Se eu estiver lendo este bilhete sem nenhuma recordação de tê-lo escrito, saiba de uma coisa:

Eu sou você.

Agradecimentos

Como a jornada de Aimee em *Tudo o que restou*, minha própria jornada para publicar este livro foi repleta de reviravoltas. Foi uma trajetória louca e emocionante que trouxe para a minha vida algumas pessoas muito incríveis. Graças ao entusiasmo, à experiência e ao apoio contínuo de familiares e amigos, tenho o privilégio de compartilhar a história de Aimee com meus leitores.

Sou muito grata ao meu agente, Gordon Warnock, da Fuse Literary Agency, por reservar um tempo para me ouvir, por seu encorajamento e por não ter desistido. Acima de tudo, agradeço por ele ter encontrado um lar para *Tudo o que restou*. E a Jen Karsbaek, que selecionou o meu manuscrito em meio à pilha de originais enviados à editora. Obrigada por gostar da história de Aimee tanto quanto eu.

Toda a equipe da Lake Union Publishing tem sido extraordinária, especialmente Danielle Marshall e minha editora, Kelli Martin. Obrigada por tudo o que vocês fizeram para fazer esta história brilhar. Sou tremendamente grata. É uma alegria trabalhar com vocês.

Tudo o que restou não seria a história que é hoje sem os meus primeiros leitores — Elizabeth Allen, Bonnie Dodge, Vicky Gresham, Addison James e Orly Konig-Lopez —, que pacientemente leram revisão após revisão. O *feedback* sincero ajudou a fazer de mim uma contadora de histórias e escritora muito melhor. E enquanto toda essa produção literária estava ocorrendo, alguém teve a ideia maluca de fundar uma associação. Às minhas cofundadoras da Women's Fiction Writers Association, vocês são a minha inspiração! Podemos escrever livros e erigir uma organização nacional. Isso não é maravilhoso?

Tenho que prestar o devido reconhecimento aos meus pais, Bill e Phyllis Hall. Eles foram meus maiores incentivadores desde o primeiro dia, quando anunciei, vários anos atrás, que planejava escrever um livro. Obrigada por mostrarem a uma garota como sonhar grande.

Aos meus filhos, Evan e Brenna, obrigada por sempre me perguntarem sobre os meus livros. Nunca percam essa curiosidade. Eu amo escrever, mas amo ainda mais ser a mãe de vocês.

E, finalmente, ao meu melhor amigo e amado marido superpaciente, Henry. Tenho muita admiração por você e por tudo o que faz. Obrigada por ser você.

Sobre a autora

Kerry Lonsdale acredita que a vida é mais emocionante com reviravoltas. Deve ser por isso que ela gosta de lançar seus personagens em cenários inesperados e ambientações estrangeiras. Ela se formou na Universidade Estadual Politécnica da Califórnia, em San Luis Obispo, e é uma das fundadoras da Women's Fiction Writers Association, uma comunidade on-line de autoras espalhadas ao redor do mundo. Ela mora no norte da Califórnia com o marido, dois filhos e uma golden retriever velhinha que ainda pensa ser um filhotinho. *Tudo o que restou* é o primeiro romance de Kerry. Conheça mais sobre a autora em www.kerrylonsdale.com.

Prêmios e reconhecimento da autora

- Autora Mais Vendida do Catálogo da Amazon;
- Autora Mais Vendida segundo o *Wall Street Journal;*
- Autora Mais Vendida da Amazon Kindle (1ª posição);
- Menção Honrosa, Concurso de Minicontos da WOW! Women-On-Writing, primavera de 2010.

Sobre *Tudo o que restou* | Série Everything – Vol. 1

- Top 10 Kindle Book de 2017 (4ª posição);
- Mais Vendido do Catálogo da Amazon, semanas de 16 de julho de 2017, 23 de julho de 2017 e 30 de julho de 2017;
- Seleção dos Editores da Amazon — Tradução alemã (*Alles, was wir waren*), maio de 2017;
- Top 20 Livro Mais Vendido no Geral, 2016;
- Mais Vendido da Amazon Kindle (1ª posição) por 5 semanas consecutivas, 2016;
- Romance Mais Vendido da Amazon (1ª posição) por 10 semanas consecutivas, 2016;
- Mais Vendido do *Wall Street Journal*, 2016;
- 1º lugar no concurso Rose City RWA (Romance Writers of America) Golden Rose, 2012;
- 2º lugar no concurso Northeast Ohio RWA (Romance Writers of America) Cleveland Rocks Romance, 2012;
- 3º lugar no concurso Indiana RWA (Romance Writers of America) Golden Opportunity, 2012 (pontuação mais alta na primeira rodada na categoria Mainstream com Elementos Românticos).

TIPOGRAFIA GEORGIA E OM TELOLET OM

PAPEL DE MIOLO HOLMEN BOOK 55g/m²

PAPEL DE CAPA CARTÃO 250g/m²

IMPRESSÃO IMPRENSA DA FÉ